쥐비알

알렉상드르 자르댕

김남주 옮김

東文選

쥐비알

ALEXANDRE JARDIN

LE ZUBIAL

This edition was published by arrangement
with Éditions Gallimard, Paris
through Sibylle Books Literary Agency, Seoul

차 례

"진짜 삶은 부재중이다.
우리는 이 세상에 속해 있지 않으므로."

아르튀르 랭보

내 슬픔의 나무에 접붙여 놓은 책

아버지가 세상을 떠난 날부터 나는 현실에 매력을 잃어버렸다. 당시 나는 열다섯 살이었는데, 이제야 그 충격에서 가까스로 벗어난 것 같다. 좋은 책 속에 빠져들 듯 삶을 자극적으로 만들어 줌으로써 나를 삶에 밀착시킬 수 있었던 사람은 아버지뿐이었다. 내가 누구보다 사랑했던 그와 함께 보낸 시간은 하나의 축제였다. 짐짓 경박한 체할 때조차도, 아니 그런 때일수록 본질적인 삶을 누리는데 몰두했던 아버지는 부산스러운 일상의 활주로 위로 나를 줄곧 끌고 다녔다. 그에게 있어서 산다는 것은 자신을 완벽히 표현하고, 자신의 진실을 거리낌없이 주장하는 것을 의미했다. 그는 결코 자신의 욕구를 억제하려 하지 않았다. 사람은 지상에 적응하기 위해 자신의 일부를 포기하는 법이다. 하지만 그는 모순투성이인 자기 본성을 단 1그램 잘라낸다는 생각만으로도 새파랗게 질렸으리라. 기상천외한 생각으로 가득 찬 그의 커다란 두개골 속에서 극도로 상반된 욕망들이 생겨나 익어가고 있었음을 그 누가 알 수 있었겠는가!

언제나 과도했던 그의 욕망에는 현실을 변화시키는 힘이 들어 있었다. 식당 같은 곳에서 아버지의 이야기를 듣고 나면, 사람들은 잠시 동안 정신을 차리지 못했다. 그만큼 아버지가 언급한 상황들이 거짓말처럼 느껴졌던 것이다. 아버지와 함께라면 무엇이든 가능했다. 물론 최악의 경우도 있을 수 있었지만 그보다는 기막히게 멋진 일이 더 많았다. 유부녀에게 욕망을 느꼈다? 그러면 아버지는 그녀의 남편과 맞닥뜨릴지 모른다는 위험에도 아랑곳없이 그날 밤 당장, 웃으면서 그 집의 담을 넘어 여자의 방으로 잠입했다. 그런 계획에는 아버지를 흥분시키기에 충분한 모험적 요소가 잠재해 있었다. 사람들이 어떤 행동을 해야 할지 모르는 때에 아버지는 오히려 자신을 자각했다.

내게 순간순간의 가치를 느끼게 해주어야겠다는 생각이 들었다? 아버지는 들판 한가운데 차를 세우고 백지 수표에 서명한 다음 공중전화 박스에 매달린 전화번호부 사이에 끼워넣었다. 그런 다음 입가에 웃음을 머금은 채 돌아와 차를 다시 출발시키면서 재미있어 죽겠다는 듯이 이렇게 말했다.

“누군가 저 수표를 발견한다면 우리는 빈털털이가 되고 마는 거야! 그게 오늘일까, 내일일까, 1주일 후일까, 5년 후일까…… 그러니 지금 이 순간을 즐기자꾸나!”

“하지만 아빠, 이래선 안 돼요. 이럴 순 없다구요!” 나는 겁에 질려 소리쳤다. 그때 내 나이 열 살이었다.

“왜 안 된단 말이니, 얘야. 우리가 지금 하고 있잖니.”

자신의 상황이 또다시 불안정해졌음을 깨닫고 아버지가 웃고 있다는 사실에 나는 마음이 놓였다. 아버지에게는 팽팽하게 긴장된 상태에서만 정말로 편안해하는, 단점인지 장점인지 알 수 없는 특징이 있었다. 그의 심리 상태가 아주 특이하다는 것은 나도 인정한다. 요컨대 주위 사람들로서는 상당히 불편한 일이 아닌가. 하지만 그런들 어떠랴! 내게 있어서 아버지는 어릿광대인가 하면 햄릿이었고, 달타냥인가 하면 미키마우스였으며 매혹적인 그네 곡예사였다.

어릴 적 아버지 곁에 있으면 나는 사람을 구속하는 온갖 두려움에서 해방되는 듯한 느낌이 들었다. 그의 엄청난 생명력으로 줄곧 뒤흔들리던 일상은, 때로는 대(大)뒤마가 쓴 소설의 한 장면처럼 격정적이었고, 때로는 뮈세 작품처럼 서정적이었다.

어떤 날 저녁이면 우리 집에는 배우를 지망하는 여자들, 한물간 작가들과 포커를 즐기러 온 장관들, 암으로 초췌해진 모습으로 마지막 말을 하러 들른 가수 자크 브렐 같은 사람들이 와 있었다. 이들의 뒤를 이어 국세청에서 급파된 집달리들이 들이닥치기도 했다. 그런 저녁이면 아버지는 이웃집 사람들로 하여금 우리 집에서 영화를 찍고 있다고 믿게 하기 위해서, 연발 소총을 꺼내들고 창가로 가서는 겁에 질려 닫아건 이웃집 덧문을 향해 실제로 방아쇠를 당기지 않았던가! 그런 다음 그는 카드판으로 돌아와 1백만 프랑이라는 거액을 잃었고——물론 그에게는 그만한 돈이 없었다. 있다면 잃은들 대수겠는가?——다음날 영화제작자의 집으로 달려가 간밤에 진 빚을 갚기 위해 후에 드 퓌네스 감독이 찍게 되는 영화의 시나리오를 쓰기로 하고 계약서에 서명했다. 제작자의 방을 나온 그는 위층으로 올라가 그의 부인과 즉흥적으로 사랑을 나누었다. 그것은 자신이 만져 보지도 못한 계약금의 이자를 챙기는 그만의 방식이었다. 그러고 나서 나를 데리고 생 토노레 가(街)에 있는 완구점 르 냉블뢰(파란 꼽추)로 가서 어머니에게 줄 박제 들소를 산 다음, 아이스

크림을 먹으며 노트르담 성당에서 오르간 연주회를 감상했다. 그와 함께 있으면 도무지 불가능이란 게 없었다. 아니, 불가능한 것일수록 가능했다. 극도로 자유롭고 과격한, 사람들의 이해 수준을 넘어서는 그에겐 불가능한 삶을 살 줄 아는 재능이 있었다. 있음직하지 않은 일이야말로 그의 일상이었고, 모순되는 것이야말로 그의 전문이었다.

그가 아주 나중에야 고전의 반열에 오르게 된, 그라니에 드페르가 감독한 강렬하고 진지한 영화 《고양이》의 시나리오 쓰기를 마쳤을 때는 어떠했던가? 숨도 돌리지 않고 《천사장 안젤리카》의 한 장면에 필요한 감미로운 대사를 다듬기 시작하지 않았던가! 결국 그는 미셸 메르시에로 하여금 샤를 드골의 《전쟁담》의 몇 구절을 통째로 인용하게 만들었다. 장르가 다르지 않느냐고? 아니, 그것은 동시대인들이 포착하지 못했던 그의 충격적인 자유로움과 다양한 욕망과 역설의 표현이었을 뿐이다. 자신의 갈망과 모순에 그렇게 완벽하게 접근한 사람, 그렇게 오만하게 존재의 위험을 무릅쓴 사람이 또 어디 있겠는가!

그러므로 1980년 7월 30일 마흔여섯의 나이로 숨을 거둔 그는 여러 개의 삶을 산 사람이었는지도 모른다. 1백여 편 이상의 작품을 쓴 시나리오 작가로서, 6권의 걸작을 펴낸 소설가로서, 87대의 자동차를 고물로 만든 자동차광으로서, 그리고 수백만 프랑의 세금을 체납한 사람으로서, 될 대로 되라지. 그의 죽음 앞에서 나는 깊은 외로움, 정말이지 무시무시한 외로움을 맛보았다.

그 웃음소리도, 현실에 환상을 불어넣어 주던 그 멋진 거짓말도 이젠 끝이었다! 토요일 저녁이면 창가에서 들려 오던 총소리도! 늙었지만 나긋한 창녀들이 열띤 어조로 남자의 슬픔과 여자의 아름다운 꿈에 대해 들려 주던 은밀한 곳에 가는 일도 끝나 버리고 말았다! 내 또래의 아이들만이 가질 수 있는 순수성을 지니고 있는 유일한 어른, 내 온갖 어이없는 행동을 언제라도 지지해 줄 유일한 성인을 잃어버린 것이다. 세상이 문득 멋진 경박함에 맞서는 자동 인형들과 박제 인형들로 가득 찬 것처럼 여겨졌다. 마술사는 합리적인 법칙에 따라 움직이는 현실 세계 한가운데에 나를 홀로 내버려둔 채 사라지고 말았던 것이다. 남겨진 것이라고는 내 발에는 너무 큰 52켤레의 신발뿐이었다. 열다섯 살의 내 몸집은 그의 체격에 미치지 못했고, 뒤처지는 내 걸음으로는 그의 뒤를 좇아갈 수가 없었다.

그때 내 안에서 무엇인가가 굳어 버렸다. 내 웃음은 억제된 분노로 바뀌었고, 그 분노는 이후 내게서 떠나지 않았다. 나는 현실에, 다시 말해서 더 이상 그의 손길을 기대할 수 없는 심술궂은 연극에 적응할 수가 없었다. 나는 아버지 없는 아버지의 아들로 살아가야 했고, 자르댕이라는 성(姓)을 가진 이들에게는 너무나도 친숙한, 일탈을 지향하는 내 기질을 어느 순간 갑자기 증오해야 했다. 나 자신을 표현하며 산다는 것이 두려워지기 시작했다. 그토록 행복했던 파스칼 자르댕의 아들, 알렉상드르 자르댕은 아버지가 땅 속에 묻힌 바로 그 순간 지상으로 추락하고 말았던 것이다.

1996년 5월, 누군가 무심코 흘린 말이 내 귀에까지, 내 안에서 잠자고 있던 나에게까지 들려 왔다. 아버지를 사랑했던 여자들 거의 모두가 아버지를 기념해 매년 파리에서 열리는 미사에 참석하고 있다는 이야기를 들으면서 나는 얼떨떨하지 않을 수 없었다. 그 기묘한 의식은 매년 아버지의 기일(忌日)에 파리의 생트 클로틸드 성당에서 열렸다. 16년 전부터 그 여자들은 현재의 남편이나 연인——옛 사랑을 질투할 위험이 있는——의 눈을 피해 은밀히 그 성당에 모여들었다. 이 세상에 살다간 것에 대해 아버지에게 감사하기 위해서였던가, 그 대단한 인물이 살아 있을 때 나누던 대화를 계속하기 위해서였을 것이다. 그 말을 듣고 나는 감동했다. 죽은 지 16년이 지나도록 자신이 알던 여자들을 모이게 할 수 있는 그 사내는 도대체 어떤 사람이란 말인가? 그는 어떤 연인이었을까? 그들에게 어떤 행동을, 무슨 말을 했던 것일까? 이런 기묘한 일이 일어난 이유는 뭘까? 어째서 여자들끼리만 모인단 말인가? 가슴속에 생생히 각인되는 사랑의 방법이라도 있단 말인가? 정말이지 죽음보다 강한 사랑이 있단 말인가?

7월 30일, 나는 막연한 두려움을 느끼며 생트 클로틸드 성당으로 향했다. 내가 성당 문을 여는 순간 사제가 나직한 목소리로 아버지의 이름을 말하는 소리가 들려 왔다. 파스칼 자르댕…… 나는 더 이상 도망칠 수가 없었다. 발소리를 죽인 채 안으로 들어가 기둥 뒤에 몸을 숨겼다. 순간 그의 연인들의 모습이 눈에 들어왔다. 한 무리의 여자들이 어머니를 둘러싸고 있었다. 모여 있는 여자들은 30여 명이었다. 그녀들의 이름을 밝히지는 않으련다. 대개 지금 유명하거나 과거에 유명했던 이들이었다. 모르는 얼굴도 있었다. 그 숫자가 많은 것 역시 놀라운 일이었다. 중이층에서는 여자 성가대원 한 명이 오르간 옆에서 페르골레시〔1710-1736; 이탈리아 작곡가. 종교 음악과 합창곡들을 남겼다〕의 《성모 애가》를 부르고 있었다. 그러자 이유를 알 수 없는 눈물이 솟구쳤다. 열다섯 살 여름 그 성당에서 내 뺨을 적셨던 바로 그 눈물이었다. 눈물로 젖은 것은 내 눈이 아니라 열다섯 살 소년의 눈이었다. 흐느끼는 것은 내가 아니라 바로 그 아이, 아버지의 죽음 앞에서 너무나도 고독했던 파스칼 자르댕의 아들이었다. 아이는 너무나도 외로웠다. 죽도록 외로웠다. 실제로 아이는 외로움 때문에 무너지지 않았던가.

흐릿한 시야가 차츰 맑아짐에 따라 나는 그 여자들 역시 울고 있다는 것을 알 수 있었다. 전부는 아니었지만 대부분 울고 있었다. 왜 우는 것일까? 그로 인한 괴로움 때문에? 진정한 사랑의 빛깔, 삶의 빛깔을 보게 해준 남자가 영원히 가버렸다는 당혹감 때문에? 아니면 이 모든 것이 내 상상에 지나지 않는 것일까? 하지만 그 여자들이 그곳에서 슬픔으로 손수건을 적시고 있다는 것만큼은 엄연한 현실이었다. 문득 내 눈에는 그 여자들이 새로 꽂기에는 부적당한, 잘려진 꽃송이들로 보였다. 그녀들은 그를 위해 다시 백지가 되어 있었다. 그의 손길이 자신들을 마무리할 수 있도록, 대개의 경우 완성할 수 있도록 하기 위해.

눈물이 멎자 나는 그 여자들을 하나하나 살펴보며 각자에게 남아 있는 아버지의 흔적을 읽어내려 애썼다. 나는 혹시 그들의 눈에 띌까 봐 문간의 기둥 뒤에 머물러 있었다. 내가 나타나면 사람들은 즉시 내가 그의 아들이라는 것을 알아볼 터였다. 눈빛 하나만으로도 내가 누구의 아들인지 알 것이었다. 모여 있는 여자들에게는 공통점이 거의 없었다. 몸집이 큰 여자, 몽상적인 여자, 쇠약해 보이는 여자, 눈부시게 밝은 여자, 촌스러운 여자, 이제는 전혀 아름답지 않은 여자 등, 온갖 종류의 여자들이 아버지의 여러 가지 얼굴을 말해 주고 있었다. 가운데에 선 어머니만이 그들을 묶어 주고 있는 듯했다.

다음 순간 내 삶을 결정짓게 되는 사건이 일어났다. 내 머리 위중이층의 오르간 옆에 서 있던 성가대원이 아래층 바닥으로 성가집을 떨어뜨렸다. 성당 안에 작은 소동이 일었다. 모두들 내가 있는 쪽을 돌아보았다. 모여 있던 여자들 사이에서 무어라 중얼거리는 소리가 들려 왔다. 성가집이 떨어지는 소리에 내 존재가 발각되었던 것이다. 한순간 내 시선과 어머니의 시선이 부딪쳤다. 당혹감이 좌중을 휩쌌다. 그들은 내게서 아버지의 모습을 보고 있었던 것이다. 나는 현기증이 나서 변명도 설명도 할 수가 없었다. 나는 뒷걸음치기 시작했다. 뒷걸음질한 끝에 나는 마침내 건물 밖으로 나왔다. 성당 앞뜰에서 나는 문득 내 핏줄 속에 그의 피가 흐르고 있다는 것, 내가 끔찍할 정도로 그와 닮았다는 사실을 깨달았다. 아울러 그동안 내가 그 사실을 인정하지 않고 있었음을. 16년에 걸친 기나긴 도망이 갑자기 막을 내린 참이었다.

그랬다. 나는 바로 그 사내의 아들이었다. 지난날 우리 형제들은 그를 '쥐비알' (인용문 참조)이라고 불렀다. 아버지에게 있어서 그 별명은 예명 같은 것이었다. 그것은 큰형 엠마누엘이 붙여 준 것으로 우리 형제들은 모두 아버지를 그렇게 불렀다. 별명을 붙이는 것은 자르댕 집안의 관습이었다. (저자의 할아버지인 장 자르댕의 별명은 '노란 꼽추' 였다.) 우리가 보기에 우리 가족처럼 특이한 이들은 자신에게 꼭 들어맞는 이름을 가지고 있어야 할 것만 같았었다.

햇빛이 비치는 성당 앞뜰에서 나는 문득 쥐비알에 대한 책을 써야 한다는 생각이 들었다. 열다섯 살 때 내 슬픔의 나무에 접붙여 놓은 그 책을 더 이상 말라죽게 내버려두어서는 안 될 터였다. 그의 몸이 식어 버린 순간 내가 아마도 그를 붙잡아두기 위해 쓰기 시작했을 그 책, 나의 글쓰기가 그의 부재(不在)의 소산이라는 사실을 나 자신에게 알게 해준 그 책, 그가 이미 자신의 아버지에 대한 이야기들(파스칼 자르댕은 자신의 아버지에 관한 이야기를 《노란 꼽추》라는 제목으로 펴낸 바 있고, 우리 나라에도 번역되어 있다)을 써낸 탓에 내가 다른 작품들에 앞서 출간할 수 없었던 그 책, 금세기 최고의 연인에 대한, 절망 속에서도 너무나 쾌활했던 사내에 대한, 내 작품 전체에 줄곧 등장하는 그 익살스러운 '얼룩말'(저자는 《얼룩말》이라는 소설로 1988년 페미나상을 받았다)에 대한 그 책을. 그 책은 내 마음 깊숙한 곳에 고통스러운 동시에 엄청난 기쁨으로 간직되어 있었다. 왜냐하면 나는 그의 요란한 삶에 관한 이 이야기가 추억의 모음이 아니라 재회의 책이 될 것임을 알고 있었던 것이다. 추억과 재회, 그 엄청난 차이가 이 글을 써내려가는 나를 삶의 활기로 채워 준다. 이 글을 써나가면서 눈물을 흘리기도 하겠지만 그것 역시 기쁨 때문이리라. 돌아가신 내 아버지, 쥐비알 만세!

지나치게 자기 자신이 된다는 것

열 살 때의 일이다. 부모님이 아는 사람의 집에 초대받아 간 나는 아이들 식탁에서 음식을 먹고 있었다. 아버지가 무어라 말하자 옆 식탁의 어른들이 갑자기 얼어붙었다. 우리들은 귀를 쫑긋 세웠다. 아버지가 파티 주최자——어떤 영화제작자——에게 파티가 너무 지루해서 그만 자리를 떠야 할 것 같다고, 그렇지 않으면 스스로를 모욕하는 일이 될 것 같다고 말하는 소리가 들려 왔다.

새파랗게 질린 집주인은 얼굴을 일그러뜨리고 억지 웃음을 지으며, 애써 아버지의 말을 농담으로 돌렸다. 그는 웃고 있는 이들에게 동조를 구하기 위해 재치 있는 말을 던졌다. 초대객들은 예의바르게 미소로 답했다. 하지만 아버지는 미안하다면서, 자신의 예의 없는 행동에 다른 의도가 없음을 알아 달라고 청하고는, 아무 재미도 없는 이런 거짓말쟁이들의 모임에 참석하게 된 것이 거북할 뿐 아니라 수치스럽기까지 하다고 말했다.

"거짓말쟁이들이라고요?" 감정이 상한 안주인이 되물었다.

"그렇습니다."

아이들 식탁에 앉은 우리들은 무슨 일이 일어나는지 하나도 놓치지 않고 볼 수 있었다. 진실을, 자신의 진실을 솔직하게 말하는 어른을 처음으로 만난 것이다.

초대객들이 당황한 틈을 타서 쥐비알은 그 파티를 새로운 관점에서 묘사하기 시작했다. 그는 표면적인 대화 이면에서, 예의상의 칭찬이나 친절한 몸짓 너머에서 자신이 간파한 것을 이야기했다. 온갖 일들이 벌어지고 있다는 것이었다. 고객을 확보하지 못하는 것에 대해 심드렁하게 변명을 늘어 놓는 애매한 태도의 젊은 변호사를 향한 여주인의 타오르는 욕망, 주인 남자와 그의 신의 없는 어머니 사이의 신경증적인 관계, 우리 어머니를 향한 어떤 영화중개업자의 엉큼하고 의미 있는 눈길, 하나같이 타인의 재능으로 먹고 사는 이들의 그 모임을 지배하는 재정적인 이해타산 같은 것들이.

그 오싹한 진실 게임은 15분간 계속되었다. 현기증나는 15분이 지나자 사람들은 모두 적나라하게 드러나 버린 자신들의 모습을 발견했다. 나는 어머니 역시 일그러진 얼굴을 하고 있는 것을 볼 수 있었다. 어머니는 반미치광이 같은 아버지의 입을 막으려 애썼지만, 아버지는 애드립을 할 때의 막스 브라더스처럼 가차없고 탐욕스럽게 거짓의 베일을 벗기고 있었다.

이 믿어지지 않는 순간은 위대함과 무분별의 절정으로 내 기억 속에 남아 있다. 그때 나는 아버지에게서 우리 시대 영웅의 모습, 한심한 위선과 거짓의 괴물들과 맞서 싸우는 기사의 모습을 보았다. 아버지의 장광설은 순수한 기쁨에 차 있을 뿐 증오도 악의도 들어 있지 않았다. 사람들이 회피하는, 그럼으로써 스스로의 운명으로부터 도망치게 될 뿐인 폭로와 진실을 향한 열정에 불타고 있었을 뿐. 그는 깍듯이 예의를 갖춘 채 자연스러운 태도로 몹시 행복해하며 말하고 있었다. 그곳에 모인 사람들을 잊을 수 없는 그 순간에 동참시키는 것이 흐뭇했던 모양이었다. 그는 당당하고 매혹적인 방식으로 그들에게 그날 저녁 그 순간만큼은 어떤 물살도 거스르지 말고, 어떤 바람도 피하지 말고 자기 모순의 바다를 건널 것을 촉구하고 있었다. 부부간의 태풍이라고 한들 무릎쓰지 못할 이유가 어디 있는가. 정말 신나는 일이었다! 내 주위의 아이들은 경이에 찬 눈빛으로 그 괴짜 도사가 어른들의 세계를 한순간 백일하에 폭로하는 것을 지켜보고 있었다.

아버지가 이야기를 마쳤을 즈음, 그곳에 모인 남녀들은 결혼 생활이라는 자신들의 항해를 재정비할 것인지, 즉각 종지부를 찍을 것인지 갈등하고 있었다. 사람들의 호주머니는 물론 짐가방 속의 비밀주머니까지 몽땅 비워낸 쥐비알은 나와 동생 쪽으로 몸을 돌리고는 우리의 손을 잡아끌었다. 그는 어머니에게 우리를 따라오라고 손짓했다. 어머니가 한쪽 손을 내밀자 그는 그 손에 입을 맞추었다. 우리는 식사도 마치지 못한 채 그곳을 나왔다.

그날 저녁 디저트는 먹지 못했지만 나는 그렇게 자유롭고 유쾌하게 사는 것이야말로 내가 원하는 바임을 분명히 알 수 있었다. 나는 나를 기다리고 있는 줄타기처럼 아슬아슬한 운명을 내가 마음 깊은 곳에서 좋아하고 있다는 것, 자르댕 가(家)의 후손다운 운명 속으로 나아갈 준비가 되어 있다는 것을 느낄 수 있었다.

하지만 그로부터 5년 후 쥐비알의 몸이 땅에 묻히고 나자, 내 안의 모든 것은 그가 살아온 방식에 반항했다. 나는 두려웠다. 그의 삶의 방식이 치명적이었을지도 모른다는 의혹이 문득 엄습했다. 그가 죽은 것이 흔한 암 때문이 아니라, 그렇게 강렬하게 자기 자신으로서 살았기 때문일지도 모른다는 무시무시한 느낌이 들었다. 그 사실에 나는 낙담했다. 그렇다면 어떻게 살아야 한단 말인가? 요절이 위대한 사람들의 운명이라면, 늙도록 살아 있기 위해서는 어떤 좁은 문으로 들어가야 한단 말인가? 어째서 산송장 같은 자들만 늙도록 살 수 있는 것일까? 이런 어이없는 양자택일의 선택을 강요하는 이 무시무시한 법칙은 도대체 어디서 온 거란 말인가?

그가 마흔여섯 살로 죽은 지 열일곱 해가 지난 지금까지도 이런 의문들은 나를 떠나지 않고 있다. 내가 여기에서 헤어나는 날이 올까? 인간은 어린 시절에 품었던 의문들로부터 정녕 해방될 수 있을까? 내 머릿속에, 어쩌면 내 유전자 속에 그가 넣어 준 이런 의문들은 줄곧 나를 돌아보게 만든다. 지나치게 나 자신이 되는 것은 아닌지, 아니 나 자신이 되기에 모자란 것은 아닌지…….

그의 이름을 지워 버리려 얼마나 애썼던가

쥐비알은 믿어지지 않을 정도로 충만한 젊음의 소유자였다. 그 정도로 그는 인간 존재를 짓누르는 여러 제약들을 벗어던지려 애썼다. 열다섯 살이 되자 그는 즉각 자기 방식대로 스무 살의 사내로 사는 방식을 익혔다. 적절한 때에 그 일을 시작한 그는 죽는 순간까지 스무 살로 살았다. 그의 방식은 아주 단순했다. 스스로의 두려움에 결코 점령당하지 않는다는 것이었다. 결코! 그는 자신의 불안함과 소심함에 언제나 용기를 불어넣었다.

열다섯 살의 나이에 쥐비알은 자기 아버지의 친구인, 아브르에 있는 몇 개의 정유 공장을 상속받은 클라라라는 여자의 침대로 기운차게 뛰어들었다. 나는 이 어이없는 사건을 내 첫 소설의 골격으로 삼았는데, 너무 터무니없는 일로 비칠까 봐 여기저기를 다듬지 않을 수 없었다. 그 정도로 소년 파스칼 자르댕은 이 사건에서 기록적이라고 할 만큼 파격적인 면모를 보였던 것이다.

충격적인 자신들의 관계를 기념하기 위해 1949년, 아버지는 클라라로 하여금 베르사유 궁의 프티 트리아농과 똑같은 저택을 짓게 했다. 그 저택은 지금도 레만 호 기슭에 있다. 루이 15세 시대풍의 실내에 밝은 오렌지빛으로 칠해진, 스위스에 있는 그 저택에서 쥐비알은 고무실로 바느질한 맞춤 실내복에 악어 가죽으로 만든 반짝이는 단화, 유명한 힐디치 상점의 셔츠――그는 그것을 한 다스씩 주문하곤 했다――를 입고 지내는 굉장한 생활을 했다. 또 18세기의 하얀 대리석 대형 화분들을 깎아 멋진 변기를 만들게 했다. 꼼꼼한 솜씨를 지닌 목수이기도 했던 쥐비알은 백단목과 마호가니로 직접 안경을 제작했다.

그즈음 그의 두 손은 정부(情婦)에게서 받은, 파라오를 연상시키는 사파이어 반지, 지나치게 알이 굵은 다이아몬드 반지와 금반지들로 뒤덮여 있었다. 공식적인 정부(情夫)라는 위치를 자신이 즐기고 있음을 주위에 알리기 위해 그는 연회를 열어 업계의 실력자들을 초대하곤 했다. 자기 아버지 장 자르댕까지 초대하지 않았던가! 각부 장관들, 유럽 최고의 실업가들이 끔찍한 한 쌍인 미녀와 그녀의 장난감을 보기 위해 앞다투어 몰려들었다. 업무상의 필요 때문에 어쩔 수 없이 그곳에 가야 했던 할아버지는, 통제 불가능한 자기 아들 때문에 반은 얼이 빠지고 반은 경악한 채로 돌아오곤 했다. 하지만 쥐비알은 몹시 기뻐했다! 그는 자신의 사부(師父)이자 정부를, 그리고 초대형 장난감 기차를 자랑스럽게 보여 주었다.

20세기에 지어진 그 비현실적인 트리아농 안에는 장난감 기차를 위한 1백여 미터에 달하는 철로가 설치되어 있었고, 그 주위에는 쥐비알의 게임에 참여하기 위해 돈을 받고 고용된 룸보이들이 서 있었다. 클라라의 남편인 에드가 포르는 그곳에 와서 시가를 피우며 그 놀이를 즐기곤 했다. 영리하게도 그는 그 엉뚱한 꼬마 연적의 존재를 눈감아 주고 있었다. 아내를 완전히 빼앗아 갈 수도 있는 성인 사내보다는 꼬마 라이벌 쪽이 차라리 나았던 것이다.

그런데 쥐비알의 정신 나간 행동은 어째서 사람들의 짜증이나 비난을 불러일으킨 적이 없는 것일까? 아니 있다 해도 극히 드물었던 이유가 무엇일까? 다른 사람이 그런 행동을 했다면 두 뺨만으로는 결코 감당하지 못했으리라. 쥐비알에게는 품위가 있었다. 그는 여자들을 매혹했고, 보수적이기 짝이 없는 남자들을 사로잡았으며, 건장한 사내들과 수줍은 처녀들을 열광케 했다. 사람들은 그의 자유로움으로 자신들의 슬픔을 위로받는 듯했다. 역장들은 달려가는 기차에 올라탈 수 있는 사람이 있다는 사실에 즐거워했다. 주말이면 우리 집으로 몰려오던 반 아이들은 쥐비알을 법망을 교묘히 빠져 나가는 만화 주인공으로 여기지 않았던가! 쥐비알은 자기네 부모들과는 너무나도 달랐던 것이다! 쥐비알의 친구들은 그의 일탈적인 행동에 웃음을 터뜨렸고, 자신들까지 연루되지 않은 것을 다행스러워했다. 그는 거짓말 같은 방랑을 거듭하는 모험가, 파리 한복판 생 제르맹 데 프레를 누비는 사냥꾼 같은 존재로 간주된 것이 아닐까.

쥐비알에게는 자신의 자유뿐 아니라 저마다 억제하고 있는 다른 이들의 자유까지 누릴 줄 아는 재능, 조심스럽게 스스로를 드러낼 줄 아는 재능이 있었다. 그의 비상식적인 노출 취미는 자기 중심주의에서라기보다는 용기에서 나온 것이었다. 사람을 질식시키는 온갖 검열에 대해, 언론이나 관청과의 계속되는 충돌과 자신의 애정 행각에 대해 쥐비알은 언제나 값을 치렀다. 그것도 비싸게. 그는 사람들에게 이렇게 말하고 있는 듯했다. 나는 자유롭다. 내 날개를 보라. 또한 내 가슴을 찢어 놓는 이 기쁨에 찬 절망을 보라. 태양으로 다가갈수록 불타오르는 내 날개를 보라. 만약 그가 그렇게 고통스러워하지 않았다면, 그에 대한 사람들의 원망은 훨씬 컸으리라.

쥐비알이 요절하자 신중한 이들은 자신들이 빗나간 그의 본을 따르지 않은 것이 잘한 일이었다고 생각했다. 쥐비알에게는 정부가 많았다. 그의 죽음에 정부의 남편들은 처음에는 크게 안도했다. 하지만 해가 감에 따라 그 오쟁이진 남편들은 망령과 싸우는 것이 더욱 어렵다는 사실을 고통 가운데 깨닫게 되었다. 결혼 생활 10년 만에 그들은 그 결혼을 지켜내기 위해 허덕이고 있었고, 쥐비알은 여전히 그들의 아내 곁을 떠나지 않고 그녀들에게 삶과의 만남을 주선해 주고 있었던 것이다. 불멸의 위인은 완전히 사라지지 않는 법. 자신들이 제기하는 불멸의 문제들로 인해 그녀들은 죽지 않는 것이다.

서른두 살이 된 지금도 내 안의 어디에선가 쥐비알이 자리잡고 있는 것일까. 사랑이라면 나 역시 미친 듯이 했다. 그가 위대한 연인이었다면, 나는 내 방식대로 멋진 남편이 됨으로써 그를 닮고자 했다. 나는 이미 23개 국어로 번역된 다섯 권의 책을 출간했고, 두 편의 영화를 만들었는데, 그 작품들에는 나를 압도하는 격정적인 사내가, 그의 눈길에서 멀어지면, 그의 존재가 없어지면 어떻게 해야 좋을지 막막한 기분에 사로잡히게 되는 그런 사내가 등장한다.

그의 이름을 지워 버리려 얼마나 애썼던가. 그 일에 거의 성공했다고 여겨지는 지금 갑자기 그의 이름이 나를 당혹스럽고 두렵게 만든다. 마흔 살이 안 된 프랑스인들은 자르댕이라고 하면 나나 동생 프레데릭을 떠올릴 테지만, 나는 자르댕이란 다름 아닌 그라는 것, 삶에 대한 자신의 견해를 피로써 증명한 그 빌어먹을 쥐비알이라는 것을 알고 있다. 그와는 달리 나는 자신을 노출시키지 않고,

위험을 무릅쓰지 않은 채 보잘것 없는 성공에 안주하고 있다. 내가 언제 스스로의 두려움에 저항한 적이 있었던가? 자르댕이라는 이름에 부끄럽지 않은 피가 내 안에서 솟구친 적이 있었던가? 언젠가 그럴 용기를 갖게 될까? 그렇지 않으면 평범한 작가나 감독에 머물고 말 것인가? 쥐비알은 분명 그 이상의 존재였다. 쥐비알적인 삶이야말로 그의 으뜸가는 걸작이었다.

이따금 내가 나 자신을 이해할 수 없는 것은

베르들로, 이 동화적인 이름은 쥐비알 기벽의 본산인 그의 집에 붙여진 것이다. 이 15세기식 작은 수도원 건물을 쥐비알은 나의 아내에게 헌정한 것이라고 줄곧 떠벌이는 데 그치지 않고, 텔레비전 제작팀을 불러 그 사실을 만천하에 알리게 했다. 하지만 그 건물의 매매증서와 수표의 서명은 쥐비알의 경쟁자 가운데 하나인, 어머니를 사랑하는 다른 사내의 것이 아니었던가!

70년대 초반, 쥐비알은 상식을 뒤엎는 자신들의 연애 사건을 더욱 자극적으로 만들기 위해, 유럽 최고의 미인이었던 어머니 주위에 한 무리의 구혼자들을 배치했다. 그는 그런 관계를 처음에는 부추겼지만 그 다음에는 통제하려 애썼다. 그런 위험하기 짝이 없는 관계들에는 그를 가차없는 절망에 빠지게 해준다는 장점이 있었다. 쥐비알의 주장에 따르면, 그런 절망이야말로 그의 작품에 영감을 불어넣어 주는 것이었다.

실제로 베르들로를 매입한 남자는 그 저택을 어머니에게 바침으로써 쥐비알과의 사랑의 경쟁에서 자신이 결정적인 점수를 올렸다고 생각했다. 하지만 그 일로 그는 하마터면 인생이 끝장날 뻔했다.

사랑에 취한 그는 경솔하게도 한 프랑스 여배우의 스위스 은행 계좌에서 은밀하게 수백만 프랑을 빼냈는데, 그 여자가 그런 장난을 불쾌하게 여겼던 것이다. 그의 목을 건 계약이 체결되었다. 그는 마르세유 갱들과의 모종의 거래 끝에 겨우 목숨을 건질 수 있었다. 어머니의 미모가 불을 붙인 것은 사실이지만, 실제로 그 싸움을 부추긴 사람은 쥐비알이었다. 그의 과도한 기질이 아내의 마음을 사는 데 있어서 그런 터무니없는 경쟁을 벌이도록 했던 것이다.

베르들로에서 아버지는 위험을 무릅쓴 특유의 대담한 방식으로 어머니를 사랑했다. 나를 낳아 준, 신화적일 만큼 놀라운 그 여인을 그는 한번도 자신의 소유로 생각지 않았다. 어머니를 숭배하는 감독들이 그녀에게 맡긴 대부분의 배역들이 로미 슈나이더를 연상시키는 만큼, 로미 슈나이더를 닮았다는 것이 어머니의 모습에 대한 적절한 설명이 될 것이다.

어머니를 더 잘 사랑하기 위해 쥐비알은 어머니에게 열을 올리는 두세 명의 남자들을 주말마다 자신과 함께 집에 머물게 하지 않았던가! 공정을 기한다는 뜻에서 자신이 정복한 여자들 가운데 하나를 데리고 오기도 했다. 그의 생각은 아주 단순했다. 자신이 영원히 연인으로 남아 있기 위해 경쟁자들로 하여금 어머니의 남편 역할을 하게 만들겠다는 것이었다. 마음속에서 은밀히 그런 생각을 할 수는 있어도 실제로 실행한다는 것은 다른 문제이다. 하지만 그는 언제나 그런 식으로 어머니의 마음을 사로잡았다.

따라서 우리 집에 놀러 온 반 아이들이 어리둥절해했으리라는 것은 쉽게 상상할 수 있으리라! 평범하지 않은 우리 집 손님들도 모범적인 생활을 하지 않았으리라는 것 역시 상상할 수 있을 터이다. 하지만 베르들로의 분위기는 경박하지 않았다. 왜냐하면 너무나도 우스꽝스러운 동시에 유쾌한 그들은 서로를 열렬히 사랑하고 있었던 것이다. 그 특이한 종족은 쥐비알의 지도하에 미친 사랑에 삶의 대부분을 헌정하고 있었다.

센 에 마른에 있는 그 저택이 불러일으키는 분위기에는 기상천외한 그 무엇이 있었다. 내가 열두 살 되던 해 여름, 회복기의 기린 한 마리가 우리와 함께 살고 있었다. 당시 쥐비알은 불리오네 집안[이탈리아 집시계의 은행가 집안. 1934년부터 파리에서 서커스단을 운영해 왔다]의 여자에게 열을 올리고 있었던 것이다.

마르그리트라는 이름의 새끼기린이 우리 집에 왔던 날이 기억난다. 브리의 자연 가운데에서 원기를 회복시킬 목적으로 서커스단이 우리 집에 맡긴 기린이었다. 창을 통해 갑자기 기린의 머리가 보였을 때 나는 내 눈을 의심했다. 기린 한 마리가 바닥이 실내보다 낮은 뜰에 서서 주방 높이까지 자란 포도잎을 먹고 있었다. 쥐비알은 물론 우리에게 미리 기린 이야기를 하지 않았다. 기린을 처음 발견한 이는 쥐비알의 친구인 리오넬이었다. 그가 멕시코산 버섯에 미쳐 있다는 것――쥐비알의 말에 따르면 그저 '분위기에 취해서'――을 알고 있었던 만큼 나는 처음에 그의 말을 믿지 않았다. 하지만 그의 말은 사실이었다. 그렇지 않아도 초현실적인 우리 집에 시적인 정취를 더하며 마르그리트가 서 있었던 것이다. 우리는 그 기린의 건강을 회복시키기 위해 온갖 종류의 사료를 개발했다. 쥐비알은 기린에게 사람 젖을 먹일 생각까지 했다. 그의 여자 친구 중에 젖이 너무 많아서 고생하고 있는 이가 있었던 것이다. 마르그리트는 그것을 마시는 대신 씹어먹었다. 쥐비알이 젖을 가지고 치즈를 만들었던 것이다……. 그의 주장에 따르면 그 '사람 젖 치즈'는 기린의 영양식이었다.

그로부터 얼마 후 어머니는 집 안에 타조를 들여 놓으려는 쥐비알의 계획에 반대했다. 쥐비알은 일요일 아침마다 타조가 끄는 수레를 타고 장을 보러 갈 생각이었다. 그는 그 거대한 날짐승을 탄다는 생각에 뛸 듯이 기뻐했다. 자기 자신을 놀라게 할 기회라면 그는 어느것 하나 놓치지 않았다.

토요일 저녁이면 쥐비알은 자신이 직접 무두질한 고양이 가죽으로 만든 셔츠와 미니스커트처럼 품이 넉넉한 짧은 반바지 차림의 괴상한 댄스 의상을 입고 부츠를 신었다. 그렇게 차려입은 다음 텔레비전을 켰다. ORTF〔프랑스 국영 라디오 텔레비전 방송. 1974년에 해체되어 TF1이 되었으나 1987년 민영화되었다〕에서 클로드 프랑수아의 모습이 나오면, 그는 경악해 있는 사람들 앞에서 팔다리가 따로 도는 그 금발 소년을 흉내내며 악마처럼 춤을 추기 시작했다. 30초 후에는 모두들 텔레비전 앞에서 춤을 추고 있었다! 손님들, 어머니, 어머니의 연인들, 그리고 아이들까지! 박자에 맞춰! 모두들 즐거움에 넘쳐 목이 터져라 노래를 불러댔다. 이윽고 흥분이 가시지 않은 채 아버지는 텔레비전을 끄고 그 위에 앉아 우리에게 마르셀 파뇰〔1895-1974; 프랑스 작가이자 영화감독. 《화니》《빵집 마누라》 등의 작품이 있다〕의 작품 몇 단락을 읽어 주었다. 아이들의 집중도가 떨어지는 듯하면 슬쩍 내용을 바꿔 가면서.

그래서 실제 파뇰의 회고록 《내 아버지의 영광》에는 서부극의 한 장면도, 쥘 베른의 공상과학 소설에 나오는 문어처럼 생긴 탐욕스러운 육식 식물도 등장하지 않는다는 것을 내가 알게 된 것은 그로부터 10년이 지나서였다. 어느 날 저녁에는 쥐비알이 눈을 빛내며 발치에 모여 있는 아이들에게 샤토브리앙의 《죽음 저편의 회상》을 읽어 주기도 했다.

베르들로에서는 모든 것이 가능했다. 아니 불가능한 일이 거의 없었다.

쥐비알은 우리, 그러니까 나와 내 친구들을 한밤중에 깨워 즉흥적인 전화 장난에 가담시키기도 했다. 그는 새벽 2시에 당시 내무부 장관——그는 쥐비알의 친구였다——에게 전화를 걸어 일부러 목소리를 쩌렁쩌렁 울리며 다음의 수수께끼 같은 말——우리의 소행임을 암시하는——을 던지는 장난을 좋아했다.

"센-에-마른 지방자치주의자들 맛 좀 봐라!"

그런 다음 우리는 전화를 끊었다. 그러던 어느 날 밤 전화기 저편에서 짜증난 장관의 탁한 목소리가 들려 왔다.

"그만 해, 파스칼!"

즉각 전화를 끊은 쥐비알은 경찰의 가차없는 진압이 있을 것이므로 준비를 해야 한다고 설명했다.

"무슨 준비오?" 정부와 맞서 싸우는 게 이상하게 느껴진 여덟 살짜리 내 친구가 물었다.

"저항할 준비지!"

우리는 즉각 집 안에 바리케이드를 만들었다. 덧문들은 모조리 닫아걸렸다! 거실의 쿠션들은 모래주머니 대용품이 되어 주었고, 현관의 서랍장으로는 문을 봉쇄할 수 있었다. 포위 공격에 맞설 준비가 모두 끝나자, 우리는 보유하고 있는 식품 목록을 작성하기 시작했다. 쥐비알에 따르면 습격이 임박해 있었던 것이다. 오리 고기 파테(고기나 생선 다진 것을 파이 껍질로 싸서 구운 것)를 빵 사이에 끼워 앉지도 못한 채 삼켜야 할 터였다. 보온병에 뜨거운 코코아가 가득 채워졌다. 어쨌거나 적잖이 놀란 내 친구들은 잔뜩 흥분해 있는 실내복 차림의 아저씨——사람들의 말에 따르면 유명한 작가라는——를 불안한 눈길로 바라보고 있었다. 창문을 통해 의례적인 해산 경고를 보내기 위해 아버지가 윈체스터 연발 소총에 총알을 장전하자, 긴가민가하던 아이들의 의심은 진짜 공포로 바뀌었다.

총소리에 어머니가 잠에서 깼다. 집 안이 샤브롤 요새(파리 샤브롤 가에 있는 반인종 차별주의 동맹의 본산지)로 변한 것을 보고 새파랗게 질린 어머니는 총을 압수하고, 우리를 즉각 침대로 돌려보내고 그런 정신 나간 장난을 집어치우라고 쥐비알에게 소리쳤다. 내 친구 하나는 그날 밤의 이야기를 신이 나서 자기 부모에게 들려 주었는데, 그후 그들은 그 애가 베르들로에 놀러 가는 것을 허락지 않았다.

후에 나는 도대체 왜 쥐비알이 그렇게 열정적으로 그런 모험들을 만들어 낸 것일까 하는 의문에 사로잡히곤 했다. 그는 상상 속에서 버팔로 빌과 겨루고 싶었던 것일까? 어쩌면 그는 아비가 되는 법을 알지 못한 채 줄곧 아이로 머물러 있었는지도 모른다. 그럴 때 물론 그는 최선을 다했다. 그는 필사적으로 살아 있고 싶어했고, 사람을 마취시키는 일상 속에 매몰되는 것을 무엇보다도 두려워했던 것 같다. 자신의 본성을 모조리 탐사하지 못한 채 죽음을 맞게 될까 봐 그렇게 몸부림치고, 줄곧 새로운 상황을 만들어 낸 것이 아닐까. 아니면 혹시 나를 작가로 만들고 싶어 내게 소설의 맛을 보여 주기 위해서…….

아버지의 깊은 뜻은 내게 여전히 수수께끼로 남아 있다. 내가 이따금 나 자신을 이해할 수 없는 것은 바로 그래서인지도 모른다.

우리에게만 쓸모 있는 물건들

"애야, 이 커다란 펜치들 보이지? 나사못을 자르는 데 쓰는 거야. 우리 이걸로 귀찮은 사람들의 물건을 자르는 도구를 만들자! 잘난 척하는 사람들, 국세청 관리들, 질투에 불타는 남편들, 귀찮은 자들 말이다……."

"세상에, 아빠……."

베르들로에서 우리가 가장 즐겨 했던 일은 쥐비알의 작업실에서 쓸모 없는 물건들——아니 우리에게만 쓸모 있는 물건들——을 만들어 내는 것이었다. 크랭크 핸들로 조종되는 초현실적인 박수 기계, 대형 파리용 덫, 용수철이 달린 말놀이용 죽마(竹馬), 음식을 미리 씹어두기 위해 고안된 사치스러운 저작(咀嚼) 장치, 여자를 사랑하는 데 필요한 시적인 장치들이 우리 손에서 만들어졌다. 여자를 사랑하는 것이야말로 쥐비알의 삶에서 가장 큰 관심사였으므로.

바로 그곳, 쥐비알의 작업실이야말로 우리 자르댕 가의 사람들이 사랑을 위해 태어난 이들임을 내가 절감할 수 있었던 장소였다. 열대산 발사목을 붙이고 대패질해 상상의 새들을 만들면서 그가 자랑스러워하며 내게 설명해 준 바에 따르면, 어떤 가문은 과학자를 배출하는 것으로, 또 어떤 가문은 빵장수를 배출하는 것으로 조국에 공헌하지만, 우리는 연인이 될 운명을 타고난 집안이었다. 그 점에는 논란의 여지가 없다고 그는 못박았다. 앞으로 내가 돈 버는 일을 해야 한다고 해도 그 일에 너무 정력을 기울이지 말라고 그는 충고했다. 그의 말을 들으면서 나는 못을 박고 나사를 조이고 구멍을 뚫었다.

"그럼 대통령이 되는 건 어때요?" 어느 날 내가 그에게 물었다. "우리 집안 사람도 대통령이 될 수 있어요? 왜냐하면…… 대통령이 된다는 건 무척 멋진 일 같거든요."

그는 톱을 내려 놓고는 잠시 생각에 잠겼다가 더할 수 없이 진지한 태도로 대답했다.

"그래, 될 수 있지…… 그런데 언제?"

"언제라뇨?"

"언제 훌륭한 대통령이 되겠다는 거냐?"

나는 대답이 궁했다. 당시 아홉 살이었던 나는 그 물음에 뭐라고 대답해야 좋을지 알 수 없었다. 하지만 그의 태도를 보고 그 일이 할 만한 것이라는 생각을 굳힐 수 있었다. 그가 '언제?' 할 것인지만 물었지 않은가.

이제 나는 그의 그런 반응이 얼마나 멋진 것이었는지 깨닫는다. 쥐비알은 내게 아무것도 금지하지 않았다. 내 욕망이 아무리 지나친 것이라 해도. 평범한 아버지가 그런 질문을 받았다면 웃어넘기고 말았으리라. 하지만 그는 언제 할 것인지 물었을 뿐이었다. 욕망이란 아무 제한도 받지 않을 때 힘을 발휘할 수 있다고 쥐비알은 믿고 있었다. 순진해서 그랬을까? 물론 그럴 것이다. 하지만 한 소년이 지닌 인간으로서의 가장 소중한 그 무엇——욕망——을 존중하고 배려했기 때문이기도 한 것 같다. 그로부터 17년이 지난 지금까지도 나는 너무나도 생생하고 찬란했던 그의 욕망의 맛을 기억하고 있다.

아버지, 어째서 절 버린 거죠? 어째서 저를 과도한 욕망들이 언제나 다소 우스꽝스럽게 여겨지는 이 세상에 혼자 남겨두고 가버린 거죠? 오직 쥐비알만이 내 광기를 믿어 주었고, 나 자신보다 위대한 그 무엇이 되고 싶다는 욕구를 내게 불러일으켜 주었다. 무한에 대한, 끝없는 기발함에 대한 그 경도는 고통스러운 향수(鄕愁)로 내 안에 남아 있다.

불합리에 합리가 있다

"서둘러! 서두르라고!" 쥐비알이 소리쳤다.

막 잠이 들려던 나는 침대에서 몸을 일으키며 무슨 일이냐고 물었다. 그러자 아빠는 지금 당장 나와 내 영국인 친구를 70년대 파리 최고의 나이트 클럽인 파라디 라탱에 데리고 갈 작정이라고 말해 주었다. 우리는 잠옷 위에 재빨리 바지를 입고, 목 올라오는 스웨터를 뒤집어쓴다. 내 영국인 친구는 인상적인 방패꼴 무늬가 새겨진 자기 교복 웃옷을 걸친다.

30분 후, 우리는 쥐비알을 따라 밤의 광기가 무르익는 그 성전(聖殿)으로 들어간다. 피서차 파리를 떠나 있던 어머니 모르게. 당시 나는 열세 살이었지만 열한 살인 척했다. 그날 밤 세상이 내게 자신의 야성적인 아름다움을 송두리째 드러내리라고 아빠가 단언했던 것이다. 내게는 깜짝 놀랄 일이 기다리고 있었다.

우리는 자리에 앉는다. 우리 탁자에서 몇 미터 떨어진 무대에서는 여자들이 거의 알몸에 가까운 모습으로 우리 속으로 들어가고, 그 안에서 남자 조련사가 그들을 암사자들처럼 다룬다. 철썩, 채찍이 여자들의 몸을 후려친다! 여자들은 기쁨의 신음 소리를 내며 몸을 떤다.

"가운데 있는 여자 보이지? 신음을 내지르는 제일 예쁜 여자 말이야."

"예, 아빠."

"그 여자가 마농이야. 아빤 그 여자한테 미쳤고, 그녀도 날 사랑한단다!" 쥐비알은 웃으며 덧붙인다. "너한테 소개해 주고 싶었거든, 그녀를……."

잠옷 차림의 내 영국인 친구는 겁에 질리긴 했지만 꿋꿋하게 눈을 크게 뜨고, 예절책에서는 찾아볼 수 없는 자세를 취하고 있는 쥐비알의 최근 전리품을 바라본다. 하지만 갑자기 어머니 생각에 나는 약간 겁이 난다. 그가 다른 여자에게 마음을 빼앗긴 것을 볼 때면 언제나 그런 것처럼. 순간 쥐비알이 아주 낮은 목소리로 입을 연다. 그가 그런 태도를 취하는 것은 드문 일이다.

"얘야, 어젯밤 자정 아빠는 어두운 주차장에서 갑자기 두려움에 휩싸였단다……. 모든 게, 허무가, 어둠이 무섭더구나. 그래서 아빤 결심했다. 다시는, 다시는 아무것도 두려워하지 않겠다고. 마농처럼 말이다! 그런 나약함을 받아들인다는 건 불합리해. 보렴, 무대 위의 저 여자들은 두려워하지 않잖아……. 그들이 얼마나 자유로운지 보렴. 마농이 얼마나 자유로운지!"

그날 밤 우리 속에 갇힌 알몸의 여자들을 보면서 자유를 느낀 사람은 쥐비알과 나뿐이었으리라. 그는 나에게 자신의 시선을 빌려주었다. 그의 감정과 하나가 된 나는 그가, 다시 말해서 나 자신이 될 수 있었다. 이윽고 요란스러운 트롬본 소리와 함께 여장 남자들이 조종하는 판지로 만든 대형 비행기들이 로프에 매달려 천장에서 내려오더니 우리의 뒤로 젖혀진 머리 위에서 가짜 폭발음에 맞추어 가상의 공중전을 벌이기 시작했다. 지루하고 우스꽝스러운 장면들이 이어졌다. 문득 나는 아빠가 보이지 않는다는 사실을 깨달았다! 어린이들이라면 모두 자고 있는 새벽 1시 파리의 나이트 클럽에 나와 내 친구만이 덩그러니 남겨져 있었던 것이다.

그 순간 눈을 의심케 하는 일이 벌어졌다. 대열을 이루고 있는 무희들 한가운데에서 금발 가발을 쓴 쥐비알이 박자에 맞추어 한쪽 다리를 들어올리고 있는 것이 아닌가. 그는 무리의 우두머리인 마농에게서 눈을 떼지 않았다. 당시 아버지는 길지 않았던 그의 문학적 영광의 절정기에 있었다. 최근 아카데미 프랑세즈 소설 대상을 받은 사람이 아가씨들 중에 끼여 있으리라고는 관객들 가운데 누구도 상상할 수 없었으리라. 쥐비알은 그런 식으로 더 이상 어떤 두려움도 자신을 구속할 수 없다는 것, 삶을 즐기려는 자신의 끝없는 욕망에 소심함이 끼어들 여지가 없다는 것을 내게 증명하려 한 것이 분명했다. 눈앞의 장면에 동요된 친구는 내 쪽으로 몸을 기울이더니 영국식 억양의 프랑스어로 속삭였다.

"런던에 가서 이 이야기는 하지 말자. 절대로……."

하지만 사태는 거기서 끝나지 않았다. 공연이 끝나자 아빠는 우리를 무대 뒤의 의상실로 데리고 가서 몇 주일 전부터 자신의 머릿속을, 때로는 침대까지 차지하고 있는 그 여자를 만나게 해주었다. 절제의 반의어이자 매혹적인 동물 그 자체인 마농은 열정은 기본이고, 당연히 사랑까지 불러일으키는 저항할 수 없는 그 무엇을 지니고 있었다. 그녀가 입맞춤을 하고 나자, 내 얼굴 위에는 반짝이는 금속 조각들이, 눈에는 별들이 묻어 있었다. 감미로운 그녀의 몸은 현기증을 일으켰고, 유려한 우아함은 그녀를 그 인공적인 세상에서 길을 잃은 진짜 공주처럼 보이게 했다. 타조 깃털이 달린 무대 의상에 화장도 지우지 않은 채, 그녀는 우리를 따라 쥐비알의 자동차에 올랐다.

“어디로 가는 거죠?” 내가 물었다.

“발길 닿는 대로!” 아빠가 대답했다.

두 시간 후 우리는 도빌의 카지노에 들어섰다. 오색 깃털을 달고 반짝이는 금속 조각으로 온몸을 치장한 마농의 출현에 사람들이 어찌나 당황했던지 나와 내 친구의 나이 같은 것은 문제가 되지 않았다. 쥐비알은 엄청난 액수를 칩으로 바꾸었다. 그런 다음 룰렛으로 다가가더니 태연한 동작으로 한 숫자판 위에 그것을 모두 내려 놓았다.

오랫동안 공이 돌았다.

20년이 지난 지금 내 눈앞에는 그 조그만 공을 뚫어져라 지켜보고 있던 나 자신의 모습이 떠오른다. 잠시 후 또다시 우리에게 파산을 고하게 될 그 공을. 나는 지금과 똑같은 눈빛으로 경악과 찬탄이 뒤섞인 이런 질투의 감정으로 아버지를 응시하고 있었다. 고백하건대 그는 나를 압도했고 반항심을 불러일으켰던 것이다. 하지만 동시에 그는 얼마나 매혹적이고 젊고 생기에 넘쳐 있었던가. 이 세상 어떤 아버지보다도 멋져 보였다. 그를 지켜보면서 나는 곧 닥쳐올 비극을 기다리는 그 순간이야말로 그가 너무나 그다워 보인다는 것을 인정하지 않을 수 없었다. 우스꽝스러운 파라디 나이트 클럽의 음악만큼이나 경박한 마농의 품에 안겨 있는 사내는 그가 아니라 바로 내가 꿈꾸던 ‘나’였다. 룰렛을 뚫어져라 바라보며 전율하는 그 마흔세 살의 '나'는 나 자신을 훌쩍 뛰어넘는 존재가 되어 있지 않았던가.

이윽고 올 것이 왔다. 공이 멎었다. 모두들 몸을 기울여 우리를 바라보고 있었다. 순간 마농이 짐승의 울음소리 같은 것을 내질렀다. 운동 선수들이 세계 기록을 갱신하고 내지르는 외마디 소리, 시대를 통틀어 신화로 자리잡은 역사적 사건들에 곁들여진 외침 소리, 무모한 자들의 판단이 회계사를 능가하는 법임을 말해 주는 비명 소리였다.

공은 바로 그 숫자에 가서 멎었던 것이다.

쥐비알은 웃고 있었다. 엄청난 돈을 땄기 때문이 아니었다. 그 돈을 잃는 것은 시간 문제임을 알고 있었던 것이다. 부유함이 주는 안락은 그에게 어울리지 않았다. 그랬다. 그가 웃고 있었던 것은 절실하게 존재코자 하는 자신의 바람에 신들이 응답해 주었기 때문이었다. 그는 환한 얼굴을 내게 돌리고 나를 안아 주면서 부드러운 어조로 말했다.

"보렴……."

그 말은 아직도 내 마음속에 남아 있다. 예상대로 쥐비알이 돈을 잃었다면, 나는 쥐비알이 틀렸다고, 그렇게 모험을 하는 것은 잘못된 일이라고 생각했을 터였다. 하지만 운명은 결국 불합리에 합리가 있다고 일리가 있노라고 나를 설득하지 않았던가. 자신을 따르는 것이 운명이 부과하는 절망에 대한 하나의 치유책, 하나의 해결책이 될 수 있음을 내게 증명하는 데 쥐비알은 성공했다.

그 사건을 완벽한 것으로 만들기 위해 아빠는 돈을 받아들자마자 우리를 데리고 즉각 카지노를 떠났다. 마농의 팔을 끼고서. 그녀 의상에 달린 깃털이 홀을 가로질러 나오는 쥐비알이라는 공작(孔雀)의 깃털처럼 여겨졌다. 늘 침착한 내 영국인 친구가 우리 뒤를 따르고 있었다. 자르댕 가에 묵음으로써 그 애는 프랑스에 대해 아주 특별한 생각을 가지게 되었으리라…….

정상적이어야 한다는 것은 우리가 퇴치해야 할 강박관념

쥐비알의 아들이라는 것, 구성원들에게 너무나도 비싼 대가를 치르게 하는 매력적인 문화를 지닌 가문의 일원이라는 것에 때때로 나는 화가 나곤 했다. 자르댕 집안에서 자기 자신이 된다는 것은 피곤하기 짝이 없는 일이다. 평범하게 사는 것으로는 충분치 않다. 우리에게 있어서 산다는 것은 운명을 붙잡고 늘어지는 것을 의미하고, 사랑한다는 것은 아찔한 열정에 뛰어드는 것을 뜻한다. 정상적인 것은 우리가 퇴치해야 할 강박관념이다. 상궤를 벗어나는 것이야말로 우리의 절도이자 우스꽝스러운 허영이다. 죽을 때는 고통스러운 자살이나 끔찍한 암(癌), 해상 실종 같은 사건을 통해야 한다. 자르댕 가의 일원이 침대에서 찻잔을 기울이다가 죽음을 맞는다는 것은 있을 수 없는 일이다. 자르댕 가의 죽음은 감동적이고 의미심장하며 아주 특이한 것이어야 한다.

우리 집안의 모든 것이 소설감이다. 우리 집안 사람들은 직업적인 작가가 아니더라도 자신을 휴식중인 작가로 여긴다. 우리는 우리의 삶을 다룬 이야기가 특별한 것이 되어야 만족한다. 우리의 핏줄 속에는 잉크가 흐르고 있다. 그 점이야말로 우리의 위대함인 동시에 비극적인 어리석음이자 비참이다.

찬란한 혜성이라고 할 수 있는 쥐비알 같은 사람은 과연 몇 차례나 피나는 열패감을 겪었을까? 받아들일 수 없는 불공평한 운명 앞에서 몇 차례나 자살을 꿈꾸었을까? 자기 자신이 되는 것에 소박하게 만족할 수 없음에 얼마나 고통스러웠을까? 내 아버지 쥐비알은 할아버지 '노란 꼽추'와 더불어 우리 마음속의 나침반을 교란시키는 주역이었다. 우리 모두는 증오와 숭배를 동시에 받는 그런 신화적인 인물이 되고 싶은 욕구를 어느 정도 가지고 있었다. 여자들을 사랑함으로써 아버지를 기쁘게 하고 싶다는 생각이 내게도 찾아왔지만, 그 무렵 이미 아버지는 이 세상에 없었다.

나 역시 열일곱 살 때 어떤 아름다운 부인의 침대로 뛰어들었다. 그녀는 물론 결혼한 여자로 침대에서 정말 열정적이었다. 쥐비알이 보여 준 대담한 전례가 없었다면, 나는 소심함 때문에 꿈속의 포옹에 만족했을 뿐 스위스 크랑 쉬르 시에르에 있는 그녀의 별장까지 달려가지 못했으리라. 그 경험으로 나는 남자가 창을 통해 자기 방에 들어오는 것을 여자들이 얼마나 좋아하는지 직접 확인할 수 있었다……. 그녀의 남편은 집에 없었다. 제네바의 은행가였던 그는 자신도 모르게 여러 달 동안 내 광기를 후원해 준 셈이었다. 쥐비알의 연인이 클라라였다면, 그녀의 이름은 로라였다. 두 여자의 이름은 마지막 음절이 같았다. 그녀를 안는 순간 내가 전적으로 나 자신이었다고 말한다면 거짓말이리라. 그날 저녁 나는 아버지를 생각하며 사랑을 했다.

그로부터 13년이 지난 어느 날, 제네바 근교에 있는 큰아버지의 집 근처를 혼자 거닐던 나는 우연히 로라의 집 앞을 지나치게 되었다. 순간 쥐비알이 떠올랐다. 그런 운명의 순간 그라면 어떻게 행동할 것인가? 대답은 자명했다. 그는 뒷걸음치지 않을 터였다. 하지만 나는 사랑하는 아내와 두 아이들과 함께 휴가차 그곳에 온 것이었다. 새로운 곡예를 벌이기에 적절한 상황이 아니었다. 45분 후에는 가족들과 함께 큰아버지 댁에서 식사를 하게 되어 있었다. 하지만 내 핏속에서 울려오는 목소리는 그 무엇보다 강했다.

그녀의 집을 정확히 알지 못하고 있던 나는 그 집안의 집들이 있는 쪽으로 향했다. 그녀가 그 몇 채의 주택들을 시부모와 나눠 쓰고 있다는 것은 알고 있었지만, 그 집에 가본 적은 없었다. 게다가 그녀가 아직도 그곳에 살고 있을까? 여행을 떠나고 없다면? 볼일을 보러 외출했다면? 그녀의 남편이 점심을 먹으러 들른다면?

뜰에는 아무도 없었다. 스위스산 늙은 고양이 한 마리가 졸고 있을 뿐이었다. 나는 제대로 찾았기를 빌면서 그 가운데 한 집으로 들어갔다. 순간 로라의 목소리, 아니 웃음소리가 들려 왔다. 그 맑은 웃음소리를 듣는 순간 그녀와 보낸 행복한 과거가 되살아났다. 그녀는 이층에서 아이와 장난을 치고 있었다. 층계를 올라간 나는 어둑한 복도로 조심스럽게 몇 걸음을 내디뎠다. 극도로 혼란된 나는 나 자신이 아니라 쥐비알을 닮아 있었다. 문이 열렸다. 팔에 아기를 안은 로라가 내 앞에 나타났다. 13년 만에.

우리는 그 자리에 얼어붙고 말았다. 지난날 그토록 맑았던 그녀의 얼굴은 누렇게 뜨고 초췌해져 있었다. 어떤 충격인가로 손상된 듯했다. 그녀의 푸른 두 눈만이 과거의 아름다움을 말해 주고 있었다. 윤기를 잃은 머리숱은 안타까울 정도로 줄어든 것 같았다. 혹시 가발이 아닐까? 나는 몸을 부르르 떨며 뒤로 물러섰다. 로라는 어안이벙벙한 표정으로 나를 바라보고 있었다. 옛 연인이 자기 집 복도에서 뭘 하고 있는 것일까, 정말 나인가 하는 의문이 그녀의 표정에 고스란히 드러나 있었다. 그녀는 독일어를 쓰는 수수한 유모에게 아이를 맡겼다. 돌연한 재회의 충격에 취한 채 우리는 거실로 내려왔다.

이어 로라가 말해 준 바에 따르면, 그녀는 암 때문에 수술을 받았는데, 수술 자체보다 그후의 고통스러운 처치 때문에 몸이 쇠약해졌다. 눈앞이 핑 돌았다. 가슴 밑바닥이 뒤흔들렸다. 불쾌감이 연민으로 바뀌었다. 나는 즉각 태도를 바꾸어 그녀가 과거의 아름다움을 전혀 잃지 않은 듯이 그녀를 대했다. 그녀의 손을 잡고 쓰다듬으며, 여전히 열정에 사로잡혀 있는 것처럼 보이려 애쓰면서 우리의 연애 사건이 얼마나 커다란 의미를 가지고 있는지 말해 주었다. 15분 동안 나는 그녀가 내 몸과 마음에 새겨 놓은 육체적 쾌락에 대한 기억과 내 감사의 마음에 대해 온갖 이야기를 했다. 헤어질 때 나는 예전처럼 그녀의 귓불에 열정적으로 입맞춤을 했다.

그로부터 5분 후 나는 아내와 두 아이들, 친구들, 스위스계 친척들과 더불어 큰아버지 댁의 식탁에 앉아 있었다. 사람들에게 닭요리를 나눠 주면서 나는 줄곧 입을 다물고 있었다. 조금 전 나를 동요시켰던 비현실적인 장면이 머릿속을 떠나지 않았다. 사람들에게 무슨 말을 할 수 있겠는가? 그날 아침 45분 동안 벌어진 그 사건은 너무나도 쥐비알적이어서 있는 그대로 털어 놓을 수도, 믿어 달라고 요구할 수도 없었다. 사를라식 사과요리가 곁들여진 닭요리를 먹고 있는 이들 가운데 그 누가 나를 진정으로 이해해 주겠는가? 내가 그 말을 들려 주고 싶었던 사람은 바로 있음직하지 않은 일에 그토록 익숙했던 나의 아버지였다.

마지막으로 아버지의 미소를 본 지 15년이 지난 그날, 나는 아버지가 이 세상에 없다는 사실에 가슴이 아팠다. 혼자 헤쳐 나가기에는 나 자신이 너무나도 자르댕적이라는 느낌이 들 때면 언제나 그랬던 것처럼. 그 결핍감이 나를 더욱 고통스럽게 했던 다른 사건들도 있었다. 엠마누엘 형이 끔찍하기 짝이 없는 방법으로 또 다른 쥐비알이 되려 했을 때가 바로 그런 경우였다.

불행이 닥칠 때

운명의 괴상한 심술 때문이었을까? 엠마누엘 형은 아버지의 기벽을 자기 것으로 만드는 데 집착했다. 기벽이라고 말한 이유는, 그것들을 수용하기 위해서는 쥐비알의 비정상적인 생명력을 선천적으로 타고나야 했기 때문이다. 아버지의 경우에는 마술로 보였던 그 매력적인 결점들은 그것들만 따로 떼어 생각하면 아주 유독한 것으로 형의 경우에는 전혀 매력적인 것이 아니었다.

우리에게서 멀어질수록 점점 더 커져 가는 아버지의 그림자를 모방하는 일은 우선 러시안 룰렛에서 이루어졌다. 지나치게 즐거워하는 모습으로 쥐비알이 도박은 위험한 것이 아니라는 믿음을 자식들에게 심어 준 것은 잘못이었다. 형은 그 아슬아슬한 줄타기가 강철 같은 척추를 지닌 이들에게만 허락된 치명적인 기술이라는 사실, 아들대에 이르면 결국 모두 실패하게 된다는 사실을 인정하려 들지 않았다. 형의 시도는 비극적이었다. 그로 인한 끔찍한 상처가 아직도 내게 남아 있다. 때때로 나 역시 그런 수렁에 대한 취향을 우리에게 물려 준 쥐비알의 자식이라는 사실에 두려움을 느끼곤 한다.

쥐비알이 죽은 지 3주 후, 형은 아버지가 마지막으로 사랑했던 여자를 열정적으로 사랑하고 정복한다는 생각에 열광했다. 아들의 악마적인 유혹은 마치 쥐비알 자신의 유혹과도 같은 효과를 가져왔다. 슬픔에 정신을 잃은 그 젊은 여인은 형의 유혹에 넘어가 열정을 불태웠다. 그녀로서는 그럴 수 있는 일이었다. 그러자 형은 자신이 스스로에게 맡긴 그 역할을 진짜 자신으로 여겼다. 형은 그 여자의 집에 들어가 살면서 자신의 진짜 모습을 망각한 채 상상 속에서 파스칼 자르댕이 되었다. 프레데릭과 나는 그런 형의 모습에 아연실색했다. 어린 나이였지만 우리는 큰형이 접어든 길이 그에게 너무나도 험난한 길이라는 사실을 감지할 수 있었다. 그 길이 누구에겐들 위험하지 않겠는가? 자기 아버지가 사랑하던 여자를 대물려 사랑한다는 것 자체가 건전한 일이 아니잖은가? 하지만 바로 그 대목에서 형은 자신이 쓰지 않은 작품 속으로 들어간 것이 분명했다. 등장 인물에 불과했던 그가 필사적으로 저자가 되려 했던 것이다.

따라서 이어 그에게 닥친 일이 내게는 당연해 보였다. 파경의 징조가 나타나자마자 형은 가미카제처럼 정면으로 맞섰다. 아테네에서 처음 만나 손을 잡은 지 1주일 만에 실제로 상당히 매력적인 어떤 여자와 결혼을 결심했던 것이다. 일단 연기되어 기묘한 즉석 약혼 무도회로 바뀐 그 결혼식은 결국엔 치러졌는데, 그 돌연한 사랑은 시작만큼이나 순식간에 파국을 맞고 말았다.

불행이 닥칠 경우 아버지는 그 원인과 전개를 대개 자기 탓으로 돌리곤 했다는 사실을 형은 잊고 있었다. 아버지는 저자답게 자기 작품의 효과를 통제했고, 자신의 실패와 슬픔을 결국은 인정하고 해결하는 데 관심을 기울였다. 그가 어떤 작품의 한 장을 완성하기 위해, 진짜 눈물나는 상황에 처하기 위해 사귀던 여자와 헤어지는 것을 나는 두 차례 목격한 적이 있었다.

엠마누엘은 준비하고 인정하는 전단계를 받아들이지 않은 채 그 운명을, 인간 탄알의 궤도를 원했다. 내가 보기에 그는 자신의 뚜렷한 개성을 외면한 채 유독한 낭만을 일상에 줄곧 개입시켰다. 그는 얼마나 탁월한 인물이었던가! 하지만 그는 그것으로는 충분치 않다는 듯 자기 자신이 되기를 완강히 거부했다. 그리고 난 이해할 수 있었다. 그런 그를……. 아버지를 닮는 데 조금 덜 몰두했더라면. 그는 괴상한 종족인 우리 집안 사람들 중에서 단연 으뜸가는 인물이 되었으리라. 실제로 시작(詩作)을 했던 안했던간에 이 시대의 가장 뛰어난 시인이 되었을지도 모른다.

그의 광란의 질주는 어느 날 아침 자기 입 속에 총구를 밀어넣는 것으로 끝났다. 자기 자신이 되는 데, 아니 충분히 자기 자신이 되지 못한 데 지쳐 버렸던 것이다. 그의 훌륭한 두뇌가 불타 버렸다. 내 머릿속에는 아직도 그 총소리가 들려 온다. 그날 나는 쥐비알의 무덤에 침을 뱉고 싶었다. 태평양의 어느 섬에서 그 소식을 들었을 때, 나는 내가 자르댕 가의 일원이라는 사실이 수치스러웠다. 공상으로 가득 찬 생각과 지나친 몽상 때문에 자식들 중의 하나가 미쳐서 죽어 버리는 그런 집안이 무슨 소용이 있겠는가?

이 저주받은 피 때문에 죽은 사람들은 그뿐만이 아니다. 이 끔찍한 목록은 거기서 그치지 않았다. 집안마다 비극이 있겠지만, 우리 집안의 비극이 특이한 것은 죽은 이들이 남은 이들에게 심오한 질문들을 남기고 있다는 데 있다. 엠마누엘의 자살은 내게 매일같이 고통스러운 한 가지 질문을 환기시킨다. 쥐비알이 간 길로부터 멀어짐으로써 나는 스스로를 잃어버린 것일까, 아니면 되찾은 것일까 하는 질문을.

정말 나는 그 길로부터 멀어진 것일까?

지금은 더더욱 그러한 것을

내가 열두 살 때의 일이다. 어떤 친절한 일가가 영국 글로스터셔에 있는 천장이 둥근 식민지풍의 성으로 나를 초청했다. 그곳의 모든 것이 피크 경(卿)의 아내인 레이디 피크가 줄곧 환기시키는 쇠락한 영국의 냄새, 몽상적인 인도의 냄새를 풍기고 있었다. 인도산 차들에 정통해 있고, 저녁마다 턱시도를 차려입고 가족끼리 산해진미의 식탁에 앉아 라틴어로 대화를 나누고, 마차 산책을 좋아하는 이들, 그들이 쓰는 세련된 언어의 기초를 나는 그곳에서 배웠다. 버마산 나뭇가지형 촛대에서 나오는 희미한 불빛 아래서 사람들은 여전히 미국을 식민지인 양 언급했고, 뉴욕이나 싱가포르를 번창하는 해외 지점 정도로 여기고 있었다.

오후 5시에 나오는 간식을 먹고 나면, 내 친구는 카펫 같은 잔디밭에 자리잡은 빅토리아 시대풍의 온실에서 내게 정교한 크로케 기교를 가르쳐 주었다. 집사인 앨저넌은 나를 무슈라고 부르면서, 나를 즐겁게 해주기 위해 자신이 생각하기에 프랑스어 억양이라고 여겨지는 강세를 영어에 곁들이는 멋을 부렸다. 친구의 아버지는 일요일이면 우리를 벤틀리에 태우고 요란한 여우 사냥에 데려갔고,

친구의 어머니는 우리의 잠자리를 봐주며, 내 상처를 조심스럽게 싸매 주고 케이크를 실컷 먹여 주었다. 친구의 누이는 풀장에서 벌거벗은 채 수영을 함으로써 내 눈을 사로잡고 내 감각을 자극했다. 약간 심통스러운 친구의 할아버지는 나를 가만히 내버려두었다. 내 영국 생활에는 무엇 하나 부족한 것이 없었다.

그때 내게 한 가지 생각이 떠올랐다.

나는 쥐비알이 강렬한 감정을 좋아한다는 사실을 알고 있었다. 쥐비알을 기쁘게 하기 위해 나는 그의 취향에 맞는 양념이 곁들여진 격렬한 감정을 선물하기로 마음먹었다. 과도한 감정을 좋아하는 그의 취향을 만족시킨다는 생각에 나는 뛸 듯이 기뻤다.

나는 만년필을 집어들어 두 통의 편지를 썼다. 한 통은 어머니에게, 또 한 통은 아버지에게 보내는 것이었다. 아버지에게 보내는 편지에서 나는 내 영국 체류를 인간쓰레기 일가족이 나를 라디에이터에 묶어 놓고 줄곧 헤로인 원액을 몸 속에 주사하는 수상쩍은 매음굴에 감금당해 있는 것처럼 묘사했다. 내 펜 끝에서 로드 파크는 설탕 그릇에 코카인이 담겨 있는 곳이 되었고, 친구의 아버지는 소란스러운 광란의 파티중에 손님들에게 폭력을 행사하는 사내가 되었으며, 친구의 어머니는 파렴치한 짓거리를 저지르는 음탕한 여자가 되었고, '집사'인 앨저넌은 리버풀의 굶주린 아이들의 장기를 팔아서 먹고 사는 야비한 밀수업자가 되었다. 나는 피크 가(家)에서 보낸 꿈 같은 방학 동안 만난 이들을 모두 등장시켜 실감을 더했다. 내 편지는 너무나도 절박한 구조 요청으로 끝나고 있었다.

하지만 어머니에게 보내는 편지는 꿈 같은 소풍과 친구 어머니 레이디 피크의 감동적인 배려에 대한 이야기, 친구 누이의 우아함에 대한 찬사, 글로스터셔의 아름다움에 대한 여러 가지 묘사로 가득 차 있었다. 나는 편지 끝에다 쥐비알에게 보내는 편지에는 다른 내용이 담겨 있다는 사실을 알리는 신중함을 잊지 않았다. 또한 아버지가 생생한 감정을 누릴 수 있도록 며칠간 걱정 속에 내버려둔 다음 사실을 알려 줄 것을 부탁했다. 쥐비알로 하여금 아비로서의 격렬한 감정에 휩싸여 한 주를 보내게 하는 것으로 충분할 터였다.

그로부터 3일 후 시전코우트 성의 거대한 문 앞에 런던 택시 한 대가 와서 섰다. 면도도 하지 않은 모습으로 택시에서 뛰어내린 쥐비알은 비를 맞으며 잠시 얼떨떨한 채 그 자리에 서 있었다. 내 편지에 묘사된 것과는 너무나도 다른 피크 가 저택의 인도식 둥근 지붕들을 바라보면서. 그는 내 편지를 받자마자 가장 빨리 떠나는 비행기로 뛰어들었고, 이어 영국 땅의 절반을 택시로 횡단했던 것이다. 어머니가 말릴 틈조차 없었다.

창을 통해 그의 모습을 발견했을 때 나는 스콘〔핫케이크의 일종〕을 먹던 중이었다. 완전히 당황한 그는 너무나도 젊고 멋져 보였다. 앨저넌이 즉각 밖으로 나가 우산을 받쳐 주면서 그를 널찍한 현관으로 안내했다. 기쁨이 다른 모든 감정을 쓸어가 버리는 멋진 순간이었다. 내 눈에서는 기쁨의 눈물이 쏟아지기 시작했다. 나는 그에게 달려가면서 승리의 노래라도 부르듯이 외쳐댔다. "제가 거짓말을 했어요! 거짓말을 했다구요!" 쥐비알은 나에게 그런 연극을 연출할 수 있는 능력이 있다는 사실에 흐뭇해하며 웃으면서 나를 안아주었다. 내가 그의 아들임을 그날보다 더 절실하게 느낀 적도 없다. 그는 나를 조금도 야단치지 않았다. 내게서 자신의 기질을 발견하고 열정적으로 나를 껴안아 주었다.

이제 그 사건을 떠올릴 때면 눈물이 솟는다. 그 일을 생각하면 그의 애정, 시전코우트의 현관에서 나누었던 포옹의 감촉이 되살아난다. 내 편지의 내용을 쥐비알은 글자 그대로 믿었던 것일까? 그보다는 그 거짓말들이 내 진정한 마음을 표출하고 있다는 것을 느꼈던 듯하다. 실제로 그해 여름 아버지와 함께 있지 않았기 때문에 내 영국 체류에는 아쉬움이 있지 않았던가. 그 시절 나에게는 아버지가 그리웠다. 지금은 더더욱…….

혈관을 열어 피를 모두 비워내고

아버지의 행동은 예측이 거의 불가능했다. 국세청의 집달리들이 집 안의 가구들을 가져가는 것을 막으려고 파리 아파트의 복도 폭을 줄이는 공사를 하기도 했다. 겨울에 베르들로에서 주말을 보낼 때면 아주 얇은 풀오버 열두 개를 겹쳐입곤 했다. 샤를 모리스 드 탈레랑〔1754-1838; 프랑스의 정치가 · 외교관〕의 《회고록》에서 '얇은 울 스웨터'를 여러 겹 겹쳐입는 것이 따뜻하게 지내는 비결이라는 구절을 읽었다는 것이었다. 아버지의 외출 채비에는 오랜 시간이 걸렸고, 대개 기묘한 절차가 따랐다. 친구인 유리공예가에게 주문해서 만든 커다란 피펫으로 코를 뽑아냈던 것이다. 그렇게 콧구멍을 비우는 데는 10분이 족히 걸렸고, 꾸르륵 소리가 들려 왔다. 우리 집 가정부는 그 소리에 비상한 관심을 나타내곤 했다.

쥐비알은 또한 관장(灌腸)에 필요한 수많은 도구들을 가지고 있었다. 그의 말에 따르면 관장은 현대인의 건강에 꼭 필요한 동시에 가장 중요한 처치였다. 베르들로에 초대받은 사람이 소화불량이나 감기 증세를 보이면 그는 즉각 약초를 넣은 관장액을 처방해 주었다. 그는 약초들이 가득 든 병을 가지고 있었다. 상대가 거부하면 쥐비알은 화를 내면서 그 사람을 무식한 고집쟁이로 취급했다. 때로는 마음의 안정을 위해 피나무 꽃즙으로 관장을 하기도 했다. 나 역시 어린 시절 한때를 뱃속에 더운 물을 채우며 보냈다. 주위 사람들에게 애정을 느끼는 만큼 그는 자신의 방식대로 그들을 돌보려 했다.

하지만 의학에 대한 그의 태도는 상식을 벗어나는 것이었다. 그는 의학에 줄곧 관심을 가지고 있었는데, 그것은 몸 상태가 좋을 때조차 자신의 몸에 병이 잠복해 있다고 생각했기 때문이었다. 서재의 한쪽 벽에는 병원처럼 그의 체온을 기록해 놓은 그래프가 항상 붙어 있었다. 대부분의 경우 그는 엉덩이 사이에 체온계를 꽂고, 그 위에 가운을 걸친 채 서서 글을 쓰곤 했다. 그는 밤이든 낮이든간에 그런 식으로 자신의 건강 상태를 진단할 수 있었다. 그가 깜박 잊고 자리에 앉는 바람에 수은이 담긴 체온계가 엉덩이 밑에서 깨지는 것을 목격한 것이 한두 번이 아니었다!

그가 병원과 맺고 있는 복잡한 관계 가운데 가장 생생하게 내 기억에 남아 있는 것은 왕 여사와의 일이다. 쥐비알은 유독 의사를 믿지 않았다. 의사들로부터 완쾌되었다는 말을 듣는 순간 그는 의심을 품었다. 젊은 나이에 죽을 운명이어서 그랬는지 그는 기회만 있으면 자신의 몸에 병이 숨어 있다고 말하곤 했다. 병 없는 그를 치료할 수 있는 사람, 탁월하지만 불안정한 그의 건강에 열의를 보이는 사람은 왕 여사뿐이었다. 한때 쥐비알은 환자의 항문에 전기 충격을 줌으로써 병을 치료하는 어떤 불가리아인에게 열을 올리기도 했다. 아버지의 말에 따르면 그 도구를 엉덩이에 갖다대면 '제우스 신이 당도한 것 같다'는 것이다. '노란 꼽추'는 겁에 질린 채 시험

삼아 그 치료를 받았는데, 그후 그런 식의 치료는 우리 집안에 발붙일 수 없게 되었다.

직업이 침술사인 왕 여사는 어느 날 쥐비알에게 이렇게 털어 놓아 그의 신뢰를 얻어냈다. 자신은 원래 남자였는데, 성(性)을 바꾸기로 결심하고 감각을 잠재우는 경혈(經穴)에 침을 놓아 국부 마취를 한 다음 직접 성전환 수술을 했다는 것이다. 사실 여부에 관계 없이 쥐비알은 그 이야기에 흥분했다. 어쨌든 의혹을 풀기 위해 왕 여사의 몸을 조사해 볼 수는 없는 일이었다. 진료실에 있을 때면 그녀는 언제나 얼굴 앞에 타원형 오목 거울을 놓아두었다. 위쪽에 동굴 탐사용 랜턴이 달린 그 거울에는 눈 높이에 두 개의 구멍이 뚫려 있었다.

왕 여사의 전문 분야는 구멍침이었다. 그녀는 콧구멍이나 입·귀 같은 뚫린 곳에만 침을 놓았다. 예외적으로 항문에 침을 놓는 적도 있었지만 극히 드물었다. 내가 아프면 아버지는 나를 몰래 그녀에게 데려가서 진찰을 받게 했다. 왜냐하면 어머니가 그 괴상한 침술사를 싫어한다는 사실을 알고 있었기 때문이다. 하지만 나는 열광했다. 좀 특별하긴 했지만 그런 시간은 아버지와 함께 있을 수 있는 기회였다. 둘이 함께 웃는 것은 서로를 사랑하는 한 가지 방법이 아니겠는가?

내가 아버지와 처음으로 왕 여사 진료실의 문을 연 것은 아홉 살 때였다. 지독한 기침 때문에 가슴이 찢어질 지경이었다. 내 관심은 오직 쥐비알이 나를 걱정한다는 것에 쏠려 있었다. 그 사실은 나를 기쁘게 했다. 그런 일은 아주 드물었던 것이다. 왕 여사는 나를 진찰한 다음 내 귀에 침을 놓았다. 그녀가 내 귀에 뜨개바늘을 꽂았다

해도 참아냈으리라. 그 정도로 나는 일시적으로나마 쥐비알이 충실히 아비 역할을 하는 그런 순간들에 굶주려 있었던 것이다.

왕 여사는 내게 아프지 않느냐고 물었다. 아버지가 나를 지켜보고 있는 그 순간을 지속시키기 위해 나는 아프지 않다고 대답했다. 하지만 바늘에 찔린 연골은 몹시 아팠다. 만약 쥐비알이 진료실에 없었다면 나는 울부짖었으리라. 하지만 나는 그의 재치 있는 농담에 미소를 지어 보였다.

이제 나를 아프게 하는 것은 왕 여사의 침이 아니라, 매일매일을 특별하게 살아낼 수 있는 감각을 내게 부여한 그가 곁에 없다는 사실이다. 진정으로 절망한 이들이 발산하는 그런 쾌활함, 해결할 길 없는 슬픔에 익숙해져야만 배어나는 그런 기쁨을 내게 준 사람은 오직 그뿐이었다. 17년의 세월도 내 외로움을 줄이지 못했다. 그의 죽음이라는 어이없는 사건을 생각하면 나는 때때로 울부짖고 싶다.

그의 존재 방식에 대한 동경에서 영원히 벗어날 수 없다면? 때때로 나는 혈관을 열어 피를 모두 비워내고 평범한 피로 갈아 버리고 싶은 충동을 느끼곤 한다.

그보다 더 오래 산다면

1971년, 남프랑스 해변의 여름 태양이 내 몸에 내리쬐고 있다. 아버지를 보지 못한 지 두 달이 되어간다. 이상한 일도 아니지 하고 나는 생각한다. 쥐비알은 휴가를 싫어하고 태양을 경계하니까. 노란 꼽추의 말에 따르면, 자신의 어린 시절에는 도빌 해변에 정숙한 여인들이 작은 양산으로 미소를 가리고 다녔는데, 쥐비알이 줄곧 꿈꾸는 것은 바로 그런 해변이었다. 하지만 나와 동생 프레데릭과 누이 바르바라가 파리로 돌아와 파라오의 궁전을 연상시키는 새 아파트로 옮겨 왔음에도 불구하고, 아버지의 모습은커녕 흔적도 볼 수 없는 것은 이상했다. 우리는 그 문제에 대해 질문을 해서는 안 될 것 같은 느낌이 들었다. 그런 수수께끼 같은 상태는 두 달간 계속되었다.

나는 나중에야 어머니가 쥐비알과 따로 생활하기로 결심했고, 그 결심을 좀더 확고히 하기 위해 우리가 이사한 곳을 그에게 알려 주지 않았다는 것을 알았다. 쥐비알의 갈망을 더욱 간절한 것으로 만들기 위해 어머니는 친구들에게 함구령을 내렸다. 우리의 잠적은 동화 같은 일로 머물러 있어야 했다. 당시 어머니는 주연급 여배우였고, 출연작 중에는 아버지가 시나리오를 쓴 것도 있었다. 어머니가 서스펜스 없는 일에 만족할 리가 없었다. 쥐비알과 어머니 사이에서는 그 무엇도 단조롭지 않았다. 온갖 일에서 언제나 넘치는 열정을 느낄 수 있었다. 열정이야말로 두 사람의 상궤를 벗어난 삶을 지지해 주는 축이었다.

예상했던 일이 벌어졌다. 쥐비알은 파리 전체를 헤집고 다니면서 우리가 새로 이사한 집을 알려 달라고 호소했고, 정보를 얻기 위해 어머니 남자 친구들의 아내 몇몇과 잠자리를 같이했다. 한 달 후, 그는 마침내 우리가 있는 곳의 주소를 알아냈다. 하지만 그 사실을 아무에게도 알리지 않고 일부러 아무런 행동도 취하지 않았다. 당시 그는 자신의 첫 작품을 써내느라 분주했다. 자신의 재능에 자양을 부여하고, 자신의 감수성을 생생하게 해주는 천혜의 절망감에서 벗어나기에 적당한 때가 아니었던 것이다. 또한 그의 귀가는 어머니의 도전에 상응하는 것이 되어야 할 터였다.

그로부터 다시 한 달이 흘렀다. 내가 어머니 방에서 학교에서 배운 것을 복습하고 있는데, 전화벨이 울렸다. 어머니가 전화를 받았다. 수화기 속에서 쥐비알의 목소리가 들려 왔다. 그는 흥분해 있는 듯 고함을 질렀다.

"내가 어디 있는지 알아맞혀 보겠어? 밖을 내다보라구!"

호기심이 동한 어머니는 유리문을 열고 발코니 위로 두 걸음을 옮겨 놓다가는 갑자기 미소를 지었다. 흔한 미소가 아니라 눈부시게 빛나는 미소였다. 그런 어머니에게서는 지난날 아버지의 마음을 사로잡은 젊은 처녀의 모습을 볼 수 있었다. 길 맞은편에서 쥐비알이 전화기를 들고 서 있었다. 그는 바로 맞은편에 있는 아파트를 세냈던 것이다! 그때 프레데릭이 어머니 방으로 들어왔다. 그 애는 네 살이었지만 한눈에 사태를 알아차렸다. 매혹당한 그 애는 미소를 지으면서 마술사의 공연에 박수를 치듯 손뼉을 치기 시작했다.

어머니와 아버지의 관계는 그런 식이었다. 언제나 아슬아슬하고 가슴 조이는 영화의 한 장면 같았다. 하지만 그런 우여곡절에도 불구하고 그들은 각자 자신들이 같이 살 수도 헤어질 수도 없음을 알고 있었다. 내게 있어서 그들의 열정은 지속적인 재정복의 전범으로 남아 있다.

그 사건 이후, 두 사람은 주말마다 베르들로 등지에서 다시 사랑을 나누기 시작했다. 평일 저녁 아버지가 어머니와 잠자리를 함께 할 수 있을지도 모른다는 기대에 차서 외식을 하기 위해 어머니를 데리러 오는 것을 보고 나는 감동했다. 손에 꽃다발을 들고 현관에서 서성대는 그 영원한 연인의 모습이야말로 내 눈에는 이상적인 자르댕 가 남자의 모습으로 보였다.

그로부터 여러 해가 지난 후, 스물세 살이 된 나는 내 소설의 주인공 얼룩말을 통해 이 재정복의 꿈을 실현시켰다. 그 시골 공증인에게 아버지의 기벽 몇 가지를 대입시켰던 것이다. 하지만 그 당시 내가 상상력을 동원해 그 책에 쓴 이야기 중에 쥐비알이 실제로 행동으로 옮긴 것이 있다는 사실은 모르고 있었다.

그 사실이 밝혀진 것은 문제의 소설이 출간된 지 5년 후인 1993년 어느 가을날 저녁 어머니의 입을 통해서였다. 베르들로에서 돌아오는 차 안에서 어머니가 열띤 어조로 불쑥 이렇게 물었다.

"편지를 보낸 사람이 너지?"

"무슨 편지 말예요?" 나는 영문을 몰라 반문했다.

앞서 말한 그 소설 3장에서 얼룩말은 세상을 떠났지만, 무덤 저편에서 편지를 보내는 잔인하면서도 감동적인 방식으로 아내를 유혹하는 일을 계속한다. 그 편지들이 여주인공을 열정의 올가미에서 헤어나지 못하게 하는 것이다. 그날 저녁 나는 어머니의 입을 통해 아버지가 어머니에게 바로 그런 일을 했다는 사실을 알았다! 무덤 속에서도 그는 어머니의 마음과 희망과 미래를 차지하고 싶었던 것이다.

내 소설이 출간되자 어머니는 그 책의 3장을 통해 내가 과거에 자신에게 그런 편지를 보냈다는 사실을 간접적으로 고백하고 있다고 믿었다. 어머니가 보기에 그렇게 되면 모든 것이 아귀가 맞았다. 어머니 생각에 그렇게 정신 나간 오싹한 연극을 할 수 있는 사람은 나뿐이었다.

하지만 전혀 그렇지 않았다. 그런 사건은 전혀 알지 못한 채 나는 펜이 가는 대로, 환상이 이끄는 대로 썼을 뿐이었다. 아버지라면 그런 행동을 하고도 남으리라는 영감을 받은 것뿐이었다. 그때 나는 그 글을 쓰는 것이 내 안에 있는 쥐비알이라는 것, 적어도 그 소설을 쓰는 동안만큼은 내가 그가 되었다는 것을 모르고 있었다. 문학적 유전의 궤도는 때때로 가늠할 수 없는 법.

이제 그가 죽은 나이——마흔여섯 살——에 다가갈수록 나는 그와 쌍둥이 형제가 되어가는 것 같은 느낌이 든다. 그보다 더 오래 산다면 나는 그의 형이 되리라.

문학적 유전

“제가 파스칼 자르댕의 아들이 아니라, 그가 알렉상드르 자르댕의 아버지이죠!” 1986년 10월, 텔레비전에 출연해서 내가 한 첫마디였다.

그때 나는 스물한 살로 베르나르 피보의 토크쇼인 ‘아포스트로프’에 초대되었다. 피보가 시청자들에게 나를 파스칼 자르댕의 아들이라고 소개한 참이었다. 나는 할 수만 있다면 내가 아버지이고 그가 아들이라고 말했으리라. 그 정도로 족보상의 우선 순위는 줄곧 나를 짜증스럽게 했고, 나아가 저항까지 불러일으켰다. 내가 그렇게 말한 데는 또 다른 동기가 있었다. 사람들이 파스칼 자르댕이라는 이름을 알지 못하리라는 데 거의 확신을 가지고 있었기 때문이었다. 피보가 인용한 파스칼 자르댕이라는 이름을 그와 몇몇 그룹의 사람들을 제외하면 모를까 봐 정말이지 걱정스러웠다.

우리 집안에서 쥐비알이 유명한 것은 자연스러운 일이었다. 따라서 가족들이나 친척들 사이에 그의 명성이 자자하다는 것은 전혀 놀랍지 않다. 하지만 내 또래에게 그의 이름은 아무런 울림도 일으키지 않았다. 일시적으로 공전의 성공을 거둔 그의 작품들을 읽기에 우리는 너무 어렸다. 그가 영화 대본을 썼다는 사실에 누가 관심을 갖겠는가? 내 친구들이 텔레비전에서 《낡은 총》《고양이》《과부 쿠드락》, 그리고 《천사장 안젤리카》 등을 물론 보았지만, 시나리오를 쓴 사람의 이름 같은 걸 누가 기억한단 말인가? 프랑스인들은 영화 속에서 장 가뱅이 하는 말이 바로 그 배우의 머릿속에서 나온 것이라고 생각하는 경향이 있다.

그래서 나는 사람들이 내 아버지를 알지 못하리라고 생각했다. 이름이 알려져서 여러 사람을 만나게 된 나는 나보다 나이 많은 이들이 나를 파스칼이라고 불렀다가 사과하는 경우를 여러 번 접하고 놀라지 않을 수 없었다. 그 일은 그의 어마어마한 매력에 가려 빛을 잃지 않을까 줄곧 두려워하던 나를 뒤흔들어 놓았다. 쥐비알은 그런 식으로 혜성처럼 흔적을 남긴 셈이었다. 얼마 지나지 않아 나는 사람들이 나를 아비 덕을 본 녀석으로 의심하기도 한다는 것을 눈치챌 수 있었다.

얼마나 아비 있는 자식이 되고 싶었던가. 하지만 내게는 아버지가 없었다. 쥐비알은 청년으로서 막 첫발을 내디디려는 나이에 나를 버려두고 가버렸다. 내 나이 열다섯 살에……. 나는 그의 부재가 주는 한기(寒氣) 속으로 떠밀려 들어갔었고, 시범을 보여 주는 어른 없이 혼자서 면도하는 법을 배웠다. 불안정한 청소년기에 스스로를 파악하는 데 도움을 주긴 했지만 어머니는 나의 자르댕적인 성향을 좋아하지 않았다. 어머니는 쥐비알의 과도한 기질이 내 안에서 용솟음치는 것을 은밀히 바라는 동시에 두려워했던 것 같다. 그 기질로 인해 너무나 고통을 받았으므로……. 어머니는 내가 더 안정되기를, 다양한 삶에 대한 욕망으로 덜 고통받기를 바라고 있었다.

그런데 스물한 살 때, 명성이 갑자기 나에게 근원을 일깨워 주었다.

《르 몽드》가 내 존재 자체를 거슬려 하며 줄곧 보여 주는 혐오감은, 그 신문의 지독한 악평에 맞서 쥐비알이 벌였던 소송의 기억을 떠올리게 한다. 쥐비알이 받아낸 그 신문에 대한 답변 게재권에는 이미 나에 대한 반감이 준비되어 있었다. 그 답변에서 쥐비알은 자신을 헐뜯은 이에게 뇌가 있어야 할 자리에 스폰지가 들어 있는 게 분명하다고 하지 않았던가. 시간차를 두고 기묘하게도 마치 내가 아버지의 적개심을 물려받은 것처럼 모든 일이 벌어졌다.

파리는 그런 식으로 아주 짧은 시간 동안 나를 스쳐갔던 그같은 아버지의 모습을 되살려 주었다. 정말 뜻밖이 아닌가, 문학적 유전이라니…….

그렇게 풍요로운 자취를

아버지는 어떤 식으로 사랑을 했을까? 이 의문은 한순간도 내 머릿속을 떠난 적이 없다. 그 정도로 나는 연인으로서의 쥐비알의 모습에 매혹되어 있었다. 1996년 7월 30일, 생트 클로틸드 성당에서 나를 보고 놀란 30여 명의 여인들 중 몇 명에게 나중에 그에 대한 솔직한 대답을 구하자, 그들은 각기 다른 대답을 들려 주었다. 쥐비알은 그들 각각을 위해 사랑의 기술을 개발했고, 환상으로 가득 찬 자신의 모습을 새로 만들어 냈다. 그는 그들에게 같은 말, 같은 꽃다발, 같은 동요를 야기하지 않았다. 진지한 것이든 경박한 것이든 간에 그가 제기하는 문제들은 언제나 그들을 다른 희극이나 일련의 비극 속으로 끌어들였다. 그들은 저마다 파스칼 자르댕의 미발표 소설 속의 여주인공이었다. 쥐비알은 끊임없이 상상의 나래를 펼쳤다. 그에게 있어서 사랑한다는 것은 너무나도 진지한 것이어서, 자신이 사랑하는 존재들을 새롭게 만들지 않을 수 없었던 것이다. 그는 여자들을 찬란하게 만듦으로써 그들이 자신의 세계 한가운데서 진정한 모습을 드러내는 것을 좋아했던 것 같다.

진짜 사내였던 그는 여자들을 자신의 몽상 속으로 초대할 때면 매번 다른 옷을 입을 정도로 완벽을 기했다. 여자들이 가지고 있는 누렇게 된 사진들 속의 그는 부유한 재산가 차림인가 하면 아프리카의 사냥꾼 차림이었고, 진바지 · 연미복 · 양복 · 풀오버를 입고 있었다. 여자들의 분위기와 취향에 따라 때로는 같은 날에도 여러 번 옷을 바꿔입었다. 셰르부르 해변에서 캠핑을 하고 있는 사진, 도빌의 노르망디 호텔에 묵고 있는 사진, 유명한 성악가와 팔짱을 끼고 있는 사진, 1969년 여성 운동 시위에서 브래지어를 불태우는 짧은 머리의 여자 옆에 서서 플래카드를 들고 있는 사진, 수집가들의 애호품인 접이식 토르페도 운전석에 앉아 있는 사진, 회색곰 가죽을 두르고 매혹적인 중국 여인에게 미소를 짓고 있는 사진도 있었다.

나탈리와 마농 · 레진 · 안 · 다니 · 소니아 · 프랑수아즈 · 로베르타 · 폴린 · 맹 등 숱한 여인들과의 연애담을 그는 왜 글로 쓰지 않았을까? 그는 자신의 사랑을 작품의 갈피마다 꼼꼼한 곤충학자처럼 핀으로 꽂아두기보다는 삶 그 자체를 열정적으로 누리는 편을 더 좋아했던 것 같다. 이해할 수 있을 듯하다. 나 역시 아내와의 사랑을 여러 차례 글로 써보려 했지만, 사실 그대로를 기록하려는 그런 시도들은 거의 언제나 기대에 어긋나지 않았던가.

너무나도 다양한 이런 소설 같은 사건들에는 삶의 진정한 모습을 알고자 하는 그의 격정이 고스란히 드러나 있다. 그의 품안에서 여자들은 가식 없이 존재한다는 느낌, 스스로의 두려움을 정복하고 문득 진실 속으로 들어가는 듯한 느낌에 사로잡혔다. 그 증거로서 그가 자신들을 열망하고 있었던 것이다. 거기에는 일말의 어긋남도 없었다. 그가 그녀들을 기쁘게 소유했다면, 일시적인 것이었다 하더라도 그 연애 사건들은 그의 마음에 영원히 새겨져 있었다. 격정적인 사랑이나 치유할 길 없는 열정, 사람을 헐떡이게 하고 만족시키고 황폐화시키지만 후회를 남기지 않는 그런 열정만이 그를 부추길 수 있었다. 생트 클로틸드 성당에 모여 눈물을 닦아내는 하루짜리, 혹은 몇 개월짜리 주인공들이 그렇게 많았다는 사실을 그가 죽은 지 16년이 지난 다음에야 알게 되다니…….

그런데 누가 나를 위해 울어 줄 것인가? 동시대인들에게 난 무엇을 주었는가? 그렇게 풍요로운 자취를 남길 만큼 사랑에, 우정에 몰두할 줄 알았던가? 쥐비알의 삶의 행로를 돌아볼 때면, 내가 다른 이들의 삶 안으로 들어가지 못한 채 겉만 스치고 있는 듯한 느낌이 들곤 한다.

내 천성이 분비하는 독에 저항하다

쥐비알과 소니아의 연애 사건은 아찔한 현기증 속에서 단 15분 만에 끝났다. 1978년 6월 6일, 정확히 밤 10시 50분부터 11시 5분까지 소니아는 평화로운 도시 루뒹에서 무르익고 있던 갑갑한 행복으로부터, 주부라는 직분으로부터 벗어나 있었다.

만찬이 진행되는 동안 줄곧 쥐비알은 그녀의 시선을 사로잡았고, 극도로 정돈된 운명의 궤도에서 이탈하게 만드는 육체적 열정에 관한 이야기로 그녀의 마음을 산란하게 했다. 위험한 아이 같은 쥐비알의 매력은 소니아의 가슴속에 욕망을 불러일으켰다. 하지만 그녀는 그 욕망에 오랫동안 머물지 않았다. 지나치게 자유롭고 엉뚱한 그 사내는 믿고 살기에는 불안하게 여겨졌던 것이다. 쥐비알과 함께 있으면 사람들은 모두 문득 균형을 잃고 넘어질까 봐 두려워했다. 소니아의 남편은 아내가 혼란에 휩싸였다는 사실을 눈치챘지만, 위험이 임박했다는 것은 알아채지 못했다. 식사가 끝나자 소니아는 커피를 준비하기 위해 주방으로 갔다.

쥐비알은 디저트를 먹다말고 그녀의 뒤를 따랐다. 15분 후 소니아는 조금 헝클어진 머리에 빛나는 눈동자, 발그레해진 두 볼로 커피를 들고 돌아왔다. 한편 쥐비알은 사람들에게 인사도 하지 않고 그곳을 떠났다. 초대객들 앞을 지나가지 않기 위해 창문을 통해서. 주방의 탁자 위에서 그는 그녀에게 쾌락 이상의 것을 주었다. 스스로에 대한, 스스로의 욕구에 대한 인식을.

1주일 후 소니아는 머리 모양을 바꾸었고, 아파트의 칠을 새로 했으며, 투르에서 의학 공부를 계속하기 위해 다니던 문교부를 그만두었다. 그녀의 남편은 이유를 알 수 없었지만, 그녀에게는 서른다섯 살이라는 나이가 더 이상 장애로 여겨지지 않았던 것이다. 그는 도대체 어떤 능력을 가지고 있기에 여자들에게 스스로의 진실로 통하는 길을 열어 줄 수 있었던 것일까? 그의 존재 자체가 혁명적이 아니었을까? 그래서 그와의 만남을 통해 그가 정복한 자유에 다가설 수 있었던 것이 아니었을까.

아이였던 나 역시 그것을 느낄 수 있었다. 그가 죽고 난 후 나는 사람들을 보다 자유롭게 만드는 그런 재능, 그런 놀라운 능력을 가진 이를 만난 적이 없다. 그러니 누가 나를 내면의 감옥에서 해방시켜 줄 것인가? 누가 나에게 내 천성이 분비하는 독(毒)에 저항해 나를 면역시킬 수 있는 또 다른 독을 처방해 줄 수 있을 것인가?

모든 게 전과 다르게

내가 열 살 때의 일이다. 쥐비알은 노루발 장도리와 손전등, 피스톤 총으로 무장하고 있었다. 우리, 그러니까 쥐비알과 나와 프레데릭은 영불 해협에 면한 미라몽 성을 은밀히 털기로 했다. 가시덤불 아래 잠들어 있는 그 18세기 건물은 언제나 우리에게 동화의 한 장면을 연상시켰다. 아버지가 들려 준 이야기에 따르면, 그곳의 도서실에는 우리가 어른이 된 후 여자들을 유혹하는 데 필요한 모든 비결이 수록된 오래 된 마법의 책들이 소장되어 있었다.

그런 매혹적인 환상에 휩싸여 덤불 속으로 들어간 우리는 분수의 흔적을 에워싸고 있는 이중 회전 계단을 살금살금 오른다. 주위에서는 여름의 소리가 요란하다. 몇 마리 새들이 지저귀다가 날카롭게 울어댄다. 짧은 수염이라고 불리는 성지기에게 들킬까 봐 나 역시 동생처럼 겁에 질려 있다. 우리가 총을 가져온 것은 그런 경우를 대비해서이다. 물론 후에 나는 당시 그곳에는 짧은 수염도, 풀숲 아래 늑대잡이 덫도 없었다는 사실을 알게 된다. 하지만 위험 없는 원정이 무슨 재미가 있겠는가?

이윽고 우리는 오른쪽 익면에 있는 문 앞에 도착한다. 노루발 장도리가 열쇠보다 더 확실하게 우리에게 길을 열어 준다. 자물쇠에 녹이 슬어 있었던 것이다. 우리는 잠자는 숲 속의 공주의 궁전으로 들어간다. 한 떼의 박쥐들이 우리에게 인사를 하며 날아간다. 대형 층계들 때문에 생긴 널찍한 공간으로 박쥐의 울음소리가 잦아든다. 후미진 천장에 드리워진 거미줄을 헤치며 우리는 마침내 수천 권의 오래 된 장서들이 보관되어 있는 널따란 도서실을 찾아낸다. 덧문이 바람에 흔들려 삐걱거릴 때마다 프레데릭과 나는 아버지 옆에 붙어서서 몸을 떤다.

가죽 장정의 마법서를 하나 집어든 쥐비알은 안경을 쓰고 우리에게 읽어 주기 시작한다. 책의 내용이 그가 모르는 라틴어로 되어 있음을 나는 눈치챘다. 그러니까 아버지는 즉석에서 내용을 꾸며대 우리에게 말해 주고 있는 것이다. 어째서 쥐비알이 이런 장면을 연출하는 것일까 의아해하면서 나는 더욱 주의 깊게 귀를 기울인다. 자신의 말이라고 하면 무게가 덜할까 봐 두려운 것일까?

"너희는 언제나 여자들의 삶에서 최고의 것을 창조해 내야 한다." 쥐비알은 고문을 해독하는 흉내를 내며 더듬더듬 말한다. "언제나 귀여운 여자들의 연인으로 영원히 머물러 있어야 한다. 그들이 함께 있고 싶어하는……."

"그게 무슨 뜻이에요?" 점점 더 불안해하며 프레데릭이 묻는다.

불길하게 휘몰아치는 바람 소리가 어찌나 거센지 이제 성 전체가 흔들리는 것 같다. 소리가 날 때마다 동생은 금방이라도 무시무시한 짧은 수염이 나타날까 봐 가슴을 졸인다.

"너희들이 난처한 처지가 된다는 뜻이란다. 얘들아! 여자가 없으면 남자는 아무것도 아니거든. 내 말을 믿으렴. 남자는 여자의 기대를 불러일으키고 그 기대에 부응함으로써만이 자기 자신이 될 수 있는 법이다. 여자의 욕구 불만을 살피는 기술을 익히지 않는다면 우리 남자들에겐 구원이 없다. 여자의 감수성이야말로 우리의 스승이지. 여자들의 불평을 귀담아들으렴. 여자들을 행복하게 해주려 애쓰는 가운데 우리의 행복을 향한 지름길을 발견하게 될 테니까."

일곱 살인 프레데릭은 사변에 가까운 그런 말에 거의 관심을 보이지 않는다. 잔뜩 겁을 먹은 그 애는 지체없이 성을 빠져 나가고 싶어한다. 그러자 쥐비알은 그 애를 안심시키기 위해 사실을 털어놓는다. 전혀 위험하지 않다고, 이 성은 그 애의 대부(代父)인 샤를 에두아르 드 미라몽의 집이라고. 요컨대 장난으로 쥐비알 친구의 성을 털면서 '장소 답사'를 하고 있노라고.

영화를 찍기 위해서는 하나 혹은 여러 개의 배경을 찾아내야 한다고 쥐비알은 우리에게 설명한다.

"여기서 어떤 장면을 찍을 건데요?" 내가 묻는다.

"야간 장면이란다. 아빠는 어떤 여자와 함께 이곳에 다시 올 거야."

1주일 전부터 그의 오감을 지배하고 있는 카트린이라는 여자는 우리가 모르는 여자다. 그 카트린이라는 여자가 낭만의 부족으로 괴로워하고 있는 만큼 가능한 한 빨리 그 욕구를 채워 주어야 한다고 쥐비알은 생각하고 있다. 캉 법원의 판사인 그녀는 어떤 변호사와 결혼했는데, 쥐비알의 진단에 따르면 그는 딱하게도 결혼 생활의 문제들을 해결하기에는 역부족이다. 쥐비알에 따르면, 카트린의 남편은 그녀가 기사도적 모험의 소용돌이 속에서만 감동하는 여자임을 눈치채지 못하고 있었다. 그러니까 아버지는 그녀를 이 성에 몰래 잠입시킬 생각을 하고 있었다. 있지도 않은 성지기에게 발각될지도 모른다는 공포에 사로잡혀 그들은 이 성에서 사랑의 하룻밤을 보낼 터였다. 판사인 그녀의 마음속에서는 자신이 이 일로 기소될지도 모른다는 불안감이 커져 갈 것이었다. 시계가 12시를 치면, 마침 휴가차 근처에 와 있는, 쥐비알의 책을 펴내는 출판사 직원이 들이닥쳐 짧은 수염의 역할을 하게 되어 있었다. 두 사람이 낭만적인 영화의 한 장면을 만끽할 수 있기 위한 온갖 장치들을 준비해 둔 것이다.

그런 이야기를 들려 주면서 아버지는 우리가 아직 어린아이들이라는 사실을 잊고 있었다. 나 역시 또래 친구인 것처럼 그에게 말을 건넸다. 사람들이 고향을 지니듯 쥐비알은 유년을 품고 있었다. 그는 유년의 억양을 잃어버린 적이 없었다. 또한 그는 우리가 어머니 생각을 하리라는 것, 자신의 비합법적인 연애담이 우리를 불안케 하리라는 것 역시 의식하지 못했다. 그의 눈에는 우리가 어머니의 아들이라기보다는 앞으로 연인이 될 사내아이들로 보였던 것 같다.

그로부터 20년이 지난 어느 날 나는 어떤 술집에서 그 여인과 마주쳤다. 노란 카나리아빛 정장을 입은 카트린은 쥐비알이 앉곤 하던 테이블에 앉아 있는 내게로 왔다. 그녀는 나를 뚫어져라 응시하더니 눈길을 떨구고 웃음을 터뜨린 다음, 차마 나를 그의 이름으로 부르지 못하고 이윽고 울기 시작했다. 나는 아무 말도 하지 않았다. 중요한 이야기는 다 나오지 않았는가. 사랑의 추억에 빠진 여인처럼 아름다운 존재가 어디 있을까. 그녀는 유령과 대화하듯 나지막한 어조로 조심스럽게 내게 그 이야기를 털어 놓기 시작했다. 그들의 모의 도둑질은 실제로 한밤중 미라몽 성에서 행해졌다. 그녀가 소녀 시절부터 꿈꿔 오던 감정 속에 그렇게까지 빠져들 수 있었던 것은 그때가 처음이었다. 그 어떤 남자도 그 정도로 생생하게 동화 속으로 빠져드는 듯한 느낌을 준 적이 없었다. 자정이 되자 쥐비알이 판사인 그녀의 직업적 생명을 구하기 위해 총을 집어들어 성지기에게 굵은 소금 총알을 쏘았노라고 그녀는 말했다. 나는 당시 그 성이 사실은 내 동생 대부의 소유였고, 성지기라는 자는 파리의 출판사 직원이었다고 밝힐 생각은 전혀 들지 않았다. 그렇게 하지 않은 것이 지금은 후회스럽다. 하지만 내 아버지가 그 매력적인 판사로 하여금 상상의 위험을 무릅쓰게 만들었다는 사실이 내게는 더 감미롭게 여겨졌다.

헤어지기 직전 그녀는 이렇게 말했다.

"그때 그는…… 그는, 아니 지금도 그는…… 그는……."

"무슨 말을 하려는 건지 알아요."

그녀는 발길을 돌렸다. 나는 멀어져 가는 그녀의 뒷모습을 바라보았다. 그녀는 흐느끼고 있었다. 가냘픈 그녀의 체구가 흐느낌 때문에 들썩이고 있었다. 때로는 이미 죽은 어떤 이들이 우리로 하여금 삶에 더욱 생기를 불어넣게 하는 것은 왜일까? 우리가 무한과 사귀기 위해 태어난 존재임을 우리 자신에게 상기시킴으로써 자유롭게 존재하고 싶은 욕구를 불러일으키기 때문일까? 어째서 일탈에 찬 그런 만남들 후에는 모든 것이 전과 다르게 느껴지는 것일까?

묘석 위의 제비꽃 한 다발

잔은 창녀였다. 쥐비알은 그녀와 잠자리를 같이한 적은 없었지만 그녀를 사랑했다. 그녀는 샹젤리제로부터 멀지 않은 곳에서 영업을 했는데, 수요일이면 손님이 없는 틈을 타 쥐비알과 함께 나를 데리고 튈르리 공원으로 가서 아이스크림을 사주곤 했다.

남자에 대해, 내가 앞으로 될 존재에 대해 그녀만큼 유쾌하게 이야기해 준 여자는 드물었다. 잔은 무엇보다도 명랑했고, 그녀의 말은 솔직했다. 고양이를 고양이라고 불렀으며, 자신의 감정을 속이지 않았다. 젊고 아름다운 자신의 육체로 쾌락을 제공하는 일에 대해 그녀는 별달리 거부감을 느끼지 않았다. 그녀는 자신의 직업이 주는 자유로움을 좋아했다. 자신을 창녀로 만들어 준 섭리에 매일같이 감격했다.

잔은 쥐비알을 매혹할 만한 온갖 요소들을 지니고 있었다. 쥐비알은 평생 동안 자신의 경찰 쪽 인맥을 동원해 그녀를 보호해 주었다. 그녀는 그의 누이였고, 맑디맑은 거울이었다. 그녀에게는 거짓말이 통하지 않았다. 거짓말은 그녀를 화나게 했다. 그녀는 거짓말을 하지 않더라도 삶이 이미 충분히 엉망이라고 생각했다.

두 사람이 처음 만난 것은, 어느 날 저녁 쥐비알이 자기 작품의 마지막 장을 읽어 주고 조언을 구할 사람을 찾고 있을 때였다. 적당한 사람을 찾지 못한 그의 머릿속에 창녀를 불러야겠다는 생각이 떠올랐다. 두 시간 후 물이 뚝뚝 떨어지는 검은색 비옷을 입은 잔이 그의 집에 도착했다. 남자들의 괴벽에 익숙해 있던 그녀는 자신이 쓴 작품을 들어 주는 대가로 돈을 주겠다는 작가의 말을 듣고도 불안해하지 않았다. 쥐비알은 작품을 읽었고, 그녀는 자신의 느낌을 들려 주었다. 그러면서 앞서 말한 솔직함으로 자신에 대해 이야기함으로써 쥐비알을 사로잡았던 것이다.

짧은 일생 동안 그가 만들어 낸 가장 아름다운 순간들은 어쩌면 잔을 위한 것이었는지도 모른다. 어느 날 저녁, 그는 빅토르 위고가에 있는 프뤼니에 식당을 신사로 변장시킨 한 무리의 집시들로 가득 채웠다. 그녀의 생일 만찬 동안 그들은 갑자기 자리에서 일어나 그녀의 아름다움을 기리는 즉흥 뮤지컬을 공연했다. 그녀는 눈물을 흘렸다. 또 이런 일도 있었다. 쥐비알은 그녀에게 자기가 좋아하는 책들을 모조리 사주었다. 자신을 감동시켰거나 상처입혔던 구절을 책 안의 간지(間紙)들에 적어서. 그렇게 해서 그녀는 쥐비알의 친필이 들어간 2천여 권의 책을 소장하게 되었다. 그 간단치 않은 작업을 하느라 쥐비알은 여러 주를 보내야 했다. 이번에도 그녀는 눈물을 흘렸다. 깜박 잊고 말하지 않았는데, 그는 두 달에 걸쳐 하루에도 서너 차례 그녀에게 꽃을 보내기도 했다. 아파트 관리인이 그 건물에 창녀가 아니라 공주가 살고 있다고 여겼을 정도였다. 그런 열정적인 친절은 잔을 자신의 것으로 만들기 위해서가 아니라 다른 남자들이 그녀에게 주려 하지 않는 것들, 곧 그녀의 고상함에 대한 애정과 경의를, 눈부신 여성다움에 대한 찬사를 바치고 싶은 마음에서 나온 것이었다.

쥐비알의 장례식 때 잔은 갓 깎아낸 묘석 위에 남몰래 제비꽃 한 다발을 올려 놓았다. 그후 17년 동안 스위스 브베에 있는 쥐비알의 묘지 위에는 누가 갖다 놓은 것인지 알 수 없는, 그와 똑같은 꽃다발이 하루도 거르지 않고 놓여 있다.

그의 신(神)

안은 아버지의 연인들 중에서 내가 제일 좋아하는 사람이었을 것이다. 쥐비알과 나는 어느 수요일 골동 피아노를 파는 상점에서 그녀를 만났다. 쥐비알이 나를 그곳에 데려간 이유는 상품으로 나와 있는 골동 피아노들의 역사를 이야기해 주기 위해서였다. 여점원의 놀란 눈길을 받으며, 그는 그곳에 놓여 있는 한 클라브생〔오늘날 피아노의 전신. 하프시코드라고도 한다〕을 가리키며 탈레랑이 샤토브리앙의 연인 폴린에게 선물한 것이라고 말해 주었다. 탈레랑이 그 여자에게 눈독을 들였다는 것이다.

가감 없는 필치로 사람들을 묘사했던 생 시몽〔1675-1755; 프랑스의 시인, 공상적 사회주의자 생 시몽의 당숙이다. 《회상록》에서 루이 14세 궁정 생활의 사건들을 생기 있고 생략적인 문체로 다루었다〕 같은 인물이 되고 싶기라도 한 듯이, 이야기를 꾸며내는 것이야말로 쥐비알이 좋아하는 일이었다. 정치적인 위선과 체면 이면에 자리잡고 있는 진실을 포착했노라고 그는 언제나 내게 단언했다. 그는 그런 식으로 나에게 역사 교과서에 나오는 위대한 인물들의 사랑에 대해 믿어지지 않을 만큼 아름다운 이야기들을 수백 가지 들려 주었다. 그 때문에 나는 고등학교 때 선생님들과 약간의 마찰을 겪기도 했다.

쥐비알의 만신전 안에서 샤를 모리스 드 탈레랑 페리고르는 특별한 자리를 차지하고 있었다. 이 변덕쟁이 외교관은 1789년부터 1834년까지 온갖 정치 제도를 섭렵했다. 국민의회 당원, 열월파〔프랑스 혁명력으로 1794년 열월 9일, 곧 7월 27일 로베스피에르를 타도한 세력〕 당원을 거쳐 집정 정치를 수립하려는 세력에 가담했다가, 나폴레옹 치하에서 외상(外相)을 지냈으며, 1815년 숙고 끝에 그와 결별하고 왕정 복고 시대를 연 부르봉 왕조의 루이 18세를 받아들였다. 그는 국가와 자신의 이익을 밀착시키는 가운데 배신을 밥먹듯이 했다. 탈레랑놀이를 할 때면, 쥐비알과 나는 한쪽 다리가 짧은 절름발이였던 그 사내의 걸음걸이를 흉내내서 절뚝거리며 걸었다. 쥐비알은 자신의 작업실에서 내게 추기경의 지팡이와 종이로 된 주교관을 만들어 주기까지 했다. 환속한 후 국민의회에서 교회 재산의 매각을 표결에 부쳤던 탈레랑의 주교 시절의 모습을 되살리기 위해서였다. 자르댕 가의 아이들에게 있어서 미키나 도널드에 필적할 수 있는 존재는 위대한 샤를 모리스뿐이었다.

그날 쥐비알은 탈레랑이 자신이 탐내던 여자들에게 클라브생을 선물했노라고 내게 말해 주었다. 쥐비알의 설명에 따르면, 음악을 선물하는 것은 시들지 않는 꽃다발을 주는 것과 마찬가지로 그만큼 여자들을 기쁘게 하는 것도 없었다. 나는 그 이야기를 귀담아들어 두었다. 그때 문득 쥐비알은 상점 안을 왔다갔다하는 어떤 형태를 의식한 모양이었다. 스타킹처럼 달라붙는 옷이 몸매를 드러내고 있었기 때문에 눈에 띌 수밖에 없었다. 아버지는 진지한 눈길로 나를 바라보다가 입을 열었다.

"네 나이에도 진짜 예쁜 여자가 어떤 건지 아니?"

"아빠, 난 여덟 살인데……."

나는 그런 질문을 받는 것이 마음에 들지 않는다는 표시로 짜증을 내며 대답했다. 그후 쥐비알은 내 나이에 대해 더 이상 이러쿵저러쿵하지 않았다.

그 젊은 여인은 두 대의 피아노 중에서 어느것을 사야 할지 망설이고 있는 것 같았다. 생각에 잠긴 채 그녀는 상점 안쪽으로 걸음을 옮겼다. 그러자 쥐비알은 단숨에 판매원에게 달려가 두 대의 피아노 중에서 비싼 쪽의 가격을 물은 다음 수표를 써서 명함과 함께 주었다. 그런 다음 우리는 지체하지 않고 상점을 나왔다. 어찌나 순식간의 일이었는지 그가 정말 그런 일을 했는지 실감나지 않을 정도였다.

"아는 여자예요?"

"아니. 아는 여자라면 수표를 써주었을 리가 없지! 그러니까 여기엔…… 환상이 있는 거지. 모든 가능성이 열려 있는 거야……."

그 젊은 여인은 그에게 전화를 걸어와 부담스럽다는 이유로 선물을 거절했다. 하지만 피아노는 그녀에게 배달되었다. 그들은 다섯 달 동안 사랑을 나누었다. 당시 안은 이혼의 상처 때문에 남자들과 거리를 두고 있던 중이었다.

역설적이게도 안은 포부르 생 토노레 가에서 결혼상담소를 운영하고 있었다. 그 사실을 쥐비알은 몹시 재미있어했다. 그는 고객의 자료를 살펴보면서 가장 어울리지 않는 쌍을 골라내는 데 여러 날 밤을 새우기도 했다. 우리 셋은 설명이 덧붙여진 사진들을 가지고 짝짓기놀이 같은 것을 했다. 아버지가 그 놀이를 재미있어하면 할수록 안은 일부러 쥐비알의 카드 앞에 자신의 카드를 내려 놓는 것 같았다.

하지만 쥐비알이 그녀에게 해줄 수 있었던 일은, 파라디 라탱의 무대에서 크림 과자로 만들어진 웨딩드레스를 입은 그녀와 모의 결혼식을 올리는 것뿐이었다. 어느 날 저녁 그곳의 지배인은 쥐비알이 특별히 각본을 쓴 즉흥극을 안과 함께 무대에서 공연하는 것을 허락했다. 관객들은 그것을 정규 공연의 일부라고 여겼다. 반짝이가 난무하는 그 결혼식을 보며 그들은 장내가 떠나갈 정도로 박수를 쳤고, 디저트로 신부의 드레스를 먹어치웠다. 깎아 놓은 듯한 안의 몸매가 모두 드러났을 때, 그 야간 결혼식으로부터 남은 것은 두 사람의 기억 속에 남은 감미롭고 아름다운 추억뿐이었다. 쥐비알만큼 멋지게 추억을 선물할 줄 아는 이는 없었다.

하지만 내가 안을 그토록 좋아했던 것은, 그녀가 내게 기도의 기쁨을 알게 해주었기 때문이다. 내가 고통스러운 갈등을 겪던 시기에 기도는 나로 하여금 날마다 신에게 가까이 갈 수 있도록 해주었다. 매주 수요일 우리가 만날 때마다 그녀는 나를 데리고 노트르담 성당에 갔다. 우리는 몇 자루의 초를 밝혔다. 나는 열정이 배어 있는 그녀의 기도를 반복해 읊조리며 기도하는 법을 배웠다. 그런 다음 그녀는 나를 자기 집으로 데려가 간식을 주고 피아노를 치면서 성가를 불러 주곤 했다. 아빠가 선물한 그 피아노로…….

하지만 쥐비알은 안의 신비주의에 그다지 영향을 받지 않았다. 성당 같은 장소에 들어간 그를 목격한 것은 세 차례뿐이었다. 첫번째는 앞서 말한 생트 클로틸드 성당에서 열린 '노란 꼽추'의 장례식 때였다. 두번째 배경은 지금은 허물어진 불로뉴 영화 스튜디오로 지어진 성당이었다. 그가 대본을 쓴 특이한 장편 영화의 촬영이 그곳에서 이루어지고 있었다. 쥐비알의 작품 중에서 가장 사적이었던 영화 《저음을 부드럽게》에 대중은 무관심했고 비평가들은 따가운 비판을 보냈다. 촬영상의 필요에서 불로뉴 숲에 브르타뉴풍의 성당 세트가 세워졌다.

그때 쥐비알은 나를 그곳에 데리고 가서 신에 대해, 자신의 의혹에 대해 내게 말해 주었다. 코르크로 조각된 성수반이 갖추어진 스티로폴 성당 안으로——믿을 수 없을 만큼 가벼운——들어가자 괴상한 신부가 나를 맞아 주었던 기억이 난다. 사제복을 입은 알랭 들롱이었다. 그는 뱃머리 모양의 설교단에 올라가 우리에게 신과 여자들에 대한 강론을 했다. 아버지가 쓴 대사가 그의 입에서 흘러 나왔다. 우리가 신앙 깊은 신자들처럼 회중석에 앉는 순간 하마터면 의자가 꺼질 뻔했다. 의자 역시 임시로 만들어 놓았던 것이다. 알랭 들롱의 장광설이 어떤 내용이었는지 자세히 기억나진 않지만, 신을 믿기보다는 자기 아내를 믿으라는 말이었던 것 같다. 그것이야말로 쥐비알의 종교가 아니었을지…….

그런데 쥐비알은 무엇으로부터 도망치기 위해 삶을 거듭 영화로 만들었던 것일까? 어떤 혐오감에서 벗어나려 했던 것일까? 즐거워지기가 어려웠던 그의 성향 이면에는 어떤 슬픔이 감추어져 있었던 것일까? 진짜 운명을 보지 않기 위해, 실제 자신의 본질로는 불충분한 듯이 줄곧 운명을 상상해야 할 만큼 그의 고통은 컸다. 자르댕 증후군이랄까…… 속속들이 절망에 차 있었던 그는 그것을 느끼지 않기 위해서 유쾌하게 이야기를 꾸며댔다. 현실 세계에 참여해 질식하지 않기 위해 현실을 자신의 색채로 다시 칠했다.

그렇다면 나는 그와 얼마나 다른가?

내게는 현실의 삶을 사랑할 능력이 있는가?

지난 10년 동안 나는 쥐비알의 결함을 바로잡거나 내 궤도를 수정하기 위한 것과는 전혀 다른 책들을 써왔다. 가상의 능력을 소설 주인공들은 물론 나 스스로에게도 부여하고 감정을 정리함으로써 나 자신이 되는 고통으로부터 벗어날 수 있었다. 언어를 만지는 순간 마법사가 되어 버리는 아버지를 이길 수 없으리라는 생각에 질려 버린 베르들로의 어린 나 자신이 되는 고통으로부터. 이야기 상대를 사로잡는 자신의 아버지 노란 꼽추에 대해 쥐비알 역시 그런 고뇌의 감정을 느꼈을 터였다. 쥐비알과 내가 그 점에 대해 대화를 나눌 수 있었다면, 상처를 품은 채 아무렇지도 않은 듯이 가장하는 대신 형제 같은 동류 의식을 느꼈을지도 모른다. 조심성이라고 불리는 그런 가장(假裝)이 내게는 날이 갈수록 결점처럼 느껴진다.

내가 성당에 들어간 아버지를 세번째로 본 것은 그의 장례식 때였다. 그날 오후 쥐비알은 누운 채 성당으로 들어갔다. 이번에는 촬영용 세트가 아닌 생트 클로틸드 성당이었고, 사제 역시 알랭 들롱이 아니었다. 물론 알랭 들롱도 참석해 조사를 낭독했다. 사제 역은 쥐비알의 한 친구가 맡고 있었다. 실제로 사제 서품을 받은 사람으로, 신학교에서 탈출하려 했던 과거를 지닌 괴짜였다. 쥐비알의 죽음에 채 정신을 차리지 못하고 있는 사람들 중에는 안도 있었다. 그날은 그녀가 신을 믿고 있다는 사실이 그를 위해 다행스럽게 여겨졌다. 대사 작가인 미셸 오디아르는 내게 몸을 기울이며 특유의 쉰 목소리로 말했다.

"봐라, 얘야. 모두 휴가를 떠나 버린 8월 중순에도 네 아빠는 성당 가득 사람들을 불러모았잖니!"

그는 클리넥스로 눈물을 닦았다. 그런 다음 옆사람에게 말했다.

"좀 비켜 주셨으면……."

안쪽 자리로 다가간 나는 그의 신이자, 검은 옷의 동정녀이자, 무녀이자 북극성인 내 어머니 곁에 앉았다.

그의 삶보다 더 위대한 것

스스로 내 어머니의 인력에서 벗어나 있다고 믿고 있을 때에도 쥐비알은 그녀의 영향권에서 벗어나지 못했다. 어머니는 그가 정복한 모든 여자들 가운데에 자리잡고 있었다. 언제나 그는 두 사람의 열정으로 돌아오곤 했다. 마지막 몇 달 동안 병으로 몸이 약해지는 것을 느끼면서 그가 함께 있고 싶어했던 사람은 바로 어머니였다. 그들의 사랑을 미완성으로 남겨 놓지 않기 위해.

그 무엇보다도 쥐비알은 한 여자의 남편이었다.

그러므로 나는 한 아비의 아들이 아니라 한 남편의 아들, 자신이 이 세상에 온 의미가 단 하나, 자신의 아내를 열렬히 사랑하는 데 있다고 믿었던 한 남자의 아들인 셈이다.

어머니는 부드럽지만 끈질기게 쥐비알로 하여금 항상 자기 자신에게 돌아가도록 만들었다. 어머니를 피하면 피할수록 그는 자기 자신으로부터 점점 더 멀어지는 셈이었다. 그가 짐짓 스스로에게서 달아난 체하며 흔쾌히 떠맡은 유혹자의 역할에 어머니는 속지 않았다. 기교를 멀리하면서도 노련하고 우회적인 방식으로 어머니가 그에게 스스로의 진정한 본성을 사랑하는 법을 가르치는 것을 나는 종종 목격했다.

하지만 앞서도 말했지만 어머니는 알면서도 쥐비알의 위험하지만 매력적인 술책에 속아 주곤 했다. 나는 쥐비알과 함께 베르들로의 작업실에서 뭔가 만들면서 어머니에게 생생한 삶의 느낌을 선사하기 위해 일을 꾸미는 데 여러 차례 동참했다. 못을 박으면서, 쓸데없는 물건들을 대패질하면서 나는 아버지가 낭만적인 시간을 위한 서스펜스를 계획하는 것을 도왔다. 쥐비알과 함께 나는 여러 가지 시나리오와 대사 및 전략을 생각해 냈다. 나는 그 놀이가 주사위놀이보다 더 좋았다. 그런 식으로 나도 모르는 사이에 소설가 수업을 받은 셈이었다. 우리 촌극의 목적은 사랑에 빠진 두 사람의 감정을 보다 강렬하게 만드는 것이었고, 주연 배우는 어머니와 쥐비알 자신이었다.

'호텔놀이'는 우리가 제일 좋아하는 소일거리였다. 규칙은 간단했다. 쥐비알이 다음번에 어머니와 함께 멋진 호텔에 머무는 것을 상상하면 되었다. 그곳에서 그는 어머니에게 짜릿한 자극들, 불안과 행복으로 터질 듯한 순간들을 선사할 터였다. 그로부터 열흘이나 한 달 후, 쥐비알은 작업실로 돌아와 내게 자세히 상황을 보고했다. 차마 입 밖에 낼 수 없는 것들은 말끝을 흐리면서. 그럼으로써 우리는 사랑의 장면들을 계획하면서 기대했던 바와 실제의 경우를 비교할 수 있었다. 어머니와 아버지의 긴 모험이야말로 내게는 쥘 베른의 명작만큼, 아니 그 이상으로 가슴 설레는 모험담이었다. 그 이야기는 쌍방향 대화가 가능했던 것이다. 아버지는 네모 선장(쥘 베른이 쓴 《해저 2만리》의 주인공)과 바이런 경(1723-1786; 영국의 항해가. 남극해의 여러 섬들을 발견했다)을 합해 놓은 것 같은 내 영웅이었다.

이 '호텔놀이'의 기본 대본은 쥐비알과 어머니가 노르망디 지방의 한 호텔 프런트에 15분 간격을 두고 나타나 각각 가명으로 예약된 방에 투숙하는 것으로 시작된다. 그 다음 온갖 일들이 일어날 수 있었다. 보다 은밀한 재회를 위해 두 사람이 서로를 알아보지 못할 수도 있었고, 매번 참신한 역할로 만남을 즐겁게 할 수도 있었다.

그로부터 오랜 세월이 흐른 뒤, 아내의 마음을 다시 사로잡고 싶다는 충동에 휩싸인 나는 극히 자르댕적인 그 놀이를 하고 싶었다. 계절에 따라 아내는 갈색이나 적갈색 가발을 쓰고, 주근깨를 그려 넣고 평소와는 전혀 다른 옷을 입을 것이고, 나는 파리의 사냥 도구 상점 코르 드 샤스에서 빌린 옷을 입고 미지의 역할을 하게 될 터였다. 억양이 달라지고, 내 욕망은 그녀를 처음 만난 날처럼 깨어날 것이었다.

하지만 나는 유년의 그 기묘한 의식에 동참해 줄 것을 아내에게 차마 요구할 수가 없었다. 그런 놀이는 너무 작위적이어서 아내의 마음에 들지 않을 것이었기에, 또한 그 놀이를 쥐비알이 만든 것임을 알고 있는 만큼 아내는 내가 응용하는 것을 좋아하지 않을 터였다. 아내는 내가 다른 사람들처럼 상냥하게 처신하는 것을 좋아했던 것이다. 그런 놀이를 하자고 하면 그녀는 내가 나 자신으로부터 멀어지는 것은 아닐까 하고 의심할 것이고, 또한 겉으로 보기에는 그런 그녀의 생각이 맞는 것처럼 보일 테니까 말이다.

마치 스스로 자신의 즉흥적 능력을 못 미더워하는 듯이, 충분히 자연스럽게 표출할 수 있는 것을 연극적으로 만들고 싶어하는 우리 집안 사람들만의 그런 기벽은 어디서 연유하는 것일까? 우리가 현실의 감정들을 즐기는 것은 그 감정들을 완성하고, 우리의 본질에 적응시키며, 그 감정들에 진정한 풍요를 부여하기 위해서일 뿐이 아닌가. 실제로 느껴지지 않는 감정을 느끼는 척하는 것은 우리의 구미에 맞지 않는 것처럼 보였다. 인간이란 나름대로 자신의 진실에 접근하는 법…….

얼마 전 아내에게 알리지 않은 채로 그 '호텔놀이'를 시도했을 때, 나는 내 괴짜 아버지가 되어 보겠다는 생각을 했다. 생 레미 드 프로방스의 한 안락한 호텔방 안에 놓인 거울 앞에서 퀘벡 사람처럼 차려입고 나는 내 모습 너머에서 쥐비알의 모습을 찾고 있었다. 소스라쳐 놀라는 내 시선 속에, 내 입가의 미소 속에 정말 그가 있었다. 순간 나는 그의 분신이 된 듯한 느낌이 들었다. 모르는 사람처럼 아내와 부딪치기 위해 프로방스의 호텔 로비로 서둘러 내려갔던 사람이 나였던가, 아니면 그였던가? 퀘벡 사람의 억양을 흉내내어 말하던 사람이 나였던가, 아니면 그였던가? 한순간 나는 내 출현이 엉망이 되지나 않을까, 내 연기가 효과가 없지 않을까 하는 두려움에 사로잡혔다. 내 준비가 서투르다면, 엘렌은 그 놀이를 재미없는 것으로 여기고 다시는 동참하지 않을 터였다. 그런 두려움이 나를 달아오르게 해 나 자신, 내 혈통으로 인도해 주었다. 쥐비알은 어머니와의 이러한 일탈에서 느껴지는 불안감을 얼마나 즐겼던가.

층계를 내려가면서 나는 내가 언젠가 자르댕적이 되기를 그만둘 것인지, 아니면 우리의 꿈이 영원히 나와 함께 할 것인지 자문했다. 나는 예상되는 장면을 떠올리고, 해야 할 말들을 연습했다. 홀의 다른 쪽 끝에서 아내의 모습을 발견한 순간, 중요한 소도구를 잊었다는 사실을 깨달았다. 나는 즉시 방으로 되돌아갔다.

방으로 돌아온 나는 가방 안을 뒤졌다. 이윽고 하얀 지팡이를 파리에 두고 왔음을 깨달은 나는 공포에 사로잡혔다. 계획 전체가 망가지고 말았던 것이다. 내 계획은 소경 흉내를 냄으로써 주말 동안 그 젊은 여인——내 아내——에게 내 눈 역할을 해줄 것을, 여러 장소들과 초목에 이어 우리의 모습을, 마지막으로 솟구치는 우리의 감정을 묘사해 달라고 요청하려는 것이었다. 그 계획에 따라 각 장면들을 계획하고 대사를 다듬어 놓지 않았던가. 그 계획은 성공 가능성이 높았다. 그런데 이제 어떻게 한단 말인가? 겁에 질린 내 머릿속에 순간 내가 준비한 시나리오와 정반대되는 쥐비알의 옛 시나리오를 차용해야겠다는 생각이 떠올랐다.

나는 제멋대로 뻗친 머리카락을 젤을 발라 서둘러 정돈하고 코밑에 수염을 붙인 다음, 준비해 온 선글라스와 (퀘벡의) 아비티비 하키팀의 헬멧을 썼다. 그런 준비에다 짐가방 속에 숨겨두었던 옷가지들을 차려입은 나를 엘렌은 첫눈에는 알아보지 못할 터였다. 게다가 그녀는 내가 그날 오후 마르세유로 떠난 것으로 알고 있었다.

침착하게 계단을 내려간 나는 호텔 바에서 음료를 마시고 있는 내 아이들의 어머니에게 다가갔다. 그녀가 고개를 들었다. 나는 짐짓 그녀를 못 본 척하며 그녀 앞을 지나쳤다가 다시 돌아와 그녀가 앉아 있는 테이블 근처에 자리를 잡았다. 그녀는 나를 알아보지 못했다. 내 출현에 처음에는 당황한 듯했지만 이내 흥미를 느끼는 것 같았다. 넓은 바 전체가 비어 있는데 하필 그녀 곁에 가서 앉았던 것이다! 그로부터 30분 동안 그녀는 잡지를 뒤적이면서 낯선 사람으로 변장한 내가 말을 붙여 오기를 기다리는 듯했다. 그 정도로 그곳에 자리잡은 나의 행동은 그녀에게 접근하기 위한 것처럼 보였던 것이다. 하지만 나는 아무런 행동도 하지 않았다. 신문을 읽는 척 그 자리에 꼼짝 않고 앉아 그녀를 지켜보면서 관심을 끌기 위해 이따금 그녀의 테이블로 올리브 열매를 던졌을 뿐이었다. 그런 다음 다시 신문 속에 고개를 박았다. 펼쳐진 신문이 내 표정을 감추어 주었다.

나는 은밀히 그녀를 훔쳐보는 일을 즐기면서 이제 더 이상 그녀에게서 느낄 수 없게 된 것을 보아내려 애썼다. 그런 일정한 거리를 통해 나는 여러 달 동안의 부산스러운 부부 생활을 통해서보다 훨씬 분명하게 그녀의 불만을 감지할 수 있었다. 나는 그녀의 표정을 해독해 그녀의 본성과 욕구 및 성향을 알아내려 애썼다. 그녀는 말하지 않지만 그녀의 육체는 말하고 있는 그 모든 것들을. 우리의 소란한 일상을 넘어서서 나는 마침내 그녀와 함께 있을 수 있었다. 믿을 수 없을 정도로 투명한 그 존재와 함께.

그러면서 나는 어머니와 함께 보낸 그와 비슷한 주말에 대해 쥐비알이 해주던 말을 이따금 떠올렸다. 몇몇 세부 사항들이 떠오른 순간 나는 문득 내가 미쳐 가고 있는 것 같은 느낌이 들었다. 요컨대 망자와의 그런 대화는 한 방향으로만 진행되는 것이 아닌가! 아버지와 나 사이에 이어져 있다고 내가 줄곧 믿고 있는 끈은 지나치게 일찍 아버지를 여읜 내 병적인 머릿속에만 존재하고 있을 뿐이었다.

그래서 나는 이 책을 쓸 필요를 느꼈다. 내게 언제나 하나의 꿈처럼 보이는 우리의 부자 관계를 현실적인 것으로 만들어 줄 책을. 자르댕이라는 그의 성으로 내가 펴내게 될 이 작품은 부성(父性)에 대한 감사 같은 것이 될 터였다. 나는 지각할 수 있는 이 세상보다 내게는 더욱 현실적인 그곳, 곧 문학 속에서 아버지를 되찾아야 했다. 그곳에서 언어의 보호 아래 내 진짜 감정들이 나에게 전달될 수 있으리라는 것, 내 결핍감이 마침내 충족되리라는 것을 알고 있었다. 요컨대 내가 되살리고 싶었던 것은 그의 실재가 아니라, 그의 삶으로 인해 더욱 위대한 그의 부재(不在)였다.

물론 나는 종종 쥐비알을 만날 수 있었다. 이 책이 그것을 증명하고 있지 않는가. 하지만 파리의 부산스러움 속으로 나를 끌어들이곤 했던 이는, 노란 꼽추의 아들이나 내 어머니의 연인이었다. 베르들로의 작업실에서 내가 다시 만난 사람은 여자를 좋아했던 한 사내나, 혹은 그가 나를 데리고 간 식당에서 사람들이 인사를 받는 파스칼 자르댕이었다. 반면 아버지로서의 쥐비알은 언제나 아주 어렵게 내 앞에 모습을 나타냈다. 그런 가족 구성원으로서의 역할은 쥐비알에게는 당연히 어울리지 않았다. 그는 자기애를 중시했지만, 자신의 욕망을 만족시키지는 않았다. 그가 물려 준 꿈과 의문들이 어찌나 많은지 내가 막대한 유산을 물려받은 것 같은 생각이 들 때가 있다.

우리를 존재케 하는 끈

인간이 기쁨 없이 살 수 있을까? 쥐비알이 죽은 다음날 나는 그의 환상이 사라져 버린 현실이 내게는 벌과 다름없다는 사실을 깨달았다. 삶의 고통이 열다섯 살의 나를 덮쳤다. 그의 요란한 웃음소리, 아름답기 짝이 없는 그의 정부(情婦)들, 그의 서커스단 동물들, 그의 발명품, 그리고 연금술사의 작업을 상상하면서 함께 요리를 할 때나 보물을 찾기 위해 담 밑을 팔 때 모두에게 전염되던 그의 과도한 쾌활함들이 한순간 베르들로에서 사라져 버렸다.

내가 베르들로에서 클로드 소테를 마지막으로 본 것은 쥐비알이 살아 있을 때로, 아버지의 터무니없는 말에 고무된 소테는 손에 곡괭이를 들고 정원에서 커다란 구덩이를 파고 있었다. 실내복 위에 고양이 가죽으로 된 웃옷을 걸친 아버지는 구덩이 주위를 왔다갔다 하며 그를 격려했다. 5세기 동안 모인 십일조를 수도원의 역대 원장들이 묻어 놓은 장소가 바로 그곳이라는 것이었다. 클로드는 곡괭이질을 계속했다. 그는 물집이 잡힌 손으로 땅을 파고 있었다. 쥐비알의 안무 속으로 들어가 그의 환희에 동참하고 있었다. 정원에서 얼마 떨어지지 않은 주방에서는 어머니의 옛 애인 두 명이 타조

다리 굽는 것을 감독하고 있었다. 우리 반 친구들의 아연실색한 눈길들 아래서.

모든 이들을 매혹했던 그 쥐비알적인 숨막히는 즐거움은 어디서 나온 것일까? 가장 서러운 슬픔도 휩쓸어가 버리는 그 물결은 온갖 우울을 거두어 가고, 소심하기 짝이 없는 이들의 가슴까지 열지 않았던가? 그의 존재는 모든 이들에게 기발함의 흥취와 축제의 즐거움을 일깨우는 힘을 지니고 있었다.

루아르 강변의 성들을 방문하기로 했다면? 그는 열기구 세 개와 공중에서 서로 연락하기 위해 영화 촬영용 메가폰 세 개를 빌렸다. 이튿날 당장 우리는 쉬농소를 출발했다. 우리의 일주에 불필요했던 것으로 후에 판명된 물건들을 구해야 했다. 동굴 탐사용 전등, 쥐비알이 차려입은 생 텍쥐페리를 연상시키는 비행복, 아이들을 위한 미키마우스 귀마개, 투르의 대초원 한가운데서 야영을 해야 할 경우에 대비한 최신 영국식 텐트, 원정단의 여자들을 보호하기 위한 무기, 많은 양의 식품, 상승 기류에 의해 대기 속에 정체될 경우 괴혈병을 방지하기 위한 레몬, 망원경 다섯 개, 착륙 지점을 서로에게 알리기 위한 송신용 비둘기 두 마리. 쥐비알은 한 쌍의 비둘기를 데려오는 것이 더욱 감동적이라고 여겼다. 살을 에는 추위와 싸우기 위한 여러 개의 베개와 염소 가죽, 그리고 두께가 서로 다른 벙어리 장갑 등이었다.

이렇게 해서 어느 토요일 아침 준비가 갖추어졌다. 유명한 배우 부부, 열기구를 조종할 베르들로의 배관공, 대본 작가인 대머리 사내, 우리의 모험을 크로키로 그려낼 책임을 맡은 쥐비알의 친구인 여류 화가, 그리고 나를 포함한 몇 명의 아이들이 함께 떠날 예정이었다. 훌륭한 열기구 조종사인 필리프 드 브로카 감독도 우리 팀에 합류했다. 그는 자기 소유의 열기구에 올랐다. 열기구가 아름다운 여인의 정원에 내리게 될 경우에 대비해 어머니와 쥐비알의 정부(情婦)들은 여행에 어울리지 않는 것으로 판단되었다. 영원한 연인 쥐비알은 모든 가능성에 대비하고 싶어했다.

나는 그 여행을 기해 '노틸뤼스(앵무조개)' 라는 새 이름이 붙여진 쥐비알의 열기구 안에 자리잡았다. 아버지가 '자네' 라고 부르는, 우리 열기구의 조종사인 앙주 태생의 사내는 아버지가 건네 준 가죽 헬멧을 거절했다. 그런 온갖 법석으로 루아르 강변의 성들이 더 동화적이 되는 것은 아니라는 사실을 잘 알고 있었지만, 쥐비알은 매 순간 매상황이 삶의 특별한 순간인 양 축하하며 누리고 싶어했다.

우리는 사슴들이 짝짓기를 하고 있는 숲 위를, 풍요로운 과수원 위를 날았다. 우리의 발 아래에는 잘 손질된 포도밭으로 둘러싸인 수많은 성들이 펼쳐져 있었다. 시가를 피우면서 쥐비알은 지금 우리 눈앞에 보이는 것이야말로 진정한 프랑스라고 내게 설명했다. 감각의 세계에 참여하는 기쁨을 표현하기 위해 만들어진 언어가 사용되는 바로 그곳이라고. 그러면서 그는 사람들을 망치는 불행한 취향에 대해 욕설을 퍼부었고, 자기 자신을 비난했으며, 우리가 태어난 것은 세금을 내기 위해서가 아니라 여자들 뒤를 쫓아다니기 위해서라고 단언했다.

쥐비알이 이따금 메가폰을 쥐고, 다른 열기구들을 향해 이런저런 논평을 하는 가운데 세 개의 열기구는 여러 시간 동안 구름 속을 떠다녔다. 이윽고 쥐비알은 하얀 돌로 지어진 작지만 멋진 성을 발견했다. 그 성의 프랑스식 정원에서는 일곱 명의 젊은 처녀들이 장난을 치고 있었다. 드 브로카가 망원경으로 확인한 바에 따르면, 그들은 모두 적갈색 머리카락을 가졌고 자매들인 것 같았다. 앞서 말한 그 메가폰으로 열기구에서 열기구로 의사를 전달하고 있었으므로 우리의 대화는 지상에 있는 이들에게까지 들렸을 터였다. 흥분이 절정에 달했다. 우리는 착륙하기로 했다.

우리의 열기구가 성의 창문을 지나 땅에 착륙하려는 순간, 쥐비알은 핸들을 조종해 열기구를 다시 띄웠다. 가까이에서 보니까 여자들이 너무 못생겼다는 것이 그 이유였다. 하지만 그가 후에 내게 털어 놓은 바에 따르면, 그 예쁜 처녀들은 꿈으로, 실현되지 않은 모험으로 남아 있어야 했다. 우리의 몽상을 불러일으키고, 그로 하여금 현실의 여인들로 만족할 수 있도록 해주고 글을 쓰게 해주는 재료가 되어야 했던 것이다.

그날 우리가 지상에 착륙하려 할 때마다 쥐비알은 마지막 순간에 거짓 이유를 들어 착륙에 반대했다. 손에 닿을 수 없는 여인들로 가득 찬 성들 위를 날아다니는 것이 그 무엇보다도 그를 흥분시켰으리라. 자신을 결코 가슴 아프게 하지 않을 연인들, 상상 속의 정숙한 아내들을 그는 멀리서 지켜보았다. 애써 정복하지 않아도 이야기를 풀어낼 수 있는 미지의 연애 사건들을.

그 여행은 바로 그런 것이었다. 만일의 사태에 대비해 준비한 물건들에 손도 대지 않은 채, 새들 이외에는 아무도 만나지 않은 채, 우리는 그날 저녁 집으로 돌아왔다. 열기구에서 내리자마자 쥐비알은 그 모험 없는 사건에서 멋진 이야기들을 끌어내는 일에 착수했다. 적갈색 머리카락의 일곱 처녀는 '일곱 글래머'가 되었다. 우리가 그들의 풍만한 육체에 흠씬 취했음은 물론이다.

내가 있는 자리에서 쥐비알이 그 여행에 대한 이야기를 꾸며대면 댈수록 그와 나의 공모 관계는 더욱 긴밀해졌다. 이따금 나는 내가 만들어 낸 이야기를 덧붙이기도 했다. 적갈색 머리카락의 일곱 처녀 중에서 가장 어린 소녀를 한때 내 첫사랑으로 삼은 것 같기도 하다. 그 열기구 여행은 바야흐로 우리 각자의 신화가 되었고, 실제보다 더욱 멋진 것이 되었다. 현실이 되기에 적당한 온갖 속성을 갖추고 있었으므로 마침내 현실이 되었던 것이다. 지금도 나는 때때로 향수에 젖곤 한다. '일곱 글래머'를 떠올릴 때면…….

쥐비알이 발산하는 전염성 강한 기쁨에는 비현실적인 것이 주는 신비로운 향기가 배어 있었다. 자신의 환상이라는 자를 가지고 모든 것을 새롭게 재려는 그의 방식과 비현실적인 상황을 좋아하는 그의 취향에서 나온 향기였다. 그가 거짓말을 했다면 그것은 단지 자신의 진실을 말하기 위해서였다. 이해 관계 때문에 거짓말을 하는 경우는 거의 없었고, 자신의 의도를 감추기 위한 거짓말은 한번도 한 적이 없었다. 그의 극단적인 엉뚱함은 다른 데 있었다. 아버지는 내가 아는 그 누구보다 감각적인 사람이었다. 자신의 어머니로부터 물려받은 까다로운 감각은 그를 현실에 묶어 놓았고, 그의 몽상적인 기질을 가득 채우고 있었다. 그를 괴롭혔던 다양한 욕구들은 그를 탁월한 요리사, 상습적인 춤꾼, 정력적인 가구 제조인, 타의 추종을 불허하는 안마사로 만들었다. 그만큼 몸을 쓰는 일에 능한 지식인도 없었으리라.

나는 쥐비알과 함께 요리하는 것이 즐거웠다. 쥐비알은 어머니의 연인들의 도움을 받아 베르들로에 거대한 주방을 만들고, 자신의 견해에 동조하는 장인들에게 주문 제작한 각종 조리 기구들을 그 안에 쌓아 놓았다. 대나무로 만든 찜기, 경석(輕石)으로 된 달걀 조리기, 소금 가마, 개구리 꼬치 회전기, 껍질과 씨를 분리해 내는 토마토 분쇄기, 특이하기 짝이 없는 요리들을 증기로 익히는 도구 일습, 야채 동결 건조를 위한 배터리 건조기, 과일 보습기, 괴상한 모양의 칼들, 온갖 크기의 도마, 그가 까치밥나무 열매와 파·세금고지서 등으로 술을 만들 때 쓰는 증류기 등이었다. 국세청의 소환장을 소금에 절여 만든 그 술은 특히 그를 흥분시켰다. 그 모든 것들이 거대한 거미줄을 연상시키는 도르래로 천장에 매달려 있었다. 요리 실험실 같은 그곳에서 쥐비알이 요리를 하는 것은 오직 자신과 다른 이들을 매혹하기 위해서였다. 요리연금술사라는 그 역할에 쥐비알은 몹시 만족해했다. 누이와 형, 동생과 나는 조수 노릇을 했다.

손님들은 테이블 끝에 자리를 잡고 자질구레한 일을 도왔다. 그 자리는 아버지와 같이 일하는 몇몇 감독들로 항상 채워졌다. 그들은 까치밥나무 열매의 씨를 빼기도 하고, 우리 집 가정부 자닌이 잡아온 큼직한 잉어의 비늘을 벗기기도 했다. 자닌은 아버지의 소란에 잔소리를 늘어 놓았다.

"안 됩니다, 자르댕 씨. 송아지고기는 오븐에서 구워야 한다구요!"

그 모든 것 가운데 가장 신기한 일은 쥐비알의 요리가 훌륭했다는 사실이었다. 그는 자신의 어머니로부터 확실한 감각을 물려받았고, 오랫동안 일류 식당을 드나들면서 그것을 무르익혔으며, 충동적인 행동을 다스려 주는 맛 탐지기 같은 놀라운 미각을 지니고 있었다.

어느 날 쥐비알은 감색 악어 한 토막을 소포로 받았다. 마르키즈 제도에서 부쳐 온 그 커다란 악어 꼬리를 그는 어떻게 요리해야 할지 알 수 없었다. 그것을 보내 온 사람은 가수이자 시인인 자크 브렐이었다. 다음과 같은 시사적인 내용의 편지와 함께. "먹을 수 없는 건 없는 법…… 자크."

두 시간에 걸쳐 우리는 요리의 대가들에게 전화를 걸어 자문을 구했지만 전혀 도움을 받을 수 없었다. 시인이 보내 온 그 경이로운 동물 꼬리를 어떻게 요리해야 하는지 정확히 알고 있는 사람은 아무도 없었다. 끓는 물 속에 넣고 삶아야 할까? 기름에 튀겨야 할까? 뼈를 발라내고 토막을 쳐야 할까? 네덜란드식 바타비아 소스를 곁들여야 할까? 아무도 그 조리법을 알지 못한다는 사실이 밝혀지자 쥐비알은 몹시 기뻐했다. 물을 만난 고기 같았다. 요컨대 그는 상궤를 벗어나는 상황에서만 흥분했던 것이다. 확실한 조리법을 알 수 없었던 우리는 그 거대한 물고기 조각을 일단 냉동하기로 결정했다.

그후 브렐이 죽었다. 그러자 쥐비알은 차마 그 악어 꼬리를 먹을 수 없었다. 냉동실 문을 열 때면 우리는 얼음으로 된 관 속에 시인의 몸이 누워 있는 듯한 생각이 들곤 했다. 어머니는 유효 기간이 지나서 먹을 수 없다는 이유로 그 붉은 고기를 치워 버리려 했다. 그럴 때마다 쥐비알은 시베리아의 얼음 속에 들어 있던 맘모스가 오늘날까지 부패하지 않은 것을 보면, 마르키즈 제도의 그 악어도 몇 년은 더 버틸 수 있을 것이라고 응수하곤 했다.

이윽고 아버지도 세상을 떠났다. 아버지가 세상을 떠난 후 처음으로 베르들로에 가서 그의 주방을 보았을 때 나는 가슴이 죄어들었다. 이제 누가 이 초현실적인 장소에 활기를 불어넣을 것인가? 누가 이 실험적인 조리 기구들을 사용할 것인가? 당시 열다섯 살이었던 나는 그 슬픔을 이겨내기 위해 마지막으로 그 조리 기구들을 사용해 브렐이 준 악어 꼬리를 요리하기로 마음먹었다.

아침 나절 동안 형과 남동생과 나는 악어 스튜를 만드느라 법석을 떨었다. 우리는 괴상한 기구들을 사용하면서 웃음과 눈물 사이를 왕래했다. 이윽고 요리가 완성되었다. 어머니가 그 바다 파충류의 살점을 썰었다. 쥐비알의 자리는 비어 있었다. 고무처럼 질긴 악어 꼬리에서도 그의 부재(不在)의 끔찍한 맛을 느낄 수 있었다. 하지만 아무도 감히 맛이 고약하다고 말하지 못했다. 각자 마지막 한 입까지 자기 몫을 먹어치웠다.

모두들 병이 났다. 이번에는 내가 저 세상으로 가는 줄 알았다. 그 정도로 시인의 고기는 독성이 강했던 것이다. 하지만 우리를 존재케 하는 끈을 붙들고 있기 위해서라면 못할 일이 어디 있겠는가?

일상에 길들여진 짐승

쥐비알이 죽은 지 17년이 지난 지금 그가 준 것들 중에서 내게 무엇이 남아 있을까? 단 한 가지 물건만이 남아 있을 뿐이다. 불규칙한 원형의 사과나무 가지로 그가 직접 만들어 준 약간 특이한 라켓이 그것이다. 그가 즉석에서 쳐놓은 나일론 망에는 그 용도를 불분명하게 만드는 애매한 점이 있었다. 쥐비알은 자신의 이미지에 걸맞는 그 괴상한 선물을 내 일곱번째 생일에 선물했다. 뒷면에 다음과 같은 구절이 씌어진 명함과 함께. "엉뚱한 생각을 위한 라켓, 아빠가."

자신이 헌신적인 도움으로 형성시킨 지나치게 개성적인 내 취향, 내 몽상이 철들 나이를 거치면서 치명적인 영향을 받지 않을까 걱정스러웠던 것일까? 그 라켓은 그의 유산이었다. 그가 보기에 그것이야말로 내가 지상에 머무는 동안 필요하다고 생각되는 유일한 물건이었다. 그것은 사람들이 내게 던지는 생각들을 되받아치기에 적당한 도구, 지나치게 자의적인 내 행동을 더욱 제멋대로 만들어 줄 라켓, 뜻밖의 길로 접어들 것을 권유하는 초대장이었다.

이제 일상에 길들여진 짐승, 온전히 스스로가 되는 것을 두려워하는 짐승이 되어 버린 나는 그 '엉뚱한 생각을 위한 라켓'을 두려운 야망의 프로그램인 양 여기고 있다. 어떻게 쥐비알은 그런 존재가 되는 일을 겁내지 않을 수 있었던 것일까? 어떻게 그는 결코 스스로를 제한하지 않을 수 있었던 것일까?

당신이 그라고 상상해 보라. 문득 스스로에게 더없이 행복해질 권리를 부여한다고 상상해 보라. 그렇다. 스스로의 두려움에서 풀려났노라고 한순간 상상해 보라. 스스로의 모순들이 불러일으키는 아찔함을 받아들인다고, 이제부터는 당신의 욕망이 당신의 삶을 지배할 것이고, 현재의 순간에 스스로를 대입하는 법과 즐기는 법을 새로 배웠다고 상상해 보라. 경박하지 않으면서도 가볍게 살 줄 알게 되었다고, 사회적인 의무가 강요하는 질식할 듯한 역할을 내던져 버렸다고, 완전히 자유로워졌다고 상상해 보라. 다른 이들로부터 판단당할지도 모른다는 두려움은 이제 당신에게 없다. 당신 안에서 졸고 있는 온갖 충동적인 인물들을 되살릴 필요가 생겼다고 상상해 보라. 감탄할 수 있는 당신의 역량이 손상되지 않은 채 남아 있다고, 새롭고 날카로운 욕구가 당신 안에서 마비된 욕망과 충족되지 못한 기대를 일깨우고 있다고, 당신이 지혜로워진 끝에 마침내 충동적이 될 수 있었다고, 스스로의 심연을 건너는 일이 당신에게 오직 기쁨만을 줄 뿐이라고 상상해 보라.

그것이야말로 쥐비알의 삶이었다.

어떻게 그는 그렇게 마흔여섯 해를 살 수 있었을까?

삶이 눈부셔 보이지 않을 때는

쥐비알 같은 사람을 만들어 내기 위해서는 특이한 가정이 필요했다. 쥐비알의 아버지 장 자르댕, 즉 노란 꼽추는 은밀한 영향력을 행사하는 인물이었다. 정계의 비공식적 살롱에서 일을 꾸미고 고위직 인사들의 태도에 영향을 미치느라 바빴던 그는 아들의 교육에 거의 관여하지 않았다. 부산스러운 아들의 교육은 지나치게 응석을 받아 주는 어머니의 손에 너무 이르게 넘겨졌다.

시몬 자르댕, 손주들에게 무티라고 불리는 할머니는 우리 집안의 무질서의 원조였다. 편지 외에 작품을 남기지는 않았지만 그녀는 우리 종족을 대표하는 진정한 작가였다. 무티는 모든 것에 대해 독특한 스타일과 자신만의 화법을 지니고 있는데――스스로 '멋'이라고 정의한 자신의 취향에 따라 그녀는 1920년 이후 직접 옷을 만들어 입었다――그녀의 표현에 따르면 고통은 '깊이를 헤아릴 수 없는 것'이고, 만남은 '전율을 동반하는 것'이며, 사랑은 '치유 불가능한 것'이어야 했다. 그렇지 않다면 말할 가치조차 없었다.

주부였던 자르댕 부인은 아침마다 의식이라도 거행하듯 상인들에게 전화를 걸어 물건을 배달시켰다. 실제로는 아스피린 한 알인

'고기' 나 '약들' 을 사기 위해 자신이 직접 나갈 필요가 없다고 여겼던 것이다. 그녀가 말한 복수는 의미상으로 단수였다. 그녀의 바람은 언제나 즉각 충족되어야 했다. 그녀의 관점은 모든 것에 우선했고, 그녀가 받아들인 적이 없는 그녀의 욕망만이 현실의 범주를 규정할 수 있었다. 어쨌든 그녀는 자신을 현실에 적응시키는 대신 이따금 현실을 참아 주었다. 모든 것들로부터 그녀를 보호해 주던 남편이 1976년 죽자, 직접 물건값을 치러야 했던 그녀는 1932년 이래 송아지고기 가격이 올랐다는 사실에 소스라쳤을 정도였다.

삶이 따분해 보일 때면 그녀는 언제나 자신의 낭만적인 생각 속으로 빠져들었다. 당신이 식탁에서 진부하기 짝이 없는 주제나 지루한 화제를 꺼냈다면? 그 순간 당신은 투명 인간이 되어 버린다. 상대방이 자신의 손주이든, 샤를 드골 정권의 수상이든 상관 없이 그녀는 허공을 응시하면서 야유의 휘파람을 불기 시작한다. 하지만 당신이 릴케나 지로두에 대해 말한다면, 그녀는 당신에게 다시 관심을 기울일 것이다. 어느 날 저녁 노란 꼽추와 몇몇 세도 정치가들 사이에서 정치적인 화제가 오가자, 그 이야기를 듣지 않기 위해 그녀는 식사중에 잠이 드는 편을 택했다. 그래서 고개를 수프 접시 속에 빠뜨렸던 것이다! 그 다음날 내게 그 이야기를 들려 주면서 그 집 집사는 노란 꼽추의 충고에도 불구하고, 그녀가 또다시 그런 일을 저질렀다는 사실에 당혹감을 감추지 못했다. 그런 일이 세번째였던 것이다. 길에서 경찰이 말을 건넨다면? 그녀는 대답조차 하지 않았다. 자기 욕구의 권위 이외에 그 어떠한 권위도 인정할 수 없다는 것이 그 이유였다.

어느 날 할머니는 이웃집 정원의 일부를 뜰로 끌어들이기로 결정했다. 가서 이웃집 여자를 자신의 지팡이로 두들겨패서 말을 듣게 하라는 요구를 프레데릭이 거부하자, 그녀는 이렇게 소리치며 그 애 앞에서 쾅 소리가 나게 문을 닫았다.

"이젠 사내다운 사내가 없어! 이젠 사내를 찾아볼 수가 없다니까!"

가브리엘 삼촌이 합법적인 행동을 해야 한다고 그녀에게 고함을 질렀다. 그러자 무티는 문을 열고는 우리에게 소리쳤다.

"난 사랑하는 이들을 보호하는 것이 정의라는 것밖에 몰라!"

그런 다음 그녀는 다시 쾅 소리가 나게 문을 닫았다.

쥐비알의 어머니는 그런 사람이었다. 1905년에 태어나 1996년 죽을 때까지 그녀는 자신의 모든 욕망을 완벽히 누리며 살고자 했다. 이따금 드물게 현실이 자신에게 복종하지 않을 때면 가차없이 욕설을 퍼부었다. 합리적인 이들은 그녀를 이기주의의 전범으로 여길 것이다. 그리고 그런 생각이 틀린 것은 아니리라. 하지만 그녀의 이기주의는 인류학적 호기심을 자극할 만한 수준에 올라 있었다. 거기에는 그 여자가 자기 삶의 주인이라는 사실을 인정하지 않을 수 없는 특별한 그 무엇이 있었다.

할머니는 스위스의 레만 호숫가에서 살았다. 그녀는 대개 집 안에서 지냈다. 또한 그녀는 신분증명서 같은 것을 지니지 않았다. 스스로 자기 자신이 누구인지 알고 있으며, 그 사실을 의심하는 사람이 있다면 누구든 설득할 수 있다는 확신에서였다. 그 집 문턱을 넘는 순간, 사람들은 스위스의 영토에서 벗어나 너무나도 자르댕적인 별천지로 발을 들여 놓게 되는 셈이었다.

만드라고라(약용 가지과의 식물로 고대와 중세 마법에 사용되었다)라는 이름으로 불리던 그녀의 집은 극단적인 괴상함이라는 단 하나의 화폐만이 통용되는 곳이었다. 그곳에는 어떤 유행도 침투하지 못했고, 어떤 외부적인 가치도 발붙이지 못했다. 남자들을 여자들에게서 멀어지게 만들기 때문이라는 타당한 이유에서 무티는 사업이란 걸 극도로 싫어했다. 경제적인 필요 같은 것은 그녀에게 그다지 중요치 않았다. 생활비를 버는 데 많은 시간을 쓴다는 이유에서 그녀는 노란 꼽추를 원망했고, 그 점에 대해 그에게 감사를 표한 적이 없었다. 그녀가 보기에 그리스도교는 호기심을 자극하는 것이었고, 자본주의는 알 수 없는 것이었으며, 경찰은 시대착오적인 것, 임금 제도는 불화의 씨앗, 사회 보장 제도는 풀 길 없는 수수께끼였다. 신문에 실리는 것들은 그녀의 세계 속으로 침투할 수 없었다. 게다가 그녀는 어떤 신문도 읽지 않았다. 미테랑이 지스카르의 뒤를 이어 대통령이 되었다는 사실을 겨우 알고 있을 정도였다. 하지만 루이 아라공의 펜 끝에서 나온 글에 감동했고, 라틴 아메리카 작가들의 글을 통해 그곳에 심취했으며, 만드라고라로 이주하기 몇 해 전 노란 꼽추가 권총을 쏘아대 쫓아 버린 자신의 연인 폴 모랑의 글이 모욕당한 부당한 비판 사건에 맞섰다.

책은 무티에게 현실의 이야기를 전해 주었고, 소설은 삶의 정수를 제공하고, 그녀의 마음에 꼭 맞는 전율을 불러일으키고 새로운 감각의 문을 열어 주었다. 책을 통해 그녀는 남편의 취향과 지나치게 비슷해지는 것을 줄곧 경계할 수 있었다.

그녀의 집에서 부딪치는 이들은 하나같이 특이한 인물들뿐이었다. 아침 식사 시간이면 구제 불능의 인간들이 모습을 나타냈다. 동물원을 연상시키는 그 인간군은 나를 매혹했다. 맨발로 생활하는 급진적인 환경운동가, 스피넷〔소형 피아노〕 제조업자, 상대방을 이

단으로 모는 광신적인 랍비, 자신의 동성애 성향을 극복하기 위해 레만 호숫가로 와서 마음을 달래고 있는 파리의 유명한 편집자, 인도 공주와 플라토닉한 동시에 격정적인 관계를 맺고 있는 축축한 피부를 지닌 퀘벡대학의 교수, 아름답고 고상한 젊은 처녀들, 할머니에게 발맛사지를 받으러 오는 불가리아의 노동운동가, 애인에게 마약을 먹임으로써 친누이와의 격정적인 사랑을 달래는, 지어낸 사랑 체험기로 혼자서 잡지를 만드는 어떤 저속한 잡지의 편집자인 지독한 아편중독자, 소속 기관의 재산으로 프랑스 정당들을 열성적으로 후원하는 낡은 카펫 같은 머리카락을 가진 특이한 KGB 요원, 이웃집 여자와의 깊은 관계 때문에 실각했으나 선거를 통해 실패를 만회한 전직 장관들, 파산한 부호들 등 온갖 인간 고물들이 등장했지만 그녀는 결코 그들을 비판하지 않았다.

바로 이런 소설에 가까운 세계 속에서 쥐비알은 성장했고, 스스로의 역량을 다졌다. 전쟁의 혼란은 그를 정상적인 교육 과정으로부터 떼어 놓았고, 자유분방한 기질은 그를 학교로부터 더욱 멀어지게 했으며, 어머니의 두둔은 그가 열여섯이 되도록 글을 읽고 쓰지 못하는 데 결정적인 요인으로 작용했다. 그러한 상황이 불안하게 여겨지지 않았느냐고 어느 날 내가 묻자 무티는 이렇게 대답했다.

"얘야, 네 아버지는 철자법보다 더 중요한 것을 배웠단다……."

실제로 자르댕적인 세계 속에 들어가기 위해서 철자법이라는 짐이 꼭 필요한 것은 아니었다. 책을 읽을 필요가 없었다. 식탁에서 지로두로부터 직접 이야기를 들음으로써 그의 견해를 충분히 알 수 있었던 것이다. 대개 철학자들과의 접촉은 보트를 타고 레만 호 위를 떠도는 가운데, 혹은 루소의 발자취를 찾아 알프스 산맥으로 소풍을 가는 도중에 이루어졌다. 대학입학자격시험의 합격증은 자신만의 운명을 꿈꾸는 대신 기존의 경력을 답습하고자 하는 이들에게나 필요하다는 것이 무티의 생각이었다. 쥐비알이 묻는 단어의 철자를 내가 제대로 대답하자, 할머니는 측은한 듯한 눈길로 나를 바라보았다. 마치 내가 수치스러운 부류의 인간군에 속하기라도 하는 것처럼. 어머니가 나를 지나치게 엄격한 제도 교육의 결투장 속에 격리시킨 것을 무티는 내심 유감스럽게 여기고 있었다. 그녀는 제도 교육을 사람들의 욕망을 억제하는 것으로, 배운 것 외에는 아무것도 모르는, 가진 것이라고는 졸업장뿐인 이들을 만들어 내는 것으로 여겼다.

쥐비알이 열다섯 살의 나이로 어떤 여자의 정부가 되었을 때, 할머니는 흔쾌히 박수를 보냈고, 아들의 품속에 그런 스승을 보내 준 섭리에 감사했다. 그 부인의 운전수와 당시 깊은 관계였던 쥐비알의 어릴 적 친구가 내게 들려 준 다음과 같은 일화는 아버지와 할머니의 관계가 어떤 것이었는지를 분명히 보여 준다.

어린 파스칼이 스위스에 있는 자신의 프티 트리아농에서 기상천외한 파티를 열었다. 파티 도중에 사람들은 사방으로 그를 찾아다녀야 했다. 그와 클라라의 모습이 보이지 않았던 것이다. 만찬 시간이 되자 그들은 모습을 나타냈다. 은밀한 정을 나눈 탓에 더욱 환해진 모습으로. 부인은 가까스로 머리를 추스린 참이었다. 테이블 끝에서 친구는 곁에 앉은 쥐비알에게 고개를 숙이고 속삭였다.

“자리에서 일어날 때 조심해. 자네 바지 앞섶에 립스틱이 묻어 있으니까…….”

그러자 아버지가 대답했다.

"상관 없네. 그걸 눈치챌 사람은 엄마뿐이니까."

무티는 아들의 탈선을 눈감아 주었던 것이 아니었다. 아들이 지나치게 진부한 청소년기를 보내지 않을까 우려하고 있던 그녀는 오히려 그런 탈선을 환영했다. 쥐비알이 돈 많은 정부를 차버리고 여러 개의 반지와 수십 장의 셔츠를 돌려보냈다. 열여덟의 나이로 중앙 산악 지대에 있는 어떤 제지 공장에 일꾼으로 취직했을 때에도 그녀는 기뻐했다. 그같은 놀라운 변신에는 과격함이 내포되어 있어서 아들이 자신의 피를 이어받았음을 확인할 수 있었다. 쥐비알이 실제로 노동자로 일한 적이 있다는 사실을 믿으려 들지 않는 이들이 많다. 하지만 거듭 말하건대 있음직하지 않은 일이야말로 그의 장기였다.

레이스와 고급 포도주에 익숙한 부잣집 아들이었던 그에게 그 힘겨웠던 세월은 단련의 과정이었다. 삶의 용기를 꺾어 놓는 공장의 어둠 속에서 그의 성격은 뚜렷해졌고, 질서에 대한 전면적인 거부가 그의 본성 근간에 자리잡게 되었다. 우파 청년이었던 그는 단순한 반작용으로 좌파가 되는 대신 규모에 관계 없이 모든 진영에 맞서는 무정부주의 속으로 빠져들었다. 정치적인 견해든 그밖의 것이든간에 그는 명료한 조직적 개념을 갖기보다는 열렬히 열광하거나 혐오하는 쪽이었다. 그의 짧은 학력은 감성의 폭과 광채에 미치지 못했다. 나는 그가 계속해서 논리를 따지는 것을 본 적이 없다. 지적으로 보이는 것을 추잡한 일이라고 여기는 듯이. 그래서 나는 얼마나 힘이 들었던지…….

평화 시절의 영웅

1975년 여름, 처음으로 나는 아버지가 치욕감 때문에 괴로워하는 것을 보았다. 당시 나는 열 살이었다. 아버지와 나는 푸아티에에 있는 외가 소유 성의 해자(성 주위에 둘러 판 못)에서 외할아버지와 외할머니의 공공연한 반대에도 불구하고 폭약 낚시를 하는 중이었다. 맥주병에 화약을 채우면서 쥐비알은 내게 '부역자의 아들'이 느껴야 했던 고통에 대해, 친아버지에 대한 사랑만큼이나 절대적이었던 수치심에 대해 털어 놓았다.

나는 죄 없는 아버지가 그런 일을 당해야 한다는 사실에 가슴이 아팠다. 자기 아버지의 정치적 선택에 대해 마음속 깊이 고통을 당해야 한다는 것은 부당한 일이었다. 하지만 그 부당함은 줄곧 그를 놓아 주지 않았다. 온갖 뒷거래의 달인이었던 노란 꼽추의 경우가 불명예의 딱지만을 붙일 수 없는 보다 복잡한 것이었음에도 불구하고.

우리는 또 하나의 맥주병을 폭발시켰다. 그의 당혹감의 표상인 양 곰팡내나는 유리병 안에서 늙은 잉어 한 마리가 배를 내보이며 떠올랐다. 쥐비알은 나에게 할아버지와 그의 용기에 대해 말해 주었다. 비시 정권에 협력하는 한편으로 베른의 지하 군대를 도와 준 그의 이중적인 정치 참여에 대하여, 미국 루스벨트 정권과의 오랜 협상을 벌인 일에 대하여 들려 주었다. 복잡한 전쟁의 이면에 관해 들으면 들을수록, 나는 쥐비알이 소년 시절 그것으로 얼마나 고통 받았는지 실감할 수 있었다. 역사가 비난하고 도덕이 배척한다는 느낌을 받지 않았다면 자기 아버지를 새삼스럽게 옹호할 까닭이 없지 않은가. 행적이 베일에 싸여 있던 노란 꼽추는 마침내 무죄 판결을 받았지만 그것은 법정에서일 뿐이었다.

이야기를 이어 나가는 쥐비알에게서 나는 영웅의 모습을 분명히 볼 수 있었다. 그는 그럴 필요가 있었다. 명예 회복을 위해서였을까? 그런 설명은 다소 피상적이다. 쥐비알이 스스로를 평화시의 영웅으로 여기고 있음은 언제나 느낄 수 있었다. 사람을 사랑하고 위험을 무릅쓰며 진실에 넘치는 존재 방식을 위해 싸우는 그의 태도는 날이 거듭될수록 저항의 필요에 고무되어 갔다. 무엇에 반항한단 말인가? 보잘것 없는 안락에 대한 반항, 절도 있는 꿈에 대한 반항, 쉽사리 포기하는 것에 대한 반항이었다. 하지만 그는 드러내 주장하지 않았다. 스스로의 태도가 그의 기치였고, 아찔한 행동이 그의 연설이었다.

어느 일요일 저녁의 일이 기억난다. 노르망디 지방에서 주말을 보낸 다음, 자동차의 물결에 몸을 맡긴 용감한 파리인들답게 우리는 자동차로 파리로 돌아오던 중이었다. 뒷좌석에서 프레데릭은 자고 있었고, 나는 졸고 있었다. 쥐비알이 어머니에게 자신은 삶에 대한 어머니의 관점을 자신의 관점보다 더 믿고 있다고 말하는 소리가 들려 왔다. 그는 자신이 얼마나 그녀를 믿고 있는지 알 수 있게 해주겠다며 이렇게 덧붙였다.

"난 이제 눈을 감겠어. 당신이 내게 할 일을 말해 줘, 핸들을 어떻게 돌려야 할지 알려 줘. 내 눈이 되어 달라구."

차는 시속 1백40킬로로 달리고 있었다. 순간 일그러지는 어머니의 표정으로 나는 아빠가 자신의 말을 실천에 옮겼음을 알 수 있었다. 뒷거울을 힐끗 바라본 나는 그 사실을 확인했다. 쥐비알은 눈을 감고 운전을 하면서 아내의 지시를, 그녀의 인도를 기다리고 있었다.

물론 어머니는 이성을 찾으라고, 눈을 뜨라고 그에게 간청했고, 두 아이가 뒷좌석에서 자고 있다는 사실을 환기시켰다. 하지만 그는 꿈쩍도 하지 않았다. 어쩔 수 없이 그녀는 몇 가지 지시를 해야 했다. 쥐비알은 어머니에게 자기네 두 사람을 위해 자신감을 가져야 한다고 되풀이해서 말했다. 차들이 경적을 울려댔다. 그래도 쥐비알은 눈을 뜨지 않았다. 동생과 내가 잠에서 깨어 상황이 걷잡을 수 없게 될까 봐 어머니는 소리지를 수도 없었다. 나는 내가 바로 그 두 사람의 아들이라는 생각을 하고 있었다……. 그 극적인 몇 분간은 내 운명 속에, 내가 사랑에 대해 지니는 특별한 생각 속에 무게 있게 자리잡게 된다.

"당신이 겁내는 한 나는 눈을 뜨지 않겠어." 아버지가 말했다. "우리가 한…… 한몸이 되지 않는 한."

아버지의 그런 생각은 이치에는 맞을지도 몰랐다. 하지만 상황은 그렇지 않았다. 어머니가 그의 요구에 응할 때까지 그같은 상황은 계속될 터였다. 그런데 그런 일을 겪고도 어머니는 어째서 그를 원망하지 않은 것일까? 이 사건에서 가장 이상한 것은 쥐비알이 그런 곡예 운전에 몸을 내맡겼다는 사실이 아니라, 파리에 도착하자마자 어머니가 한바탕 소동을 피우며 그의 곁을 떠나지 않았다는 사실이다. 차에서 내려선 어머니가 정말 다행스럽게도 열정적으로 그를 껴안았던 기억 또한 떠오른다.

여러 해가 지난 어느 날 베르들로의 들판으로 산책을 나갔을 때, 나는 어머니에게 그날 밤 내가 자고 있지 않았노라고 털어 놓았다. 그런 다음 줄곧 나를 괴롭혀 오던 질문을 던졌다.

"그날 밤 어째서 아버지 곁을 떠나지 않으셨어요?"

그녀는 잠시 생각에 잠겼다가는 이윽고 격정으로 얼굴을 일그러뜨리며 대답했다.

"그는 살아 있었어."

그런 다음 그녀는 이렇게 덧붙였다.

"그는 사랑하고 사랑받는 것이 어떤 것인 줄 알고 있었지."

당시 나는 열일곱 아니면 열여덟 살이었을 것이다. 그때 나는 나 역시 언젠가 내 사랑을 그렇게 완벽하고 영웅적인 모험으로 만듦으로써 여자들을 사랑하고, 여자들의 사랑을 받을 수 있을지 충격 속에서 자문해 보았다. 요컨대 그것이야말로 자르댕적이 아니겠는가?

첫사랑의 기억을 찾아서

열세 살 때였다. 나는 처음으로 한 여자의 노예가 되고, 내 육체에 기꺼이 종속되며, 내 감각에 항복한 나 자신을 발견했다. 사랑에 정신이 나갔던 것이다! 그녀의 이름은 사샤, 열여덟 살이었다. 그녀의 풍만한 가슴은 나를 미치게 했고, 슬라브 억양은 나를 전율케 했다. 내게 실제 나이보다 더 성숙하게 느껴진 그녀는, 온갖 기대를 불러일으키는 진짜 여자 중의 하나였다. 나는 그녀를 어떤 작업장에서 만났다. 온 세상 젊은이들이 방학 중의 일부를 바쳐 기즈 성이 역사의 부침 가운데 당했던 모욕을 지우기 위해 그곳에 와 있었다.

나는 흙손을 가지고 일을 하는 것 이외에 다른 능력이 있음을 사샤에게 가까스로 납득시켰다. 나는 집요하게 구애를 계속했고, 조금 우스꽝스럽기는 했지만 젊음을 과시했으며, 엉뚱한 이야기와 말로 그녀의 얼을 빼놓았다. 그녀는 마침내 나를 받아들였다. 어떤 멋진 일격이 그녀를 납득시켰는지는 모르지만 나는 마침내 그녀를 유혹하는 데 성공했고, 그녀의 작은 호의를 누릴 수 있었다. 좋은 징조였다. 하지만 내게는 입맞춤이나 옷 입은 몸 위로 서툴게 기어 올라가는 것 이상이 필요했다. 그때까지 나는 여자의 몸에 대한 그런 허기, 여자를 넘어뜨리고 싶은 그런 열기를 느낀 적이 없었다.

그곳은 껴안기에 적당치 않은 장소였다. 까다로운 작업장 책임자는 자신의 책임하에 있는 동안 내가 사샤의 몸 위로 기어 올라가지 못하도록 감시했다. 그 교활한 사내는 내 행동을 감시했고, 욕망에 점령당한 정신 나간 연인다운 내 꾀를 좌절시켰다. 하지만 내게는 강가의 버드나무 아래의 낙엽 더미, 나를 비웃는 듯한 건초, 모래 많은 그곳의 흙 같은 모든 것이 우리를 만족시켜 줄 깨끗한 침대로 보였다. 나는 그 위에서 그녀와 얼싸안고 구르는 것을 꿈꾸었다. 나무만 보면 나는 거기에 사샤를 열정적으로 밀어붙이는 모습을 상상했다. 그녀에게 아이들을 갖게 하고, 그녀에게 내 성을 붙이며, 기진맥진한 채 정신을 차릴 수 없을 정도로 그녀를 사랑하는 것을 상상했다. 그녀야말로 내 운명의 여자라는 사실은 분명하고 확실하고 명백했다. 나는 그녀에 대해 거의 알지 못했지만——임시변통으로 우리는 짧은 영어로 의사 소통을 했다——무슨 상관이랴! 내가 그녀를 사랑하는데! 나는 열세 살짜리만이 할 수 있는 사랑으로, 그 나이를 아름답게 하는 격한 흥분과 감미로운 맹목으로 무의식적인 확신과 젖먹던 힘까지 기울여 미친 듯이 그녀를 숭배했다.

해결책은 오직 하나뿐이었다. 책임자의 감시에서 놓여나는 즉시 그녀를 납치해야 했다. 그런데 그녀를 어디로 데려간단 말인가? 베르들로가 있지 않은가! 여름이면 그 집은 비어 있었다. 그 집이 비어 있다는 사실이 내게는 하늘의 섭리처럼 느껴졌고, 망설여서는 안 된다는 징조로 보였다.

나는 지체 없이 어머니에게 전화를 걸어 집 열쇠가 어디 있는지 물었다. 사샤와 상의한다든가 어머니의 의견을 묻는다든가 할 문제가 아니었다. 여자와 자러 가도 좋으냐고 부모에게 묻는단 말인가? 열세 살의 나는 유년기를 아직 벗어나지 못했을지도 모른다는 불안감이 들긴 했지만 내게 전적인 권리가 있음을 느꼈다.

"어째서 열쇠를 찾는 거냐?" 전화를 받은 어머니가 내게 물었다.

그래서 나는 사샤란 소녀에게 한 다스의 아이들을 갖게 하고 싶노라고 대답하며, 내가 사랑하는 여자가 가지고 있음직한 장점들을 어머니에게 늘어 놓았다. 전화 저편에서 어머니가 약간 당황해하는 것을 느낄 수 있었다. 어머니는 몇 마디 말을 두서없이 중얼거리시더니 열쇠 있는 곳을 알려 주고는 전화를 끊었다.

나중에 나는 어머니가 그 전화 때문에 병이 났다는 사실을 알았다. 어린 아들이 연인의 길로 뛰어드는 것이 너무 빠르다는 생각에 어머니는 걷잡을 수 없이 불안했던 것이다. 시기를 잘못 잡은 내 생식욕은 어머니를 불안하게 할 만했다. 하지만 어머니는 내 정신 나간 행동을 어떻게 다스려야 할지 알 수 없었던 모양이었다. 의문에 사로잡힌 그녀는 내 아버지와 자신의 연인들을 불러모아 여러 차례 회의를 열어 내 요청에 대해 의견을 구했다. 내 운명은 표결에 부쳐졌다. 기묘하게도 대다수가 도덕적인 입장이었다. 예상과는 정반대로 쥐비알은 내가 여자의 몸을 탐하는 것을 한동안 금지시킬 것을 요구했던 것이다. 그러므로 내게 취해진 조치는 순전히 나에 대한 어머니의 믿음에서 나왔다. 남자들의 두려움에 반대한 사람은 바로 어머니였던 것이다.

1주일 후 나는 사샤와 그녀의 유고슬라비아인 남자 친구 셋, 그리고 마침내 자르댕 가의 풍습에 익숙해진 내 오랜 영국인 친구로 이루어진 작은 무리를 이끌고 베르들로에 도착했다. 크로케를 무척 좋아하는 존이 브리 지방에 있는 우리 집 잔디 위에서 그 놀이의 그윽한 맛을 슬라브 아이들에게 가르쳐 주는 동안, 나는 사샤의 몸이 가지고 있는 뜻밖의 기능에 놀라면서 시간을 보냈다.

너그럽게도 그녀는 내 욕망에 자신을 내어 주고, 나로 인해 즐거워하며, 내 두려움을 가라앉혀 주고, 내 기대 이상을 채워 주며, 내 감각을 놀라게 했다. 그녀는 내게서 어떤 과목도 배우지 않았다. 학기중이 아니라 방학중이었으므로 우리는 침대에서 거의 나오지 않았던 것이다. 신선함으로 가득 찬 그 시간은 내게 그윽한 나체와 감미로운 친밀감이라는 추억을 남겨 주었다. 그런 순간에 희생적인 면모를 부여하곤 하는 심각함 같은 것은 전혀 내비치지 않은 채, 사샤는 두 눈을 크게 뜨고 즐겁게 사랑을 했다. 꾸며낸 것이 아닌 그녀의 쾌활함은 지속적이지는 않았지만, 그녀의 기분을 주도하고 그녀의 갈망을 빛나게 해주었다. 그 슬라브 소녀의 부드러운 육체와 사랑을 나누는 것은 마법에 걸려 18세기의 프랑스 여기저기를 어슬렁거리는 듯한 느낌이었다. 그 육체적 관계는 우리의 오해를 더욱 깊게 만들지도, 과거의 고통과 싸우게 하지도 않았다. 그저 행복하기만 했던 것이다.

하지만 아무리 완벽한 일치도 영원할 수는 없는 법. 사샤는 아드리아 해 연안으로 돌아가야 했다. 학교 수업을 다시 받아야 했던 것이다. 가슴속에 죽음을 품고서 나는 유고슬라비아행 밤차를 타야 하는 그녀를 존과 함께 리옹 역까지 배웅했다. 플랫폼에서 나는 그녀를 껴안았다. 유고의 독재자 티토가 우리의 재회를 방해하리라는 끔찍한 예감에 몸을 떨면서. 열차가 움직이기 시작했을 때, 무분별한 충동이 나를 미치게 했다. 돈도 여권도 없이 갑자기 열차에 뛰어올랐던 것이다. 그녀를 따라가 철의 장막 안에서 그녀를 마음껏 사랑하기 위해서였다. 다음 순간 무슨 일이 벌어졌던가? 나중에서야 나는 사태를 파악할 수 있었다.

턱에 세찬 주먹질을 당한 나는 정신을 잃고 플랫폼 위로 나뒹그러졌다. 존이 기차의 발판 위로 뛰어올라 반항하지 못하도록 내게 주먹을 안겼던 것이다. 그런 다음 그는 기차에서 뛰어내리며 나를 땅 위로 쓰러뜨렸다. 다음 순간 기차의 문이 닫혔다. 플랫폼 위에서 몸을 일으키면서 영국인 친구는, 내가 여자 하나 때문에 그렇게까지 머리가 돌 수 있다는 사실에 분개해서는 경멸에 찬 눈길로 나를 쳐다보았다. 그 애는 설명 대신 경멸어린 어투로 이렇게 중얼거렸다.

"프랑스 남자 아니랄까 봐……."

그런 다음 그 애는 자신의 교복 웃옷의 주름을 펴면서 걸음을 옮겼다. 나는 리옹 역에서 그런 식으로 내 첫사랑을 잃었다고 생각했다.

나는 다음에 무슨 일이 일어날는지 모르고 있었다.

존의 왼손 펀치에 심각한 타격을 입은 나는 한쪽 눈을 치료하기 위해 딱한 모습으로 아파트로 돌아왔다. 내 머릿속에는 가능한 한 빨리 사샤의 부모님에게 전화를 걸어 내가 두 분의 딸을 사랑하고 있으며, 그녀와 결혼하고 싶다고 말해야 한다는 생각뿐이었다. 하지만 어머니는 전화 요금이 많이 나온다는 이유로 전화를 하지 못하게 했다. 그래서 나는 전화를 걸기 위해 길 건너 쥐비알의 집으로 갔다.

쥐비알은 나를 자기 방에 혼자 있게 해주었다. 나는 열에 들뜬 채 사샤의 전화번호를 돌렸다. 여러 차례 전화가 연결되었지만 그때마다 쩌렁쩌렁 울리는 목소리가 전화를 받더니 세르비아 크로아티아

어로 몇 마디 욕설을 퍼붓고는 전화를 끊어 버렸다. 내 어설픈 영어는 아무 소용도 없었다. 그 상스러운 사내는 달마티아어인지 그리스어인지 알 수 없는 이상한 말로도 고함을 쳐댔다. 사샤의 이름을 외쳐대도 소용이 없었다. 사내는 매번 전화를 끊어 버렸다. 마침내 나는 그런 식의 결혼 신청을 포기하고, 방에서 나와 쥐비알의 서재로 들어갔다. 쥐비알은 실내복 차림으로 입에는 시가를, 손에는 만년필을 쥐고 내 앞에 와서 섰다. 동요한 그의 태도에는 내 당혹감이 반영되어 있었다. 그는 실내복 속에서 기계적으로 체온계를 꺼내더니 숫자를 살펴보며 중얼거렸다.

"38도 9부…… 39도에 가깝군."

내 절망 때문에 그의 체온이 올라갔던 것이다. 이윽고 나는 슬픔으로 녹초가 되어 미치도록 그 여자가 좋다고 중얼거리며 흐느끼기 시작했다. 그러자 쥐비알은 함께 눈물을 흘리며 나를 부드럽게 안아 주었다. 우리는 오랫동안 포옹을 풀지 않았다. 아버지 자르댕과 아들 자르댕의 눈물이 뒤섞였다. 문득 그는 내 아픔이 진짜 사랑에 빠진 사내의 아픔이라는 것, 자기 아들이 이제 더 이상 어린아이가 아니라는 것, 자신과 똑같은 상처로 인해 고통스러워하고 있다는 것을 깨달은 모양이었다. 그가 보기에 그 첫사랑의 슬픔은 내 세례식 같은 것이었다. 우리 집안에서는 여자로 인해 흘리는 눈물이야말로 성수(聖水)였던 것이다.

이윽고 실컷 울고 난 그는 내게 물었다. 그 아이가 몇 시에 떠났지? 목적지는? 나는 웅얼웅얼 대답했다. 그는 자기 방으로 들어가 15분간 어디론가 전화를 했다. 이윽고 그는 내게 돌아와 이렇게 선포했다.

"상드로, 우리 출발하자!"

"어디로요?"

"한 시간 내로 베네치아행 비행기를 타는 거야. 도착 지점에 자동차 한 대가 우리를 기다리고 있을 거야. 그걸 타고 달마티아 지방을 횡단하자. 그리고 10시 42분에 류블랴나 역의 플랫폼에서 사샤를 기다리는 거야. 기차에서 내린 그녀는 너를 보고 울면서 껴안겠지. 넌 잊을 수 없는 존재가 되는 거야! 그 집안의 여자들은 5대에 걸쳐 너에 대한 이야기를 할 거야!"

사샤가 탄 기차를 따라잡기 위한 이런 정신 나간 질주를 기획한 사람은, 영화 촬영에 필요한 묘기에 익숙한 쥐비알의 친구인 조감독이었다.

예정된 시각 우리는 오를리 공항에서 비행기를 탔다. 나는 아버지에게 우리의 대여정에 비용이 얼마나 드는지 물어보았다. 아버지는 그것은 전혀 중요하지 않다고, 보다 중요한 것은 내가 사랑하는 여자를 정복하기 위해 나 자신의 돈과 다른 이의 돈을 희생하는 법을 배우는 것이라고 대답했다. 그밖의 것은 쓸데없고 부도덕하고 부적절한 투자에 지나지 않는다는 것이었다. 그것이야말로 쥐비알의 행동 방침이었다. 그는 언제나 그런 원칙에 엄격했다.

베네치아에 도착한 우리는 알파로메오 한 대를 빌렸다. 하룻밤 내내 쥐비알은 달마티아 지방의 해안선을 따라 달렸다. 나는 제임스 본드의 아들이나 판토마(쾨이야드와 알랭이 창조한 작중 인물로 천재적이고 염세적인 범죄자)가 된 듯한 기분이었다. 뒷좌석에 편안히 기대앉은 나는 다음날 아침, 내 미녀 앞에 멋진 모습으로 나타나기 위해 잠을 이루려고 애썼다. 하지만 트렁크 속에 넣어둔 20리터들이 노란 휘발유통에서 기름을 따라 차에 넣을 때를 제외하고는 줄담배를 피워대며 핸들에서 손을 떼지 않던 아버지의 모습은 아직도 또렷이 기억난다.

이 장면의 지극히 영화적인 분위기에서 독자들은 물론 초현실적인 느낌을 맛볼 것이다. 쥐비알과 함께 있으면 사람들은 바로 그런 소설적인 감정에 사로잡혔다. 다음 순간 당신은 지금 눈앞에 벌어지고 있는 일이 정말 사실인지 자문하게 되는 것이다. 그때 담배 연기가 자욱한 뒷좌석에 앉아 그 먼길을 가로질렀던 것은 다름 아닌 나였다. 자동차는 슬로베니아인 듯한 곳의 작은 도로 위를 쏜살같이 달려가고 있었다. 한밤중이라 내 눈에는 아무것도 보이지 않았다.

동틀 무렵 우리는 예정보다 몇 시간 먼저 류블랴나에 도착했다. 그 도시의 깔끔한 모습에 우리는 놀라지 않을 수 없었다. 유럽 공산권의 후미진 도시를 예상했던 것이다. 우리는 매혹적인 호텔에서 아침을 먹었다. 쥐비알은 나를 위해 방 하나를 예약했다. 사샤가 도착하자마자 나를 원할 것에 대비해서.

10시 42분, 나는 쥐비알의 시선을 받으며 제1번 플랫폼에 서 있었다. 쥐비알은 내 뒤 20미터 떨어진 곳에 있는 벤치에 앉아 나를 지켜보고 있었다. 그가 내 뒷모습에서 자신의 모습을 보고 있으리라는 것을 나는 분명히 느낄 수 있었다. 그 어린 슬라브 소녀를 껴안으러 가는 것은 바로 내 나이 때의 그였다. 그 당시에 이미 아버지와 나의 모습은 놀랄 정도로 서로 닮아 있었다. 그를 기쁘게 하기 위해 1백 보 정도 걸어가면서 그의 거동을 흉내내 주머니에 두 손을 찔러넣었던 일이 기억난다. 예정 시간이 넘었는데도 기차는 도착하지 않고 있었다. 플랫폼 위에는 기다리는 사람들이 많았다. 대기는 따뜻했다. 나는 짧은 내 일생에서 가장 아름다운 순간을 연출할 준비가 되어 있었다. 수많은 세월이 흐른 후 기쁨에 차서 회상할 수 있는, 내밀한 선집(選集)의 한 장면을.

기차가 플랫폼으로 들어왔다. 쥐비알은 내게 미소를 지어 보이고는 그녀가 자신을 알아볼 수 없도록, 영화에서처럼 신문으로 얼굴을 가렸다. 승객들이 내리기 시작하자 나는 더 이상 자리를 지키고 있을 수가 없었다. 아버지가 연출한 그 역할 속의 나는 매혹적이었다. 얼마 지나지 않아 사샤가 플랫폼 저쪽 끝에서 모습을 나타냈다. 그렇지만 내 모습이 불러일으킬 효과를 확신한 나는 참을성 있게 기다렸다. 그 순간 갑자기 사샤가 플랫폼 위로 달려오는 것이 아닌가? 드디어 나를 발견한 것일까? 이 세상에서 가장 행복한 사내가 될 채비를 마친 그 순간 나는 갑자기 가장 딱한 사내가 되어 버리고 말았다. 그녀는 20대로 보이는 어떤 청년의 품속으로 뛰어들었던 것이다. 나보다 머리 두 개가 더 큰 건장한 사내였다. 그녀가 그를 포옹하는 순간 그가 짓는 눈부신 미소를 나는 군중 속에서 볼 수 있었다. 그 미소는 그녀가 그 청년의 것이라는 사실, 나는 파리에서의 광란이나 여흥에 지나지 않았다는 것을 말해 주고 있었다. 그런데 나는 그녀가 나를 진정으로 사랑한다고 오해했던 것이다.

피가 얼어붙었다. 더 이상 돌지 않는 것 같았다. 기계처럼 뻣뻣한 동작으로 나는 아버지 쪽으로 고개를 돌렸다. 우리의 당혹스러운 눈길이 마주쳤다. 납빛이 된 얼굴로 그는 내게 어깨를 으쓱해 보였다. 나는 그녀 앞에 나타날 용기가 없었다. 내가 한 걸음 뒤로 물러나 기둥 뒤로 몸을 숨기는 순간, 사샤는 약혼자의 팔을 끼고 내 앞을 지나갔다. 그녀를 따라잡기 위해, 내 사랑으로 그녀를 어리둥절하게 만들기 위해 내가 유럽 대륙을 가로질렀다는 사실을 그녀는 결코 알지 못하리라.

자크 브렐의 노래 가사처럼 나는 의기소침해져서 쥐비알과 함께 파리로 돌아왔다. 쥐비알은 최선을 다해 나를 위로하려 애썼다. 하지만 이 잔인한 사건을 통해 나는 아버지가 만들어 낸 역할이 내게는 결코 어울리지 않는다는 것, 그의 옷을 입은 나는 언제나 조금 우스꽝스러워 보인다는 분명한 사실을 배웠다. 아무나 파스칼 자르댕이 될 수 있는 것은 아니다. 그가 깜짝 놀랄 만큼 자유로운 존재로 태어날 수는 있지만 나는 그가 될 수는 없었다. 나는 나 자신의 역할, 곧 알렉상드르의 역할을 할 수 있을 뿐 결코 그의 역할을 할 수 없었다. 불가능한 일이었던 것이다!

언젠가 우연히 사샤가 번역판이나 프랑스어판으로 이 책을 읽게 된다면, 다음과 같은 사실을 알아 주었으면 싶다. 만약 그 플랫폼에서 그 덩치 좋은 슬라브 청년이 그녀를 채어 가지 않았다면, 나는 그녀를 프랑스로 데려왔으리라는 것을. 당시 나는 내 욕망에 인색할 수가 없었다. 지금도 역시…….

아일랜드 해의 물 속에서

쥐비알이 죽자 한 가지 깨달음이 나를 고통스럽게 했다. 이 지상에서 무한한 욕구에 사로잡힌 이들의 수가 얼마 되지 않는다는 사실, 실제로 열렬한 욕망을 불러일으키는 여자들의 수는 그보다 훨씬 더 적다는 깨달음이었다. 아버지의 그늘에서 보낸 어린 시절을 통틀어 나는 태풍이라도 만들어 낼 만한 욕구에 의해 삶이 지배되는 것이 당연하다고 믿었다. 그런데 갑자기 세상이 끔찍하리만큼 무기력하다는 사실을 깨달았던 것이다.

어떤 귀부인이나 매혹적인 여인을 진정으로 원할 때면 아버지는 온 세상에 도움을 청했다. 얼마 전 어머니는 아버지가 스위스에 있는 그의 무덤에서 줄곧 보내 오고 있는 편지들을 내게 보여 주었다. 그 내용을 밝히지는 않으리라. 하지만 자신의 아내를 줄곧 사로잡는 데 있어서 죽은 사람이라는 불리한 입장을 만회하기 위해 그가 생각해 낸 방식에 나는 충격을 받았고, 지금도 그 충격으로부터 벗어나지 못하고 있다. 그에게 있어서는 죽음조차 대책 없는 장애가 될 수 없었다. 죽은 후까지도 자신의 꿈을 충족시킨다는 것이 그의 계획이자 존재 이유였다. 죽고 나면 대부분의 사람들은 입을 다물고 말지만 그는 그렇지 않았다. 쥐비알은 망설임을 격한 욕구로, 조심성을 욕망으로 바꿔 놓고 중풍 환자라 할지라도 달리게 할 만한 그런 열정을 지니고 있었다. 그의 억제할 수 없는 욕망은 전염성을 띠고 있었던 것 같다.

넘치는 선물을 받은 적이 없었음에도 불구하고 내가 부족함이 없는 어린 시절을 보낼 수 있었던 것은, 어느 정도 찬란하고 단단하기만 하다면 다른 사람의 욕망을 극도로 존중하는 그의 태도 덕분이었다. 내가 엉뚱한 소망을 드러낼 때, 그는 결코 그것을 비웃지 않았다. 미래의 수상이 자신의 운명에 대해 말할 권리가 있는 것처럼 나도 내 운명에 대해 말할 권리가 있었다. 예컨대 율리우스 카이사르의 진짜 후손이라도 되는 듯이 유럽의 지도자가 되겠다고 할 수도 있었다. 그런다 해도 그는 비웃기는커녕 웃음조차 내보이지 않았으리라. 그가 야유를 보내는 경우는 용기 없고 무분별이 부족한 이들뿐이었다. 그가 보기에는 무분별의 부족이야말로 말 그대로 무능력을 드러내는 것이었다. 그의 머릿속에서는 이성적인 이들이 최하층 사람들이었고, 그가 줄곧 비난하는 쓰레기 같은 인간들이었다.

어느 날의 일이 생각난다. 그는 내 고등학교 역사 선생에게, 프랑스가 강대국도 약소국도 아닌 평균적인 국가일 뿐이라고 여긴다면, 우리에게 그 과목을 가르칠 자격이 없다고 쏘아붙였다. 민족주의자들의 요란한 외침과는 전혀 다른 그 지적은 될 수 있는 대로 시야를 넓히려 들지 않은 채 불평만 하는 경우를 줄곧 거부하는 쥐비알의 사고 체계의 직접적인 소산이었다. 우발적인 사건으로 효력을 잃는다 해도 내 의지가 결국은 현실로 구현될 것이라는 믿음을 나는 그로부터 물려받은 것 같다. 근본적으로는 염세주의자였던 그와 나는 행복이야말로 유일한 해결책이고, 악은 소름끼치는 오해이며, 억누를 길 없는 욕망이야말로 모든 것에 활력을 줄 수 있다고 믿었다.

어느 날 나는 그의 집에 있다가 국세청에서 나온 집달리에게 쥐비알이 이렇게 설명하는 광경을 목격했다. 체납된 세금을 계산상으로 도저히 갚을 수 없는 만큼 자신은 영원히 파산자일 수밖에 없지만, 그럼에도 불구하고 자신을 등쳐먹으려는 프랑스 국세청의 욕구를 능가하는 강한 욕구가 있는 만큼 스스로가 큰 부자처럼 느껴진다는 것이었다. 그는 자기 가구들 가운데 어느 하나도 차압당하지 않으리라고 확신하고 있었다. 그가 입구의 복도 폭을 줄이는 공사를 했기 때문에 가구를 들고 나갈 수가 없었던 것이다! 집달리는 못 믿겠다는 표정으로 그의 이야기를 들으면서 목록 작성을 계속했다. 집달리는 물론 쥐비알을 작가로 여기고 있었지만, 실내복 차림의 선지자처럼 보이는 그가 중요한 진실을 말하고 있다는 사실을 이해하지 못하는 것 같았다. 인간이 스스로에 대해 가지고 있는 비전이 결국 현실을 지배하게 된다는 이치를 쥐비알은 날마다 실증했다. 내가 그 이치를 의심할 때면 그는 언제나 이렇게 말하곤 했다.

“6월 18일의 상소도 결국 받아들여진 걸 보면…….”

내가 이 관례적인 말을 마지막으로 들은 것은, 암의 재발로 인해 쥐비알의 거동이 어려워질 수도 있다고 그의 주치의가 밝힌 직후였다. 이미 몇 차례 쥐비알은 암을 극복한 바 있었으므로, 재발한 암이 그의 특별한 활력을 꺾어 놓을 정도로 심각하리라고 우리는 단 한순간도 생각지 않았다. 드골은 자신이 스스로에 대해 부여한 생각으로 무장하고 저항함으로써 마침내 샹젤리제 거리를 다시 걸으며 프랑스인의 열정을 결집시키지 않았던가. 아버지 역시 줄곧 푸케 카페에 드나들고, 사랑의 대상을 계속 만들어 낼 터였다. 말할 필요조차 없는 일이었다.

하지만 얼마 후 쥐비알은 죽고 말았다, 정말로. 마술사는 단숨에 자신의 힘을 잃어버렸다. 죽음은 그로부터 활력을 앗아가 버렸다. 언제나 자신의 실패를 만회하곤 했던 그 칠전팔기의 오뚜기에게서. 이제 쥐비알이 되는 것으로는 충분치 않았다. 열다섯의 나이에 나는 현실이 파렴치하다는 것, 끔찍할 정도로 잔인하고 우스꽝스러운 실제 삶이 시인을 능가할 수 있다는 사실을 깨달았다. 나는 아버지에 대한 믿음뿐 아니라 위대한 비전의 무한한 힘에 대한 믿음까지 잃고 말았다. 피로 물든 연극의 마지막 장이 내 얼굴에 대고 비열하고 참을 수 없는 훈계를 퍼부어댔다. 드골은 결국 패배해 BBC 방송국의 런던 주재 아나운서로 삶을 끝냈을 수도 있고, 크리스토퍼 콜럼버스는 미국을 발견하기 전에 물고기 뼈가 목에 걸려 죽었을 수도 있으며, 암스트롱은 달을 향해 쏘아올린 아폴로 우주선과 함께 폭발해 버렸을 수도 있었다.

아버지가 죽은 지 한 달 후, 그런 끔찍한 현실을 전적으로 과격하게 거부하기로 마음먹었던 일이 생생하게 떠오른다. 당시 열다섯 살이었던 나는 아일랜드 더블린 외곽에 있는 어느 화장실에서 위액을 토해 내고 있었다. 슬픔에 빠진 어머니가 나를 멀리 떠나보냈던 것이다. 날마다 나는 참을 수 없는 현실과의 돌연한 만남을, 무력함에 대한 분노를, 줄곧 나를 떠나지 않는 노여움을 토해 냈다. 그런 다음 문득 돌이킬 수 없는 폭력에 대해, 불가피해 보이는 것에 대해, 열정의 사그라듦에 대해, 삶이 우리에게 가하는 욕구 불만에 대해, 우리의 에너지가 달아나 버리는 데 대해, 온갖 금지된 감각의 벽에 대해, 스스로의 두려움에 대해, 기성관념에 쉽사리 이끌리는 경향에 대해, 예상 가능한 엇비슷한 개성 속에 갇히는 데 대해, 사회적 인정이라는 허영에 찬 유희에 대해, 지나치게 재빨리 박제되는 데 대해, 죽음에 대해 거부를 천명하지 않았던가! 나는 거부하고 또 거부했다! 필사적인 동시에 유쾌한 그 반항의 본능은 척추가 되어 나로 하여금 주저앉지 않게 해주었다.

어느 날 밤, 나는 밖으로 나와 어둠 속을 헤매고 있었다. 나는 어느 순간 내가 더블린 북쪽 해안가에 와 있다는 것을 깨달았다. 아일랜드 해의 차갑고 검은 바닷물로 가득 찬 작은 만(灣)이 내 앞에 펼쳐져 있었다. 바람이 불어 달빛을 받은 파도가 하얗게 부서지고 있었지만, 나는 맞은편 기슭까지 헤엄쳐 가보기로 마음먹었다. 수영을 잘하는 편이 아닌 내가 그 만을 건너는 데 성공한다면, 다른 어려움도 극복할 수 있으며 견고하게 버틸 줄 아는 성인이 될 수 있으리라. 실패한다면 내 존재의 무용성에 합당한 익사를 하게 되리라. 지금 생각해 보면 그런 논리는 유치하게 느껴진다. 하지만 당시 나는 아버지의 죽음을 맞은 열다섯 살 소년답게 심각하게 그같은 생각을 했다.

검은 물 속으로 들어갈 때 느꼈던 무시무시한 추위가 아직도 생각난다. 거기에는 스스로의 두려움과 싸운다는 쾌감이 섞여 있었다. 난 언제나 바다를 보면 제어할 수 없는 두려움에 사로잡히곤 했던 것이다. 잿빛의 그 바다는 나를 흥분시키기에 충분할 만큼 무시무시했다. 그 만을 건너는 데 시간이 얼마나 걸렸던가? 이제는 기억나지 않는다. 다만 거기서 살아 나왔다는 것, 필사적으로 살아 나왔다는 것만을 알 뿐이다.

그러자 구역질이 멎었다. 그 아일랜드 해의 바닷물 속에서 나는 쥐비알의 아들로서 세례를 받았던 것이다.

매순간을 마지막처럼

열다섯 살 이후 나는 나 역시 마흔여섯 살까지밖에 살지 못할 것처럼 그것에 나를 맞추기 시작했다. 내 첫 소설이 간행된 것은 청년이 된다는 것, 내 내면의 시계와는 어울리지 않는 책임질 나이가 된다는 사실에 격노한 때로부터 이미 6년이나 지나고 나서였다.

나는 열여덟 살에 첫 희곡을 썼다. 그 작품이 장 아누이의 마음에 든 모양이었다. 고맙게도 그 극작가는 유명한 연극배우에게 내 희곡을 추천하는 편지를 써주기까지 했다. 머리가 유난히 크고 지성에 넘치던 재능 있고 유명한 배우는 그 역할을 맡는 데 동의했다. 나는 뛸 듯이 기뻤다. 마침내 진짜 싸움판에 뛰어들게 되었던 것이다! 하지만 현재의 계약이 끝나는 2년 후에나 그 연극을 공연할 수 있노라는 그의 말에 나는 나를 죽일 작정이냐고 하면서 그의 손에서 내 원고를 빼앗았다. 2년이라니! 열여덟 살에는 시간은 더없이 귀중해지고, 초조감은 더욱 심해진다. 나는 한 방 맞은 기분으로 뒷걸음쳐서 그의 집을 나왔고, 다시는 그곳에 발을 들여 놓지 않았다.

자신이 요절하리라는 사실을 알고 있는 사람처럼 그때 이미 나는 초조감에 사로잡혀 헐떡이며 살고 있었다. 그러한 운명을 피하고 싶은 마음에서 나는 내가 오래 살 것이라는 말을 듣고 싶어하는 이에게 그러겠노라고 단언하곤 했다. 하지만 마음속 깊은 곳에 자리잡은, 내 삶을 규정하는 쥐비알의 시계 소리는 이미 내 시간이 초읽기에 들어갔음을 나 자신에게 줄곧 환기시키고 있었다. 내 친구들은 무기력하게 지루한 사춘기로 접어들었다. 그들은 별다른 소란 없이 사랑에 빠지고, 지나치게 사랑하는 위험에 빠지지 않도록 조심하고 있었다. 날이 갈수록 나는 그들의 무기력한 상태를, 요컨대 그들 삶의 리듬을 이해하기가 힘들었다. 한순간도 나는 미친 쪽이 나라는 것, 내가 90년의 수명을 절반으로 줄여서 생각하고 있다는 사실을 깨닫지 못했다.

오늘날 나는 그런 극심한 허기를 가라앉히고 내 욕망을 길들일 수 있게 되었지만, 마흔여섯 살에 죽을지도 모른다는 생각은 여전히 나를 겁에 질리게 한다. 어떻게 하면 쥐비알보다 오래 살 수 있을까? 그의 젊음이 영원히 정지해 버린 그 나이가 되면 나는 열다섯 살 때처럼 겁에 질리리라. 암이라는 그의 병을 물려받은 것이 아닐까, 그와 비슷한 병에 걸림으로써 우리가 부자간이라는 사실을 확인하게 되지 않을까 두려운 것이다. 내 소망은 오래 사는 데 있는 것이 아니라, 마흔여섯 살까지 산 다음 한 해마다 삶을 더해 충분히 나 자신이 될 수 있을 때까지 사는 것이다. 충분히 살았다고 느끼며 이 세상을 떠날 수 있을 때까지.

쥐비알은 매순간을 마지막처럼 창조적으로 살았다. 그가 줄에서 떨어져 버린 지금 나는 날이 갈수록 그가 느낀 현기증을 느끼고, 그가 걸은 길 중에서 가장 가파른 길들로, 내 욕망의 북쪽 면들로 접어들고 싶은 마음이 강해진다. 줄에서 떨어지지 않고 어떻게 곡예사가 될 수 있겠는가?

꿈꾸는 법을 가르쳐 준 사람

내 펜이 나아감에 따라 쥐비알은 귀한 새와 같은 자신의 빛깔을 조금씩 되찾는 듯하다. 그리고 나는 그가 물려 준 것 가운데 가장 중요한 것은 사랑에 대한 개념임을 깨닫는다. 그는 그것을 자기만의 독특한 방식으로 내게 물려 주었다. 그 괴상한 교사는 언제나 자신의 불안을 즐겼다. 즐거우면 즐거울수록 그가 하는 말은 호소력이 커져 갔다.

어느 날 쥐비알이 자기 집에서 산업 스파이를 위한 기계를 앞에 두고 극도로 흥분해서 안절부절 못하던 일이 기억난다. 그것을 그에게 준 사람은 소코였다. 독특한 성품의 소유자인 소코는 노란 꼽추의 가장 친한 친구라고 할 수 있었다. 가까운 이들 사이에서 소코라고 불리는 블라디미르 소코로프스키는 자기식 공산주의를 실천하고 있었다. 소문에 따르면 그는 KGB의 명예 회원이었는데, 그 단체를 매력적인 '클럽' 정도로 여기고 있었다. 공공연한 소련 지지자인 그는 그리스 정교회의 성모상을 수집했고, 프랑스라는 나라에 거머리처럼 붙어 살고 있었다. 그가 레만 호숫가나 흑해 연안에서 바캉스를 보내면서 찍은 사진들은 정권이나 대통령에 상관 없이 엘리제 궁의 조사실에서 모조리 인화되었다. 섬세한 몸을 지닌 이 매력적인 사내는 1917년, 볼셰비키가 백러시아인인 자신의 부모를 숙청하지 않은 것은 유감스러운 일이라고 공공연히 말하고 다녔다. 그는 볼셰비키의 그런 실수를 용납할 수 없었다. 스승 마르셀 데아로부터 프롤레타리아에 대한 열정을 주입받은 이후, 그는 매일 아침 열심히 《프라우다》를 읽었고, 우파 신문인 《피가로》의 구독자들을 보스 지방이나 바스 브르타뉴 지방에서 열리는 육체 노동을 통한 재교육 수련회에 보내는 데 힘을 기울였다. 그럼에도 불구하고, 아니 어쩌면 그렇기 때문에 그는 매일 아침 노란 꼽추와 함께 라 페루즈 호텔에서 작센산 자기들을 늘어 놓고 아침 식사를 했다. 한 사람은 우파였고, 또 한 사람은 골수 좌파였다. 세계 권력자들의 검은 돈을 배분하는 데 능숙했던 그 두 사람은 정치계의 숨은 돈을 좌지우지하고 있었다.

그 소코가 쥐비알에게 세 개의 커다란 흡반을 통해 벽 너머의 소리를 들을 수 있는 기구를 주었던 것이다. 아버지는 서둘러 그것을 자기 서재 벽의 코르크판에 붙였다. 그렇게 설치된 확성기는 쥐비알과 같은 층에 사는, 결혼한 지 오래 된 은퇴한 부부의 대화를 우리로 하여금 꽤 명확하게——코르크판을 통해서임에도 불구하고——들을 수 있도록 해주었다. 오늘날에는 그보다 정교한 기기가 있을 테지만, 확성기에 연결된 그 세 개의 흡반은 당시 우리에게 제임스 본드의 영화 속에서나 등장할 법한 기구를 사용하고 있다는 착각을 불러일으켰다.

소코가 그 독일제 기기 이야기를 꺼냈을 때부터 아빠는 그것을 무척 갖고 싶어했다. 그의 목적은 호전적인 권력가의 대화를 엿듣는 것이 아니라 남녀 관계의 실상을 알아내는 데 있었다. 어떤 사랑의 내면으로 침투하고, 그 은밀한 구조 속으로 빠져들며, 비약적인 순간을 발견하고, 놀라운 속내 이야기를 들으며, 슬픔과 원한의 깊이를 가늠한다는 그런 발상들이 그의 낭만적인 기질을 매혹했던 것이다.

학교에서 돌아온 나는 저녁마다 그의 집으로 건너갔다. 그렇게 우리는 여러 날에 걸쳐 한때는 서로 사랑했을 그 부부의 닳아빠진, 나아가 시들어 버린 일상의 대화를 엿들었다. 우리의 경악은 점점 커져 갔다. 사태는 죽어 버린 열정을 해부하는 것으로 바뀌었다. 들려 오는 소리라고는 집안일에 대한 자질구레한 걱정, 약을 넘길 때 나는 꾸르륵 소리, 화장실의 수세 장치를 누르는 소리, 야채값에 대한 장황한 수다, 관리인에 대한 늘 반복되는 불평, 늙은 이모가 얼마나 오래 살는지에 대한 보잘것 없는 추론, 늙은 고양이의 소화 불량에 대한 걱정 같은 것들뿐이었다. 격정적인 숨결이나 지난날의 감정에 대한 남아 있는 최소한의 징후를 단 한번도 발견할 수 없었다. 그들의 이야기에서는 불만의 흔적조차 찾아볼 수 없었다. 그저 침체된 무관심이 있을 뿐이었다. 그들이 한때 서로 입맞춤을 하고, 데이트를 하며, 함께 꿈꾸었다는 사실을 알려 주는 단 한 마디도 들을 수 없었다.

옆집 소리를 듣는 일이 계속될수록, 쥐비알이 혐오스럽다는 듯 시가를 꺼내들고 뒷짐을 진 채 서재를 왔다갔다하는 일이 잦아졌다. 그의 태도는 우리가 확인한 사태, 곧 지난날의 사랑을 더 이상 기억하지 못하는 관계란 정말이지 수치스럽기 짝이 없다는 사실을 강변하고 있었다. 간간이 쥐비알은 "아휴! 아휴!" 하는 신음 소리로 혐오감을 드러내기도 했다. 그 소리는 무관심이야말로 가장 용서할 수 없는 죄라고 내게 말하고 있었다. 그가 보기에 사랑을 등한시하는 것은 곧 영혼의 저열함을 드러내는 일이었다. 그런 저열함에 대해 그는 가차없는 비난을 퍼부었다.

기대를 배반당한 쥐비알은 반항 정신에 고무되어 한 가지 생각을 해냈다. 어느 날 저녁 그는 수화기를 집어들고는, 연인으로서 당연히 할 일을 잊어버린 그 자격 없는 이웃집 여자에게 꽃을, 그것도 많은 꽃을 즉시 보내라고 주문했다. 알쏭달쏭한 짧은 글이 담긴 카드와 함께. 그는 꽃집 주인에게 다음과 같은 내용을 카드에 써달라고 말했다. "30년 전부터 은밀히 당신을 사랑해 온 남자로부터."

그로부터 한 시간 후 배달된 꽃을 보고 그 부부가 이러쿵저러쿵 수다를 늘어 놓은 다음 익명의 연모자가 누구인지 궁금해하는 소리가 들려 왔다. 노부인은 자신이 아직도 남자에게 열정을 불러일으킬 수 있다는 사실에 기뻐하는 것 같았고, 남편은 한결 신랄한 어조로 정식 심문을 시작했다. 여자는 그의 심문에 굴하지 않은 채 오만한 태도로 자신의 그리스도교적 미덕을 강조했다. 이 사태와 그리스도가 어떤 상관이 있는지는 알 수 없었지만 아빠와 나는 뛸 듯이 기뻤다. 이 공룡 같은 부부의 대화 속에도 마침내 약간의 활기가 살아났던 것이다! 암시적인 말에 이어 욕설이 등장했다. 이웃집 남자는 문제의 사내가 자기 동생이라고 확신하고 있었다. 셀레스탱이라는 이름의 그 동생은 의뭉스럽기 이를 데 없어서 그런 짓을 꾸밀 만하다는 것이었다. 남편의 말에 따르면 실제로 그 노부인은 전쟁 전 젊었을 때 그 동생에게 교태를 부리는 모습을 보였다는 것이다.

꺼져 버린 감정을 되살리는 이런 언쟁의 어떤 점이 쥐비알을 즐겁게 했는지 정확히는 모르겠다. 그 부부 사이에 질투가 되살아났다는 사실 자체를 이미 발전으로 보고 그것을 기뻐했을 수도 있고, 어떤 장면을 직접 만들어 내면서 느끼는 작가로서의 즐거움일 수도 있었다. 한 마디 말이 담긴 카드와 꽃다발 때문에 이웃집 부부는 마술에라도 걸린 듯이 하루 저녁 동안 개성을 되찾았던 것이다.

아빠가 직접 개입해 스러진 사랑을 되살리려 했다는 것, 무관심이라는 추악한 사건을 그가 어쩔 수 없는 것으로 체념하고 받아들이지 않았다는 사실에 나는 기뻤다. 불가피한 일에 무릎 꿇지 않는 그의 그런 에너지에 나는 크게 감동했다. 그에게 있어서 삶이란 참는 것과 동의어가 아니라는 사실, 그가 시간의 마모에도 도전한다는 것을 나는 느낄 수 있었다. 시간을 정복한다는 것은 다른 문제였다. 그것에 저항한다는 것만으로도 내게는 멋지게 보였던 것이다.

쥐비알이 죽고 여러 해가 지난 후 나는 베르들로의 다락방에서 그 독일제 기기를 찾아냈다. 종이 상자 속에는 아버지의 사진이 붙은 가짜 신분증도 들어 있었다. 서른다섯 살 무렵의 사진 같았다. 그 오래 된 신분증에는 그의 이름이 쥘리앙 당디외로 되어 있었다. 쥐비알이 자신의 영화 대본에서 자주 쓰던 주인공 이름이었다. 그 벨기에 여권의 직업란에는 역사 교사라고 적혀 있었다. 어떤 삶을 살고 싶어 그는 그런 가짜 서류를 만든 것일까? 그의 다중적 삶의 이면을 나로서는 앞으로도 알아낼 수 없으리라. 어쨌든 그 도청기기는 더 이상 작동하지 않았다. 세 개의 커다란 흡반들은 아무 소리도 모아들이지 못했다. 하지만 나는 그것을 버리지 않은 채 가지고 있다. 언젠가 그것을 수리하게 될까? 도대체 누구의 이야기를 엿듣기 위해서? 그리고 누구와 그 이야기를 엿듣는단 말인가?

그를 잃은 슬픔으로부터, 1980년 7월 30일 내 안에 자리잡은 그 철저한 외로움의 감정으로부터 언제쯤이나 헤어나게 될까? 그때부터 나는 책이나 영상을 통해 작중 인물들에게 쥐비알의 환상의 일부를 부여함으로써, 지난날 그가 그랬듯이 그런 열정으로 현실을 재창조함으로써, 그가 살아 있을 때의 세계를 재구성하기 위해 필사적인 노력을 기울여 온 것 같다. 고백컨대 내 소설 속의 주인공들을 겁없는 존재로 만들어야만 소설 쓰는 일이 즐거워졌던 것이다.

환경으로 인해 동요하는 대신 나는 쥐비알과 함께 보낸 나날 속에 너무나도 생생하게 새겨져 있는, 오직 자기 자신으로서만 존재하고자 하는 그의 열망, 그의 반항을 내 것으로 만들었다. 그의 광기어린 에너지, 그의 반항 정신을 종이나 필름 위에 재현함으로써 나는 편안해지고, 그의 부재로 인한 고통이 없는 그 전설적인 시기로 되돌아갈 수 있었다.

하지만 이제 생각하면, 작가로서의 그런 투쟁은 그와 겨루기에는 언제나 부족하게 여겨지는 내 본성과 상반되는 만큼 헛고생만 한 것 같다. 언젠가는 나 자신을 증오하지 않는 법을 배워야 하리라. 내 실상으로부터, 어쩌면 가장 매혹적일 수도 있는 평범하기 짝이 없는 내 감정들로부터 나를 줄곧 멀어지게 하는 창작의 유혹에 맞서야 하리라.

결국 쥐비알은 잘못 생각한 것이다. 그런 일이 사람들에게 기쁨을 준다 하더라도, 사랑하는 존재를 만들어 낼 필요는 없지 않은가. 현실에 분개할 필요는 없지 않은가. 그런 싸움을 통해 자기 자신과 불화할 뿐이니까. 하지만 그런 싸움 덕분에 나는 꿈을 꾸지 않았던가, 수많은 꿈을…….

언젠가 저 세상에서 그들은

아버지가 자신을 죽음으로 몰고 간 그 마지막 암을 이겨냈다면, 우리의 관계가 어떻게 달라졌을까 하고 나는 종종 생각해 보곤 한다. 마술이 계속 효력을 발휘했을까? 우리가 서로 충돌했을까? 쥐비알과 그의 아버지 노란 꼽추와의 관계로 미루어 보건대, 둘 다 파리에 살고 있는 우리의 관계가 미묘해졌으리라는 상상을 할 수 있다. 그가 나에게 자리를 내주지 않았다면 과연 내가 글을 쓸 수 있었을까? 그가 내 머릿속에 자신을 닮을 수 있을 만큼 꿈을 넣어 준 다음, 나로 하여금 내 마음대로 살아갈 수 있도록 해주기 위해 가버린 것이 아닐까 하는 생각이 이따금 들곤 한다.

파리에 대한 내 지식은 부분적으로 그에 의해 만들어진 것이다. 그가 잘 가던 식당이 내 단골 식당은 아니지만, 파리의 도로나 기념물들은 그의 설명에 의해 내 머릿속에서 기묘한 실재감을 갖게 되었다. 얼마 전 나는 맏아들 위고에게 프레지당 · 윌슨 가에 있는 팔레 갈리에라가 과거에는 텅 빈 공간이었노라고 설명하고 있는 나 자신에게 깜짝 놀랐다.

"그래, 그렇단다. 얘야. 저건 지난 세기에 어떤 돈 많은 남자가 한 멋진 여인과 사랑을 나누려고 만든 큰 방이란다."

"그 부인도 그를 사랑했어요?"

"그럼, 그렇고말고……."

내 목소리는 바로 쥐비알의 목소리였고, 내 아들의 놀란 눈은 바로 지난날의 내 눈이었다. 그런 식으로 나는 쥐비알에게 들은 이야기를 그 애에게 들려 주고 있었던 것이다. 가르니에 오페라 극장의 둥근 천장에는 화재시 불을 끄기 위해 물이 가득 담겨 있는데, 그 거대한 수족관 안에는 수많은 바다표범이 살고 있다는 이야기도 곁들였다.

에펠 탑 꼭대기에 '소라고동' 같은 방 하나가 숨겨져 있는데, 파리 시민들의 실제 모습을 포착하기 위해 귀스타브 에펠이 그 안에 고성능 망원경을 설치하게 했노라는 이야기도 들은 적이 있었다. 쥐비알에 따르면, 공중에 설치된 그 관측소에서는 모든 것을 빠짐없이 볼 수 있고, 사회 생활이 강요하는 위선 속에 감추어진 진짜 모습을 알 수 있었다. 지금도 샹 드 마르스 근처를 지날 때면 나는 누군가 그 움직이지 않는 높다란 '소라고동' 안에 앉아 나를 관찰하고 있을지도 모른다는 생각이 든다. 장난꾸러기 아버지를 생각하며 콧구멍에서 손가락을 빼내는 것이다.

쥐비알은 상상의 세계를 돌아다녔고, 자신의 이야기 속에 담긴 진실성으로 다른 사람들을 설득함으로써 자신 역시 그 세계를 믿기에 이르렀다. 쥐비알 덕분에 나는 파리를 돌아다니면서 그의 관점에 의한 프랑스 역사를 발견할 수 있었다.

에투알 광장이 그런 방사상 형태를 갖게 된 것은 오스망 남작이 자기 정부(情婦)들의 수에 맞추어 거리를 만들었기 때문이라고 나는 오랫동안 믿고 있었다. 그 마음 약한 사내가 질투를 피하기 위해 개선문 위에 있던 자신의 사무실로부터 똑같은 거리에 그들을 살게 했노라고 쥐비알이 내게 단언했던 것이다. 거리마다 그의 정부가 한 명씩 살고 있었던 셈이었다. 루브르 궁은 지난날 타락한 왕들이 드나들던 고급 매음굴이었고, 뱅센 숲의 동물원은 총애를 잃은 여인들이 갇혀 있던 감옥으로 그곳의 탁 트인 하늘 아래의 우리에는 루이 14세의 총애를 잃은 애첩들이 갇혀 있었다는 말을 진짜로 믿었다. 또한 막시밀리엥 드 로베스피에르는 프랑스 역사상 가장 딱한 남편으로, 그가 공포 정치의 막을 연 것은 자기 아내의 수많은 연인들의 목을 자르기 위해서였고, 제2제정 시대 이후 동물수용소에 주인 없는 개들을 수용한 것은 그 가죽을 무두질해 공화국 근위대의 장화를 만들기 위해서였다는 말을 사실로 믿었다.

어린아이였던 내 머릿속에서는 지스카르 대통령이 튈르리 공원 옆의 잔 다르크 조각상을 치우고 페르슈산(産) 말 위에 알몸으로 앉아 큰 칼을 흔들어 대는 자신의 청동기마상을 세우게 할 예정이라는 말이 너무나도 당연하게 여겨졌다. 큰 칼에 대한 쥐비알의 말은 단호했다. 그 정보의 출처가 확실하다고 그가 얼마나 강조했던지 지금도 나는 그 오를레앙의 금빛 처녀상이 아직도 그 자리에 있는 것을 보고 놀라곤 한다. 그는 또 어떤 수상쩍은 여관을 가리키면서, 바로 그곳에서 에밀 졸라가 드레퓌스를 지지하는 어떤 창녀의 등에 대고, 그 유명한 《나는 고발한다》를 썼노라는 말을 들려 주기도 했다. 그 창녀는 손님이 자신의 등에 대고 끄적이는 것이 무엇인지 몰랐으리라.

이야기를 꾸며냄으로써 그는 안정감을 얻었고, 현실을 바로잡고

자 하는 욕구를 만족시킬 수 있었다. 하지만 쥐비알의 특이함은 그가 꾸며낸 터무니없는 말들이 영락없이 사실로 여겨진다는 데 있었다. 그는 자신을 사랑하는 이들에게 완전히 솔직하기 위해, 언제나 자신의 감정을 드러내고 극단적인 부끄러움을 제압하려 애썼다. 요컨대 그는 마음속의 진실에만 관심이 있었다. 그가 보기에 정확성의 미덕은 역장이나 갖추면 되는 것이었다.

베르들로의 식탁에 둘러앉은 사람들 앞에서, 그가 일그러진 표정으로 나의 배다른 누나인 나탈리를 어떻게 대해야 할지 모르는 자신이 수치스럽다고 털어 놓던 일이 아직도 떠오른다. 그는 자신이 나탈리 누나에게 빵점짜리 아버지라고 느끼고 있었으며, 두 사람이 서로 사랑할 수 있는 방법을 찾지 못하고 있었다. 그가 털어 놓은 이야기는 너무나도 고통스러운 것이었지만, 그는 자신의 옹졸함을 감추려 하지 않았고, 갑자기 내보인 그런 솔직함을 자랑하려고도 하지 않았다. 그랬다면 그런 행위는 변태에 가까웠으리라. 하지만 그는 그러지 않았다. 에둘러 말하지 않고 소박하게 자신의 당혹감을 털어 놓았다. 그날 내게는 스스로에 대한, 자신의 보잘것 없는 한계에 대한 혐오감 속으로, 자신의 감정 속으로 빠져드는 그의 태도가 인상적이었던 것 같다. 쥐비알은 모든 것을 웃어넘기고 일상에 우스꽝스러운 시정(詩情)의 옷을 입히는 데에 언제나 재빨랐지만, 막이 내리자마자 도망치는 그런 사내는 아니었다. 오히려 그 반대였다.

어느 날 베르들로에서 우리가 함께 있을 때였다. 그는 나와 자신의 오른손 형태를 납으로 떠놓기로 결심했다. 당시 나는 열두 살이었을 것이다. 그의 작업실에 틀어박혀 우리는 고개를 맞대고 오른

손을 새로 갠 석고에 대고 누른 다음, 녹인 납을 붓기 위해 석고가 굳기를 함께 기다렸다. 마침내 나는 그를 붙잡아둘 수 있었다. 쥐비알은 더 이상 내게서 달아날 수 없었다. 그래서 나는 줄곧 궁금했던 문제의 질문을 던졌다.

"아빠와 엄마 사이는 어때요?"

"안 좋단다" 하고 그는 즉각 대답했다.

그런 다음 이렇게 덧붙였다.

"그렇다고 정말 나쁘다는 건 아냐. 난 엄마를 사랑하고 엄마도 날 사랑하지 않는다고는 할 수 없으니까……."

뒤이어 나온 이야기가 어찌나 노골적이었던지, 내 눈에서는 눈물이 흐르기 시작했다. 내 마음속에서 어떤 혼란이 일어났는지는 정확히 알 수 없었지만. 내 눈물이 그를 당황케 하지는 않는 듯했다. 쥐비알 앞에서 나는 내 감정을 숨길 필요를 느끼지 않았다. 그는 스스로의 감정에 사로잡히는 것을 두려워하지 않았다. 오랜 시간에 걸쳐 그는 어떤 다른 여자에 대해 말하듯이, 자신에게 천상의 개념을 불러일으켜 준 유일한 야성의 천사나 누이에 대해 말하듯이 어머니에 관한 이야기를 내게 들려 주었다.

그날 그가 들려 준 바에 따르면, 어머니는 스물네 살 때 끔찍한 교통 사고로 죽을 뻔했다. 당시 엄마와 아빠는 이미 연인 사이였고, 서로에 대한 사랑을 포기할 수 없었다. 그때 어머니는 까다롭지만 너무나도 다정한 어떤 탁월한 남자와 결혼한 상태였다. 어머니가 사경을 헤매는 동안 그 남자와 쥐비알은 병원 복도에서 약속을 했다. 혼수 상태에서 깨어난 어머니가 완전히 의식을 찾지 못한 상태에서 먼저 이름을 부르는 사람이 그녀를 차지하기로 했던 것이다.

여러 날 동안 밤낮을 가리지 않고 남편과 연인은 교대로 그녀의 머리맡을 지켰다. 마침내 어머니는 혼수 상태에서 깨어났고 한 마디, 단 한 마디를 중얼거렸다.

"파스칼……."

당시 어머니의 남편이었던 그 남자는 약속을 지켰다. 그는 실패한 결혼 생활을 즉각 중단하고 그것을 무효로 만들었다. 그리고 아버지는 자신이 길들일 수 없는 여자에게 집착한다는 것을 잘 알면서도 그녀와 결혼했다. 공교롭게도 어머니의 처녀적 성은 바로 야생의라는 뜻인 소바주였다.

굳지 않은 석고 속에 한 손을 넣은 채 쥐비알이 자신의 격한 사랑을 어찌나 감동적으로 묘사했던지 나는 내 자신이 그렇게 낭만적인 모험의 결정체라는 사실에 정신을 차릴 수가 없었다. 순수한 천진난만함, 지금도 내가 그 뒤를 좇고 있는 대책 없는 순진함에 가득 찬 아버지는 그 순간 어린아이 같았다. 내 앞에서 그는 순진하기 짝이 없는 모습을 보여 주는 것을 두려워하지 않았다. 사랑을 하려면 그렇게 스스로를 방어하지 않은 채, 가장 상처입기 쉽게 해야 함을 보여 주려 했던 것일까.

석고가 단단하게 굳고 나자 우리는 그 틀에 녹인 납을 부었다. 우리 손의 형태가 만들어졌다. 지금도 그것은 베르들로에 있는, 그가 만든 붉은 래커칠이 된 가구 위에 놓여 있다. 그것을 볼 때마다 나는 그가 어머니에 대해 말하면서 영원히 사랑을 속삭일 것이라고 말했던 그 시간을 떠올리곤 한다.

세월이 흘러 그의 아내는 다른 여자가, 다른 사람의 아내가 되었다. 하지만 나를 바라볼 때마다 그녀는 내 눈 속에서 여전히 쥐비알의 모습을 보는 것 같다. 그럴 때면 나는 소스라치는 그녀의 얼굴에서, 짧은 생을 살다간 그 빵점짜리 남편이 그녀에게 영원히 각인되어 있다는 사실을 깨닫는다.

언젠가 그들은 저 세상에서 다시 만나리라. 그는 그녀를 위해 꽃침대를 준비해 놓으리라. 그들은 다시 결혼하고, 다시 서로의 자유를 결합하리라. 틀림없이.

삶의 절정을 누리기

"아시겠지만 자르댕 씨, 아드님은 망나니입니다. 그 애를 엄하게 다스려야 한다구요! 흠씬 두들겨패서 버릇을 가르치는 건 누구에게든 해될 게 없다니까요!"

이렇게 말하는 사람은 1백20킬로그램의 체중에 어울리지 않는 두상을 가진 신부이다. 그 공룡 같은 신부가 유감스럽게도 나와 내 동생이 다니는 미션 스쿨에서 교리 교육을 맡고 있다. 쥐비알과 내가 스키 교실을 떠나는 프레데릭을 배웅한다. 그 애는 여덟 살이다. 말 안 듣는 그 꼬마는 막 버스에 오르려 하고 있다. 인도 위에 서 있는 내게, 검은 옷 때문에 외면적으로도 쥐비알과 뚜렷이 구별되는 그 신부의 고함 소리가 들린다. 갑자기 쥐비알이 흥분하는 것이 보인다.

"선생, 전 선생을 전에 본 적이 없소. 처음 만나는 자리에서 내 아들의 흉을 보다니, 이게 말이 되는 거요!"

뜻하지 않은 공격에 놀란 신부는 순간 할 말을 잃는다. 상대가 순간적으로 약해진 틈을 타서 쥐비알은 말을 계속한다.

"우리 집에 대형 장도리가 있다는 거 알아두시오. 그렇소, 장도리

말이오. 만약 내 아들의 머리카락 하나라도 건드리면 그 장도리로 당신 불알을 비틀어 버릴 거요! 콱콱 말이오!"

쥐비알은 기세 좋게 비트는 시늉을 한다. 프레데릭은 파랗게 질려 있다. 그런 모욕을 당한 신부 밑에서 앞으로 3주간을 버텨야 하는 것이다. 어머니가 끼어들어 사태를 수습하기 위해 '신부님'을 연발한다. 신부는 분노로 몸을 떤다. 일대 사건이 아닐 수 없었다.

쥐비알이 우리를 학교까지 데려다 주거나 교사를 만나러 오는 것과 같은 고전적인 아버지 역할을 하려 할 때면 언제나 일대 재난이 우리를 기다리고 있었다.

우리 학교에서는 학년 초에 학부형이 프랑스어를 가르치는 담임 교사를 만나 보는 것이 관례였다. 내가 6학년이 되자 어머니는 특별히 아버지가 우리를 데려다 줄 것을 고집했다. 아버지와 담임 교사와의 면담은 별다른 문제 없이 계속되었다. 이윽고 그 문법 선생이 아버지에게 물었다.

"알렉상드르는 수학을 잘 하나요?"

내가 수학을 잘 하는지 어떤지 잘 모르던 쥐비알은 묻는 듯한 태도로 내 쪽으로 몸을 기울였다. 나는 '보통'이라고 대답했다. 그것은 내 성적에 걸맞는 애매한 표현이었다.

"그거 유감이군요" 하고 사제복 차림의 교사는 말을 이었다. "요즘은 수학을 못하면 큰 인물이 될 수 없으니까요. 프랑스어는 도움이 되지 않잖습니까!"

한 대 맞은 듯한 태도로 쥐비알은 웃으면서 나를 바라보았다. 담임 교사는 아버지가 자신의 창의성으로 먹고 살아왔다는 것, 9년 후 나 역시 내 몽상 덕분에 먹고 살게 되리라는 것을 모르고 있었다. 아버지는 즉각 화를 내며 회계원의 운명이 나를 기다리고 있는 것은 아니라고 단언했다. 세상이 괴로운 이유는 시인이 부족하기 때문이며, 자신은 정확한 것을 증오한다는 것이었다. 근시인 담임 교사는 쥐비알에게 이성을 되찾아 주는 일을 자신의 의무로 여기는 듯했다. 나는 파국이 다가오고 있음을 느낄 수 있었다.

"선생님" 하고 쥐비알은 말을 이었다. "내 집에는 아주 커다란 코르니숑〔꼬마오이〕이 식초병 속에 담겨져 있습니다. 전 그걸 리노 방튀라에게 줄 생각이었지요. 혹시 그 배우를 아십니까?"

"모릅니다." 영화보다는 미사 경본에 대해 아는 것이 많은 신부가 대답했다.

"그런데 그걸 선생께 드리고 싶군요. 선생 양파 속에 집어넣으시라고 말입니다."

"양파라뇨?"

"거기 말입니다. 삽입할 때 너무 아프면 푸른 코카인을 쓰세요. 최고랍니다!"

내 6학년 생활이 순탄치 않았음은 말할 필요도 없으리라. 평탄함 속에 안주하기만을 바랄 나이에 파스칼 자르댕의 아들로 산다는 것은 언제나 편한 것만은 아니었다. 하지만 그의 유별남 덕택에 나는 세상의 권위 앞에서 결코 굴하지 않는 법을 배웠다. 편협한 이들이나 기성관념의 소유자들에게, 꿈꾸는 것을 방해하는 이들에게 복종하지 말아야 한다는 것을 그는 나에게 가르쳐 주었다.

쥐비알은 나로 하여금 나 자신의 태도를 그의 관점에서 점검하도록 촉구했다. 당시 나는 어렸지만, 그가 현실의 가파른 길들을 거슬러 올라갈 것을 선택했음을 느낄 수 있었다. 가장 가파른 길이야말로 우리로 하여금 좀더 나은 존재가 되기 위해 태어났음에도 불구하고, 우리를 비겁자로 만들어 버리고 우리를 축소시키는 스스로의 두려움에 맞서게 해주기 때문이다.

그가 가고 난 후 나는 수많은 사람들을 만났다. 하지만 사각의 링 안에서 튀어오를 정도로 격렬하게 나를 몰아붙인 이도 없었고, 그렇게 나를 충동질한 이도 드물었다. 쥐비알과 한나절을 지내고 나면 나는 언제나 스스로의 비겁함을 떨쳐 버릴 수 있었다. 그의 옆에서는 일상의 영웅이 되어야 했고, 스스로의 나약함과 끊임없이 싸워야 했으며, 자신보다 못한 존재가 되려는 유혹을 거부해야 했다.

길을 가다가 '그밖의 방향'이라는 표지판을 만나면 그는 자신을 꿈꾸게 하는 그 수수께끼 같은 단어의 이면에 무엇이 있는지 알아보기 위해 표지판을 따라가곤 했다. 이상하게 보일 수도 있겠지만, 실제로 그는 그런 행동을 함으로써 다시 한 번 운명에 도전장을 던졌다. 그리고 그럴 때면 거의 언제나 우연의 문이 열리면서 그에게 잊을 수 없는 일이 일어나지 않았던가.

절정을 누린다는 것은 그의 머릿속을 떠나지 않던 관심사였고, 죽음을 쫓아 버리는 그만의 방식이었다. 나는 그가 네다섯 시간을 계속해서 얌전히 앉아 있는 것을 본 적이 없다.

그밖의 방향은 우리를 어디로 데려갈까

쥐비알과 함께 내가 마지막으로 '그밖의 방향'이라는 표지판을 따라간 것은 내 나이 열네 살 때였다. 우리는 스위스에서 지내다가 파리로 돌아가는 길이었다. 그곳에서도 쥐비알은 예의 무분별한 행동에 대한 말로 자신의 늙은 어머니를 충분히 오싹하게 만든 바 있었다. 벌써부터 졸면서 브장송을 지나가던 아버지는 모험을 향한 초대장인 '그밖의 방향'이라는 표지판을 발견했다…….

자정이 조금 안 된 시각이었을 것이다. 뜻밖에도 그 길은 어둑한 숲 속으로 통하고 있었다. 새벽 1시 쥐라 산맥 한가운데서 무슨 일이 닥칠지 몰랐으므로 나는 차를 돌리라고 아버지에게 사정했다. 순간 뭔가를 발견한 듯 그는 차를 멈추고 후진을 해서 그 지점으로 갔다. 헤드라이트의 불빛에 어떤 성의 표지판이 드러났다. 누구의 성이었는지는 밝히지 않는 편이 좋을 것 같다. 이해 못할 감동에 차서 그는 내게 말했다.

"바로 여기가 1953년 내가 열아홉번째 생일을 맞은 곳이란다. 이 길로부터 나왔을 때에는 스무 살이 다 되어가고 있었지!"

쥐비알이 망설이지 않고 성으로 통하는 큰길로 접어들자, 나는 결과가 걱정되지 않을 수 없었다.

"지금 몇 시인 줄 아세요? 아빠, 너무 늦었는데……."

"얘야, 스무 살로 돌아가는 데 너무 늦은 때란 없단다."

사람들을 방해하는 것은 내가 정말이지 하고 싶지 않은 일이다. 파리 시내에서 길을 묻기보다는 동네를 세 차례 도는 편이 낫다고 생각하는 그런 사람 중의 하나가 나이다. 기묘한 조심성이 언제나 나를 옥죄고 있었다. 나는 오던 길로 돌아가자고 고집했지만 쥐비알은 내 말을 들으려 하지 않았다. 내가 전혀 모르는 어떤 과거와의 뜻하지 않은 조우에 쥐비알이 매혹당했다는 것을 느낄 수 있었다.

"그녀의 이름은 실비아…… 그녀의 부모는 당시 내가 일하고 있던, 중앙 산악 지대에 있는 제지 공장의 소유주였어. 그들은 이곳 브장송의 직물 공장에도 지분을 갖고 있었지. 자기 회사 사장 딸을 사랑한다는 건 언제나 미묘한 일이라서……."

"어떻게 하려고 그러세요? 그 성이 지금까지 있다 해도, 이미 다른 사람의 것이 되어 있을 거예요. 아니면 비어 있을지도 모르죠. 관리인은 우리에게 총을 쏠 거예요."

"자신을 가지렴."

우편함에 붙은 두 개의 이름을 보고 우리는 그곳의 주인이 바뀌지 않았음을 알 수 있었다. 하지만 그 이름에 두번째 성, 곧 부칭(父稱)이 붙어 있는 것을 보고 나는 겁에 질렸다. 그것은 남편이 있다는 뜻임이 분명했다. 하지만 쥐비알은 그것을 보고 개의하기는커녕 오히려 더욱 짜릿함을 느끼는 것 같았다. 뜻하지 않게 그의 추억 속에 뛰어들게 된 나는 정말이지 불안했다. 일이 꼬이고 말았음을 감지할 수 있었다. 나는 이미 지쳐 있었고, 다음날 아침 8시에는 파리에서 수업을 받아야 했던 것이다.

쥐비알은 창백한 달빛에 가까스로 알아볼 수 있는 장엄한 성의 현관 앞 층계 근처에 차를 세웠다. 성 안의 사람들이 모두 자고 있거나 아무도 없는 것 같았다.

"아빠, 돌아가면 안 돼요?"

대답 대신 그는 2층의 실비아 방을 가리켰다. 그런 다음 그는 향수어린 어조로 설명했다. 옛날 그녀 아버지 몰래 창문을 통해 그 방으로 들어가기 위해 건물 앞의 개머루나무를 여러 차례 기어올랐다는 것이었다. 나는 그 일이 낭만적이었음을 인정한 다음 이제 그만 돌아가자고 사정하려 했다. 그런데 그가 또다시 그렇게 기어올라갈 것이라고 말하는 것이 아닌가! 처음에는 그가 농담을 하고 있는 줄 알았다. 하지만 농담이 아니었다. 웃옷을 벗은 쥐비알은 미국 배우 버스터 키튼처럼 어색한 동작으로 개머루나무를 기어올라가기 시작했다.

"아빠." 내가 나지막하게 불렀다. "그 아줌만 이제 스무 살이 아니에요. 저 방 역시 지금은 그 아줌마 방이 아닐 테구요. 도대체 어딜 가시는 거예요?"

"추억을 되찾으러 간단다."

"그런 웃기는 이야기가 어디 있어요."

"아니다. 정말 웃기는 건 흐르는 시간을 감수하는 거란 말이다! 이리 와서 나 좀 도와 다오."

"그러다 잡히면요?"

"상드로, 두려움을 던져 버려. 영원히 말야."

그 말의 어조가 내게 불가사의한 효과를 발휘했다. 설득력과 애정에 찬 그의 감동적인 어조에 문득 그가 나에게 하고 있는 요구가 너무나도 중요한 것임을 느낄 수 있었던 것이다. "어둠, 미지의 것, 경찰, 여자들, 사랑, 내일, 너 자신에 대한 두려움을 던져 버려. 노예의 족쇄를 떨쳐 버리라구!" 두려움이 단숨에 사라져 버렸다. 평생 처음으로 나는 스스로의 두려움을 제압할 때 얻어지는 아찔한 기쁨을, 결정적인 승리를 거두었을 때, 새로운 자유를 얻어냈을 때의 감정과 흡사한 그런 흥분을 느낄 수 있었다.

나는 달려나가 그를 위해 낮은 사다리가 되어 주었다. 나 자신의 두려움을 극복하고 나자 이 마흔다섯 살의 사내가 갑자기 너무나도 감동적으로 느껴졌다. 그가 온갖 조심성을 벗어던지고 열아홉 살 때의 일을 재현하고 있는 것은 오직 자기 자신에게 다시 내기를 걸기 위해서였다——어쩌면 나 때문이었을 수도 있었다. 왜냐하면 그 창문 안에서는 그의 마음속에서 줄곧 살고 있는 실비아를 찾을 수 없을 터였으므로. 굼뜬 동작과 둔해진 몸매로 젊은 날의 행동을 재현하는 그의 모습은 특히 감동적이었다.

2층 높이에 오른 쥐비알은 유리창에 바짝 몸을 대고 방 안을 살펴본 다음 실망한 어조로 내게 나직하게 말했다. 안에 사람이 없다는 것이었다. 내가 짐작했던 대로였다. 하지만 몸을 돌려 내려오는 대신 쥐비알은 실비아를 찾아내 그들을 떼어 놓은 세월을 지워 버리겠다는 것이 아닌가! 최소한의 상식에 호소하는 내 말은 아무 소용이 없었다. 스스로의 꿈에 취한 그는 창유리를 깨고 집 안으로 들어갔다.

그러자 나는 다시 고통에 사로잡혔다. 그가 사라지자 그의 최면성 매력은 내게 효과를 발휘하지 못했다. 이제 무슨 일이 벌어질 것인가? 경찰서에 잡혀가 있는 그의 모습, 격노한 남편이 쏜 총에 맞은 그의 모습이 눈앞에 떠올랐다. 그 순간 2층의 방 하나에 불이 켜졌다. 말소리, 비명 소리가 들려 왔다. 생각해 보지도 않고 나는 줄행랑을 놓았다. 돌연 나를 얼어붙게 만든 그 상황에서 벗어나기 위해서이기도 했고, 있지도 않은 추격자를 따돌리기 위해서이기도 했다. 작은 덤불 뒤에 세워 놓은 자동차까지 정신 없이 달려온 나는 차 안으로 들어가 안에서 문을 잠갔다. 심장이 요동치고 있었다.

그때부터 불편한 질문들로 가득 찬 30분간의 기다림이 시작되었다. 쥐비알은 돌아오지 않았다. 같은 상황에서 나는 내가 그토록 두려움에 사로잡혀 있는데, 쥐비알은 어떻게 그렇게 자신의 두려움을 제압할 수 있었던 것인지 이유를 알 수 없었다. 내 두 손은 차가웠다. 나는 그에게 숨기고 싶은 그런 동요를 제어하려 애쓰면서 나 자신을 극복할 수 없다는 수치심에 몸을 떨었다. 그런데 그는 왜 이렇게 늦는 것일까. 금방이라도 총소리나 경찰차 소리가 들릴지도 모른다는 두려움에 차서 나는 귀를 기울였다. 경찰에게 어떻게 설명한단 말인가? 상식을 벗어난 행동이 아니었던가? 시간은 늑장을 부리며 천천이 흘러갔다. 쥐비알은 죽은 것일까, 아니면 그 부인의 침대 속에 누워 있는 것일까? 그런 매혹적인 가정은 내가 보기엔 가능성이 거의 없는 듯했다. 아무리 과거에 사귀던 사이라 해도, 한밤중에 유리창을 깨고 들어온 남자에게 어떤 여자가 몸을 허락한단 말인가? 일반적인 예측이 허락되지 않는 상황이었던 만큼 내 추론은 허공을 맴돌 수밖에 없었다. 그 누구도 그의 행동을 제어할 수 없었던 인생의 한 시기 속으로 쥐비알은 또다시 발을 들여 놓았다. 실비아가 그에게 몸을 허락할 수도 있었고, 좋은 말로 그를 타일러 돌려보낼 수도 있었으며, 그에게 맥주 한 잔을 대접하며 자신이 이미 갱년기에 접어들었노라고 말할 수도 있었다. 하지만 실제로 일어난 일은 훨씬 더 뜻밖이었다.

30분 후 마침내 쥐비알은 모습을 나타냈다. 그의 태도에서는 기쁨이 배어났다. 신나는 기운이 그의 표정을 밝게 만들었다.

"이리 오렴, 상드로. 오늘 밤 여기서 자고 갈 거야."

"실비아 아줌마를 만났어요?"

"아니, 그녀의 딸이 친구들과 함께 와 있단다. 하지만 그녀의 친구들은 자고 있어. 그녀는 지난날의 실비아와 똑같아. 이름은 쥐디트란다."

"그녀에게 뭐라고 했는데요?"

"사실을 말했지."

"좋아하던가요?"

"무척."

그 저택의 현관에서 매력적인 젊은 여자와 부딪친 기억이 난다. 그녀는 즉각 성의 탑 하나에 있는 방을 내게 내주었다. 잠옷 대신 티셔츠와 목이 긴 양말을 신은 그녀는 구릿빛 허벅지를 드러내고 있었다. 그녀는 완벽한 코를 가지고 있었다. 다음날 새벽 우리는 그녀를 다시 만나지 않은 채 그곳을 떠났다. 월요일에 나는 지각을 하였다.

내가 쥐디트를 다시 본 것은, 1996년 7월 30일 생트 클로틸드 성당에 모인 쥐비알의 연인들 속에서였다. 울고 있는 여인들 가운데에는 쥐디트도 있었다. 흐느낌 때문에 어깨가 들썩이고 온몸이 거의 마비된 것 같았다. 그 모습이 모든 것을 말해 주고 있었다.

그후 나는 '그밖의 방향' 이라는 표지판이 서 있는 갈림길 앞에 이르면 향수에 젖는다. 언젠가 나 역시 늘 가던 길을 버리고 그 길로 접어들게 되리라. 그 길은 나를 어디로 데려갈까? 아니, 나는 어디로 차를 몰고 갈까? 늘 가던 길들을 벗어나지 않으면 풍요로운 운명을 누릴 수 없노라고, 그런 유혹에 맞서기를 그만두어야만 자신의 길을 찾을 수 있노라고 쥐비알은 내게 가르쳐 주지 않았던가.

이제 그들은 죽은 것일까

1977년 봄이었다. 베르들로의 거실 문을 열어 본 우리 집 가정부 자닌은 비명을 질렀다. 불안한 외마디소리에 놀란 우리 아이들은 아침 식사를 하다말고 모두 거실로 달려갔다. 자닌이 서 있는 벽난로 근처에는 사람의 뼈가 매달려 있었다.

10분 후 거실로 들어온 쥐비알은 우리에게 그 뼈가 바로 탈레랑의 뼈라고 설명했다. 나는 내 눈을 의심했다! 입 안이 말랐다. 눈앞에 있는 저 뼈가 나폴레옹의 외무상이었던 샤를 모리스 드 탈레랑 페리고르의 뼈라니. 아버지는 진지한 어조로 탈레랑의 뼈가 분명하다고 말했다. 약간 손상된 치아가 그 증거로, 그것을 통해 그가 줄곧 비웃음을 짓고 있었음을 짐작할 수 있다는 것이었다.

그 귀중한 물건을 찾아내게 해준 사람은 그의 친구 중의 하나인 어떤 골동품상이었다. 그 친구가 왜 그런 일을 했는지는 짐작할 수 있었다. 막대한 금액을 받았으리라. 그 위대한 인물과 관계 있는 온갖 물건들에 군침을 삼키는 사람은 우리만이 아니었다. 하지만 이번 경우만큼 그와 가장 밀접한 관련을 가진 물건도 없었다. 상태가 좋지 않았던 그 칼슘 덩어리들은 런던에서 막대한 비용을 들여 복

원된 참이었다. 그리하여 탈레랑은 그 어느 때보다도 말끔한, 때빼고 광낸 모습으로 우리 앞에 도착했다.

그 정도로 귀중한 물건을 가지고 있다는 느낌은 처음이었다. 마치 만화 주인공 미키마우스나 탱탱의 뼈를 선물로 받은 것 같은 기분이었다. 여러 해에 걸쳐 쥐비알과 나는 탈레랑놀이를 해왔다. 그의 절뚝거림을 흉내내고, 그의 가르침에 따라 얇은 털옷을 여러 겹 겹쳐입고, 그의 독특한 행동거지를 흉내내지 않았던가. 우리는 너무나도 유명한 그의 연설들을 알고 있었고, 그가 한 말이 생각나지 않을 때면 그의 입에서 나왔다고 여겨짐직한 멋진 맛들을 꾸며내지 않았던가.

나는 부들부들 떨면서 뼈 앞으로 다가가, 유럽을 재편하기 위해 그토록 많은 협정에 서명하고 그토록 많은 돈을 주고받았던 그 손을 만져 보았다. 수많은 여인의 몸을 어루만지고, 당통 · 미라보 · 보나파르트 · 로베스피에르와 모든 국민의회 의원들, 악당 바라스, 나폴레옹, 냉혹한 푸셰, 루이 18세, 샤를 10세, 메테르니히 대공, 차르 알렉산더를 거쳐 마침내 나와 악수를 하게 된 그 손을! 앞으로 유럽의 지도자가 될 터였으므로, 나는 그와의 악수에 몹시 흥분했다.

안타깝게도 어머니는 그 신성한 뼈를 우리 집 거실에 두고 싶어하지 않았다. 겁이 났던 것이다. 탈레랑은 다락방으로 옮겨 가야 했다. 주말마다 나는 그곳으로 가서 그를 성가시게 하는 거미줄을 걷어 주었다. 때로는 장중함을 더하기 위해 그의 뼈 앞에서 즉석 연설을 하기도 했다. 그럴 때면 나는 내가 1793년 국민의회에서 연설을 하고 있는 것이라고 상상했다. 인내심 많은 그 뼈 앞에서 나는 6월

18일 선언을 열렬히 낭독하기까지 했다. 그 일에는 영화《보르살리노》촬영 때 쓰던 오래 된 가짜 마이크가 동원되었다. 그 괴상한 다락방에는 쥐비알과 어머니의 연인들이 영화 촬영 때 썼던 잡동사니들이 쌓여 있었던 것이다.

어느 날 나는 은퇴한 외과 의사인 외할아버지의 집에서 우연히 의학 잡지를 펼쳤다. 거기에는 안짱다리의 골격 사진이 실려 있었다. 그때 나는 쥐비알이 눈 하나 깜짝하지 않고 내게 거짓말을 했다는 사실을 알았다. 우리 집 다락방에 있는 멀쩡한 뼈는 한쪽이 안짱다리였던 샤를 모리스의 뼈일 수가 없었다.

쥐비알과 어머니와 함께 어떤 식당에서 저녁 식사를 하는 자리에서 나는 그 잡지를 내보이며 그의 거짓말을 폭로했다. 당황한 쥐비알은 헛기침을 하며 큰 잔에 담긴 생수를 들이켰다.

"그렇다면 그건 누구 뼈죠?" 불안해진 어머니가 물었다.

아버지는 그럴 듯한 거짓말을 늘어 놓기 시작했다. 명확한 대답을 회피하기 위해서임이 분명했다. 그러자 어머니는 그의 말허리를 자르고, 우리 집 다락방에 매달려 있는 그 뼈의 임자가 누구인지 대라고 그를 몰아세웠다.

"그건…… 그건…… 그래, 폴의 뼈야." 마침내 쥐비알이 조그맣게 말했다.

"폴 누구 말인가요?"

"폴 모랑 말이야."

어머니가 비명을 질렀다. 지난번 자닌이 거실 문을 열어 보고 지른 겁에 질린 비명보다 더 날카로운 소리였다. 식당에 있던 손님들 모두가 우리를 돌아보았다. 그러자 쥐비알은 모랑이 갈리마르출판사를 제외한 다른 곳에서 출간된 그의 저서에 대한 권리는 내 삼촌인 가브리엘 자르댕에게 물려 주었고, 시신을 학계에 기증하는 조건으로 뼈는 세척해 자신에게 보내라고 했다고 설명했다.

모랑이 그런 유언을 한 것은 순전히 쥐비알에게서 받은 영향 때문이었다. 쥐비알과 마주 앉아 있으면 거의 대부분의 사람들이 기묘한 생각을 하게 된다. 그는 사람들에게 잠재되어 있는 광기를 드러나게 했다. 사람들은 때때로 그를 기쁘게 하기 위해 기상천외한 결정을 그에게 선물했다.

쥐비알은 모랑의 유언장 내용을 우리에게 들려 주었다. "나는 내 뼈가 파스칼 자르댕이 죽을 때까지 그의 앞에서 활짝 웃고 있기를 바란다." 우리에게 그런 사실을 어떻게 밝혀야 할지 난감했던 아버지는 그것을 환속한 주교인 탈레랑의 뼈라고 말하기로 했던 것이다. 그의 해명에 따르면 그렇게 함으로써 나를 기쁘게 할 수 있고, 사랑하는 어머니를 크게 놀라지 않게 할 수 있었노라는 것이다.

"오래 된 뼈가 잘 아는 사람의 뼈보다는 덜 으스스하지 않겠소?"

쥐비알이 그런 연극을 꾸몄다는 데 질겁을 한 어머니는 안색이 창백해졌다. 어머니가 보기에는 으스스한 악취미였다. 자기 어머니의 연인이었던 사람의 뼈를 다락방에 걸어 놓는다는 것은 사실 좀 이상한 일이었다. 나는 나대로 나폴레옹의 치하에서 장관을 지냈던 사람 앞에서가 아니라, 대작가의 유골 앞에서 성의와 열의를 갖고 토해 놓았던 온갖 연설들을 떠올려 보았다. 그런 착각을 했다는 사실에 나는 몹시 서글펐다. 우리의 식사는 그것으로 끝장나고 말았다. 후식도 먹지 않고 식당을 나와야 했다. 어머니는 그날 밤 안으로 폴 모랑의 뼈를 베르들로에서 치워야 한다고 고집했다. 하지만 어디로 가져간단 말인가?

문제는 극도로 복잡했다. 자기 집 거실에 사람 뼈를 선뜻 들여 놓을 사람은 없었고, 쥐비알은 그것을 정원 한구석에 조용히 묻어 버릴 수는 없다고 버텼다. 우리는 그것을 인류박물관에 기증하는 것이 어떨까 하고 생각했지만, 폴의 정치 전력이 의심스럽다는 이유에서 관장은 그의 뼈를 받아들이려 하지 않았다. 게다가 인류박물관에 문인을 받아들이는 것도 적당치 않다는 것이었다. 일반 묘지에 묻는 것 역시 불가능했다. 그러기 위해서는 매장 허가서가 있어야 했는데, 그 어떤 의사도 이제 와서 그 작가의 죽음을 확인해 주려 하지 않았다. 아직도 모랑의 추억에서 벗어나지 못하고 있는 자신의 어머니가 당황할 것이라는 이유에서 쥐비알 역시 그 말썽 많은 손님을 자기 집에 받아들이려 하지 않았다. 이윽고 그는 우리를 난관에서 헤어나게 해줄 한 가지 생각을 해냈다.

베르들로에서 멀지 않은 마을에 사는 푸줏간 여주인의 중개로 폴 모랑의 뼈는 센에마른공립초등학교에 기증되었다. 교장은 저학년 수업에 유용할 것이라면서 크게 기뻐했다. 탁월한 문체주의자의 행보는 그렇게 끝났다. 완고한 우파이자 엘리트로서 마르셀 프루스트와 가까웠고, 유전에 의해 인간의 유형이 결정된다고 믿었던 모랑은, 살아서 한때 쥐비알을 만났다는 이유로 오늘날 자유와 평등과 박애를 가르치는 공립초등학교의 천장에 매달려 있다.

아버지를 만나게 되면 사람들은 탄탄대로의 삶에서 벗어나곤 한다. 쥐비알은 운명의 카드를 뒤섞는 데 탁월한 솜씨를 발휘했다. 그는 다른 이들의 인생 궤도에 역설을 개입시킴으로써 그것을 바꿔 놓는 것을 특히 좋아했다. 그는 자신이 사랑하는 사람들과 자기 자신이 지나치게 안정된 삶을 이어 나감으로써 박제가 되지 않을까를 무엇보다도 걱정했던 것 같다.

이 글을 써내려가는 중에 문득 한 가지 의문이 떠오른다. 혹시 쥐비알의 그 말 역시 거짓말이 아닐까? 그 뼈가 폴 모랑의 것이라는 증거가 어디 있단 말인가? 아빠는 그런 말을 꾸며내고 스스로도 그것을 사실로 믿고도 남을 사람이었다. 현실에 반항하려는 욕구가 그 정도로 절실했던 것이다. 그런데 문제의 다리뼈는 《억눌린 인간》의 저자 모랑의 다리답게 기수의 다리처럼 안으로 휘어 있었다. 그렇다면…….

하지만 그게 무슨 상관이랴. 중요한 것은 진짜처럼 가치 있고 실감나는 연극을 만들어 내는 일을 즐기는 쥐비알 같은 멋진 이들이 존재한다는 사실이 아닐까. 세월이 갈수록 나는 엄숙한 시대 속에 매몰되어 있는 나 자신이 점점 더 딱하게 여겨진다. 쥐비알이라면 이 20세기말을 어떻게 살아냈을까? 70년대의 파리는 정말이지 진귀하기 짝이 없는 생물들이 자유롭게 돌아다니는 동물원 같은 곳이 아니었던가. 이제 그들은 죽은 것일까?

지폐가 가득 든 가방을 앞에 두고

다시 그 시절로 돌아가고 싶은, 정말이지 믿어지지 않는 한 가지 일화가 있다. 사건이 일어난 것은 쥐비알과 마농이 도빌의 카지노에서 거액을 딴 다음날이었다. 앞에서 말한 것처럼 그때 나는 내 영국인 친구 존과 함께 있었다. 그 애는 프랑스인들이 모두 우리처럼 행동하는 줄 알고 흥분해 있었다.

뜻밖의 노다지를 잡은 쥐비알은 우리를 데리고 곧장 파리로 돌아가지 않았다. 그는 상황이 너무나도 특별한 만큼 잠시 쉬면서 생각을 해보는 것이 좋겠다고 판단했다. 그래서 우리는 그날 밤을 노르망디 호텔에서 묵었다. 번쩍이는 금속 조각들과 타조 깃털로 만들어진 옷을 입은 마농이 프런트로 다가가자 자그마한 소동이 일었다. 그녀가 한 일이라고는 그저 모습을 나타낸 것뿐이었다. 내 영국인 친구는 그런 소동들에도 불구하고 침착한 태도를 잃지 않은 채 우리 뒤를 바짝 따르고 있었다.

호텔방에 자리를 잡자마자 아빠는 하늘에서 떨어진 그 돈은 재난을 의미하는 만큼 가능한 한 빨리 써버려야 한다고 말했다.

"재난이야! 대재난이라고!" 그는 거듭 소리치면서 고통스러운 태도로 지폐가 가득 찬 작은 가방을 존에게 보여 주었다.

처음에 나는 그 돈을 한시바삐 써버리고 싶어하는 그의 절박한 욕구를 제대로 이해할 수 없었고, 마농 역시 그런 듯했다. 그녀는 이제 쥐비알이 세상에 시정(詩情)을 더하고 고통을 덜 수 있게 되었다고 오히려 행복해했다. 그녀는 그런 아찔한 거금이 쥐비알 같은 사람의 수중에 들어가게 된 것을 진심으로 기뻐했다. 그의 무한한 욕구와 날랜 창의력으로 그 돈을 멋지고 후하게 쓸 수 있으리라고 믿고 있었다. 하지만 쥐비알은 잔뜩 짓눌려 있는 것 같았다.

그의 두 발을 주물러 줌으로써 우리는 그의 신경을 조금이나마 가라앉히고 그를 자리에 누일 수 있었다. 그는 2리터들이 주전자에 차를 채워 방으로 가져오게 해서 단숨에 마신 다음 우리의 말에 따랐다. 그가 차를 마신 것은 즐겨 쓰는 그의 표현에 따르자면 "우울한 기분을 씻어내기 위해서"였다.

하지만 한밤중 우리는 그의 신음 소리에 잠에서 깼다. 심한 신장 경련인 것 같았다. 급하게 불려 온 의사가 그의 고통을 가라앉혀 줄 주사를 놓았다. 하지만 이번에는 주사액에 알레르기를 일으켜 쥐비알의 몸이 풍선처럼 부풀어오르기 시작했다. 차마 눈뜨고 볼 수 없는 모습이었다. 또 다른 의사가 불려 왔으나, 쥐비알적인 미묘한 심리 증상을 가라앉히기에는 역시 역부족이었다. 그의 효과 없는 조치에 보수를 지불하기 위해 우리가 지폐가 가득 든 가방을 열자 의사는 깜짝 놀랐다. 우리는 몇 장의 지폐를 주고 그를 보냈다. 결국 왕 여사를 불러 올 수밖에 없었다. 그녀는 파리에서 서둘러 내려왔다. 그녀는 쥐비알의 귀에 침을 여러 대 놓았다. 새벽녘 쥐비알의 증세가 가라앉자 그녀는 다음과 같은 진단을 내렸다.

"그는 견딜 수가 없었던 거야……."

"뭘 말인가요?" 하고 마농이 물었다.

"갑작스러운 여유, 그 호사를 말이지."

관장을 두 차례 한 후 쥐비알은 육체적 · 정신적 고통으로 하룻밤을 시달린 탓에 초췌해진 모습의 실내복 차림으로 자기 방에서 나왔다. 그는 자신은 재정적 스트레스가 없는 상태를 견딜 수 없었노라고 우리에게 설명했다. 그는 줄곧 경계를 늦출 수 없는, 사치스러운 경제적 파산 상태 속에서 살고 있었다. 그는 엄청난 돈을 벌어들이고 있었지만 그보다 훨씬 많은 돈을 지출하고 있었다. 그 불균형에서 자신에게 필요한 위기감을 얻어내고, 건강한 공포 속에서 글을 쓸 수 있는 균형감을 이끌어 내고 있었다. 그런 고백을 하는 쥐비알의 태도는 무척이나 진지했다. 그의 얼굴에는 진짜로 혼란스러워하는 아이 같은 표정이 떠올라 있었다.

"나는 편안해지는 걸 견딜 수가 없어." 그는 결론을 내렸다.

가능한 한 빨리 부담에서 벗어나기 위해 그는 만년필과 종이를 꺼내서는, 자신이 딴 금액에서 처음에 자신이 걸었던 금액과 호텔 비용, 마농의 옷값, 존과 나의 롤러 스케이트 값을 뺐다. 계산을 마친 그는 적십자협회 앞으로 보내는 수표에 남은 금액을 적어넣었다. 돈 걱정에서 해방될지도 모른다는 근심 아닌 근심으로부터 자신을 해방시켜 주는 수표를 그가 봉투에 넣고 난 다음에야 우리는 그의 얼굴에서 웃음을 볼 수 있었다.

그 순간은 내게 매혹적이고 경쾌하기 짝이 없는, 비현실적인 시간으로 남아 있다. 쥐비알이 죽은 다음 어머니가 경제적인 어려움을 헤쳐 나가야 했을 때 나는 그 순간을 떠올렸다. 어머니는 우리를 기르기 위해 즉각 일을 시작하여야 했다. 그때 힘들어하는 어머니를 보고서 나는 그가 죽은 후에도 오랫동안 우리를 괴롭힌 체납된 세금을 그날 그 돈으로 갚으려는 생각조차 하지 않았던 그를 원망했다.

어느 날 하루 일을 끝내고 지쳐 있는 어머니에게 나는 그 일화를 들려 주었다. 그녀는 망설임 없이 내게 말했다.

"네 아버지의 행동이 옳았어."

그때 나는 어머니 역시 분별력을 잃었다고 생각했다. 내가 그 대답의 미덕을 깨달은 것은 그후 여러 해가 지난 다음이었다. 최근에서야 나는 안정감이 얼마나 사람의 영혼을 질식시킬 수 있는지 느낄 수 있었다. 까마득히 높이 쳐진 줄 위에 서 있는 이들에게는, 습관을 유지하는 것이 바로 고단위의 아편임을 나는 그때까지도 깨닫지 못하고 있었다. 자신을 짓누르던 빚에서 벗어나자 쥐비알은 거세당한 느낌이었으리라. 그의 상상력은 고통의 소산이었고, 그의 다양한 재능은 그를 둘러싸고 있는, 늘어만 가는 수많은 어려움에서 나온 것이었다. 어머니 역시 그러했다. 고난에 꺾이기보다는 몸을 굽혀 벗어나는 형이었다. 두 사람 모두 운명으로부터 자신을 방어하려는 대신 그에 맞서 더 큰 도약을 이루었다. 그들의 사랑은 서로를 상처입히면서 새로워졌고 수많은 격랑을 일으켰다. 그리고 그들은 함께 그 소용돌이를 헤쳐 나왔다.

도빌에서 엄청난 금액이 적힌 수표를 적십자협회에 보낸 후 쥐비알은 무척 기분이 좋은 것 같았다. 우리는 존과 함께 바닷가 모래사장 위에 깔려 있는 판자 위에서 롤러 스케이트를 타며 저녁을 맞았다. 아버지가 그런 막대한 돈을 딴 사건과 그 돈을 그렇게 미련 없이 기부한 것 중 어느쪽이 더 얼떨떨한지 나로서는 알 수 없었다. 그는 아름다운 마농과 팔짱을 끼고 걷는 것에 도취되었고 즐거워했다. 그는 열심히 여러 가지 이야기를 각색해 우리에게 들려 주었고, 탈레랑의 일생에 대한 새로운 일화를 꾸며냈으며, 공의 궤도를 제한함이 없이 전력을 다해 칠 수 있도록 해주는 압축 고무가 붙은 나무 라켓으로 조만간 테니스 시합을 하겠노라고 나와 약속했다.

그가 마침내 본연의 모습으로 돌아왔다는 것, 그렇게 극적으로 자유로운 사내가 바로 내 아버지라는 사실에 나는 행복했다. 하룻밤 동안 우리는 꿈이라도 꾸듯이 억만장자가 되어 있었다. 하지만 이윽고 쥐비알은 모험으로 가득 찬 자신의 삶을 계속해 나가기로 흔쾌히 결심했다. 자신의 통장은 현재 비어 있노라고 그는 뛸 듯이 즐거운 표정으로 내게 털어 놓기도 했다. 그날 오후, 무일푼이 되기로 한 우리의 결정은 정말이지 사치의 극치였다. 자르댕 가의 일원이라는 사실에 나는 정말이지 부자가 된 것 같은 느낌이었다.

파리 18구의 팔 수 없는 아파트

어느 날 책상을 정리하던 나는 쥘리앙 당디외라는 이름으로 된 쥐비알의 가짜 신분증을 찾아냈다. 그것은 그가 영화의 소도구 담당자를 통해 만들지 못하는 것이 없는 장인들에게 부탁한 것이 분명했다. 거기에는 주소가 적혀 있었다. 나는 정확히 어떻게 하겠다는 생각 없이 그곳에 가보고 싶었다. 그곳의 무엇인가가 나를 더욱 당혹스럽게 할 수도 있었고, 내 아버지의 상반되는 면모에 대해 제대로 알고 있지 못했다는 느낌을 줄 수도 있었다. 누군가를 속속들이 다 안다고 할 수는 없지 않은가?

파리 18구의 그 집은, 알렉상드르 트로너의 무대 배경 같은 막다른 골목길 끝에 있었다. 나는 칠이 군데군데 떨어져 나간 건물 현관을 찬찬히 살펴보았다. 우편함 중의 하나에 쥐비알의 가짜 이름이자 그가 수많은 작품 속에서 작중 인물에게 붙여 주었던 쥘리앙 당디외라는 이름이 붙어 있는 것이 아닌가! 한순간 내게는 그 사실이 비현실적으로 여겨졌다. 하지만 그 명찰은 꿈이 아니었다. 당디외 씨는 분명 그 건물 5층에 살고 있었다.

이유는 알 수 없었지만 나는 문득 두려움에 사로잡혔다. 나는 재빨리 그 자리를 떴다. 비현실적으로까지 느껴지는 그 발견 때문에 여러 날 동안 나는 혼란스럽고 불안했다. 1주일이 지나서야 나는 아버지의 작중 인물, 아니 그와 같은 이름을 지닌 사람을 찾아가 보기로 마음먹었다.

저녁 8시경이었다. 5층의 창문들을 통해 흘러 나오는 불빛으로 집 안에 사람이 있다는 것을 알 수 있었다. 나는 막연한 두려움에 질린 채 5층으로 올라가 벨을 눌렀다. 문이 열렸다. 턱시도를 입고 내 눈앞에 서 있는 사람은 큰아버지인 시몽이 아닌가. 그는 나쁜 짓을 하다가 들킨 아이 같은 태도로 문을 붙잡고 서 있었다.

"네가 여기 웬일이냐?" 그가 물었다.

"큰아버지는요? 당디외가 큰아버지인가요?"

대답하기가 간단치 않은 듯 그는 즉각 입을 열지 못한 채 나를 들어오게 했고, 설명을 시작하기 전에 포도주 한 잔을 권했다. 즉각 나는 한 가지 이상한 점을 깨달았다. 두 방의 옷걸이들에는 너무나도 다양한 온갖 종류의 옷들이 걸려 있었다. 마치 옷가게나 의류 상인의 창고를 연상시켰다.

시몽은 쥐비알의 큰형이었다. 그는 얼마 전 세상을 떠났다. 그래서 나는 그와 아버지가 공유하고 있던 엉뚱하기 짝이 없는 이 비밀을 털어 놓을 수 있게 되었다. 그들 두 형제——막내인 가브리엘은 빼고——는 여덟 살 때부터 '쥘리앙 당디외놀이'를 즐겼다. 그들이 어렸을 때 함께 생각해 낸 그 인물은 아무 특징도 없었다. 그래서 카멜레온처럼 항상 누구라도 될 수 있었던 것이다. 그러므로 '당디외놀이'란 마음속으로 되고 싶은 인물들을 빠짐없이 하나하나 되어 보는 것, 아무리 상반된 갈망이라도 포기하지 않는 것을 의미했다.

시몽과 쥐비알은 그 은밀한 어릴 때의 놀이를 어른이 되어서도 포기하지 않았다. 1959년, 아버지가 남몰래 사들인 그 방 두 개짜리 집에 변장에 필요한 옷들을 쌓아 놓고 그 놀이를 계속했던 것이다. 집안에서는 아무도 그 사실을 모르고 있었다. 일시적이든 지속적이든 그들의 은밀한 삶들은 모두 그곳에서 시작되고 그곳에서 끝났다. 두 사람이 그런 다양한 삶들을 살았다는 이야기를 들었다면 가까운 사람들은 믿지 않았으리라. 그 건물을 나서는 순간 그들은 서로를 현실이라는 무대에 선 배우로 간주했다.

쥐비알이 죽고 나자, 시몽 혼자 그곳에 와서 그들의 은밀한 의상이 표상하는 역할 중의 하나를 맡아 현실 위를 떠돌아다니는 일을 계속했다. 그의 고집에는 동생을 향한 신의와 함께 다양한 삶을 살고 싶다는 욕구가 깃들여 있었다.

"그럼 오늘 밤은 어떤 역할인가요?" 얼떨떨한 채로 내가 물었다.

"아르센 뤼팽 역이란다." 그가 진지한 어조로 대답했다. "이제 나가서 스위스에서 돌아오는 기찻간에서 만난 여자 집으로 가서 저녁식사를 할 거야. 식사를 하는 동안 물건을 훔치는 거지. 보석이 되었든 뭐든간에 훔친 물건은 내일 돌려 줄 거야. 이런 편지와 함께 말야. 보려무나……."

부인의 아름다움에 감동해 물건을 돌려 준다는 진부하고도 매력적인 몇 줄의 글귀와 '아르센 뤼팽'이라는 서명이 들어 있는 편지였다. 쉰다섯 살이 되어가는 사람이 그런 연극을 하려 든다는 사실이 우스꽝스럽기도 하고 바보스럽게 여겨지기도 하리라. 하지만 나는 그런 그에게서 쥐비알의 환상을 발견하고 감동하지 않을 수 없었다. 그들 두 형제는 모두 결코 어른이 되지 않는, 어린 시절의 경이로움을 깨뜨리지 않는 공통점을 지니고 있었다.

쥐비알에게 자신을 현실로부터 분리해 냈다가 다시 통합시키는 능력이 있었다면, 시몽은 현실 세계와는 아예 담을 쌓은 사람이었다. 큰아버지에게는 현실적인 능력이 전무했다. 그가 할 줄 아는 것이라고는 과장하는 일뿐이었다. 그와 만나기로 약속했다면? 약속 시간은 아주 막연하기 짝이 없었다. 약속한 날에서 이틀이 지난 다음 미안해하기는커녕 유쾌하기 짝이 없는 태도로 상대방의 거실에 나타나서는 상대방을 당황케 하기도 했다. 오후 2시 영화를 보여주기로 해놓고는, 극장으로 가는 길에 예닐곱 군데에 들르게 했다. 그의 변덕스러운 욕구가 시키는 대로, 그가 만들어 낸 급한 일이 요구하는 대로, 불평 많은 장관을 방문하고, 숭배하는 여변호사의 개를 산책시키고, 억만장자인 노부인 집에서 브릿지 한 게임을 하고, 식욕 부진 증세를 보이는 어떤 여배우의 난방 시설을 수리하고, 창의적인 한 디자이너의 의상실 뒷방에서 크림 과자를 몇 개 집어먹거나, 과학도서관에서 합성 수지의 특성을 연구하고 나서 밤 11시 마지막 상연 시간이 되어서야 극장 안으로 들어갈 수 있었다.

그는 정상적인 직업은 없었지만 수많은 일에 관계했다. 취리히 증권거래소를 개혁하려 하기도 했고, 프랑스투자신탁회사라는 업체를 열정적으로 구상하고 발기함으로써 정직하게 말하자면 3개월도 못 가서 그 자본주를 파산시켰으며, 그 다음에는 시적인 동시에 엉뚱하기 짝이 없는 몇 가지 대형 사업에 투신했다. 독학으로 기술을 배운 그 특이한 엔지니어는 무대에서 마술사를 사라지게 만들고, 사람의 뼈들이 저절로 걸어다닐 수 있게 하고, 마술사를 청중 위로 들어올리는 기구들을 발명했지만, 정상적인 사람으로서 일상적인 일을 해내는 데는 커다란 어려움을 겪었다. 그는 지하철을 어떻게 타는지도 몰랐고, 버스표를 개찰하는 법도 몰랐던 것 같다. 법을 지킨다는 것은 그의 어머니에게 그랬듯이 그에게도 막연한 개념이었다. 그는 그럴 필요가 없다는 판단에서 한번도 자신의 소득을 신고한 적이 없었다. 그는 가난했지만 내가 아는 사람 중에서 가장 씀씀이가 헤펐다.

쥐비알이 죽고 나자, 그와 같은 광기를 지닌 채 살아가는 사람은 내가 보기에 시몽뿐인 듯했다. 그의 특이하기 짝이 없는 행동, 믿기지 않을 만큼 놀라운 고상함 때문에 나는 그를 열정적인 애정으로 대하지 않을 수 없었다. 1995년 그가 세상을 떠났을 때 크게 내색하지는 않았지만 나는 얼마나 맥이 빠졌던가. 그를 땅에 묻으면서 나는 인류의 한 종족과 영원히 이별하는 것 같은 느낌이 들었다. 시몽은 자르댕이라는 이름에 진정으로 어울리는 자르댕 가의 마지막 사람이었다. 현실로부터 자유로운 그 공룡들의 모임에 속해 있는 사람은 살아 있는 이들 중에서 오직 그뿐이었다.

할머니는 죽은 지 1년 후까지도 우리에게 함께 있다는 느낌을 주기는 했지만, 이미 추억 속에서 빛바랜 존재가 되어 버렸다. 그후 정상성(正常性)이라는 망령이 우리 가족과 나 자신의 삶에 출몰하고 있다. 쥐비알이 줄곧 보여 왔던 극단적인 행동에 대해 내가 지나치게 반응한 것은 아니었는지, 그가 죽은 후 내가 두려움 때문에 지나치게 방어적인 길로 접어든 것이 아닌지 때때로 자문하곤 한다. 내가 자르댕 가의 혈통을 부정했던 것이 아닐까? 하지만 쥐비알의 아들이 되려면 요절은 필수적인 일이 아닌가?

시몽이 죽은 후 나는 열쇠를 가지고 쥘리앙 당디외의 2칸짜리 집을 다시 찾았다. 내 몸에 맞는 옷이 10여 벌 있었다. 쥐비알의 옷이었다. 그곳에 있는 예복, 지주복, 장식이 잔뜩 달린 의상, 오토바이광을 위한 징박힌 옷, 사제복, 해군 장교복들을 내가 입고 싶어할 때가 올까? 그 옷들이 표상하는 인물로 변신하고 싶어질까? 그 건물의 관리인에게 나는 당디외 씨의 아들이라고 내 소개를 했다. 만날 때면 그녀는 나를 당디외 씨라고 부른다. 가명으로 구입한 그 아파트를 나로서는 팔 수가 없다. 여전히 이유는 알 수 없지만, 등기권리증에 의하면 그 아파트는 이 세상에 존재한 적이 없는 쥘리앙 당디외의 소유로 되어 있다. 따라서 그 다양한 개성의 창고는 합법적인 매매가 불가능하다. 조용히 글을 쓰고 싶을 때 나는 이따금 그곳을 이용한다. 그곳에서 파리를 굽어보는 것은 커다란 기쁨이다. 자르댕 가의 유산이란 정말이지 얼마나 복잡한지…….

작가가 되는 길

그런 어린 시절을 보내 놓고 내가 어떻게 미치지 않을 수 있겠는가? 쥐비알과 계속 어울렸다면 나는 성인으로서의 삶이 부과하는 제약들을 완전히 무시해 버리거나, 자기 자신이 되는 고통과는 거리가 먼 환상의 낙원 속에 혼자 칩거해 버렸으리라. 내가 과음을 하거나 마약에 손대지 않는 것은 나 자신에 대한 자제력을 잃어버릴지도 모른다는 두려움 때문이었다. 현실에 나를 붙들어매어 놓는 끈이 그 정도로 약하다는 사실을 스스로도 알고 있었던 것이다.

내 모든 경직된 태도는 나 자신도 쥐비알처럼 스스로의 욕망에 지배당해서는 안 된다는 자제력에서 나온 것이다. 나 자신으로 하여금 가장 생생한 내 욕망을 항상 현실과 혼동하게 만드는 그의 유전자에 대해 나는 경계심을 가지고 있다. 내 유전 형질이 나로 하여금 사람들을 내가 상상하는 대로 보게 만든다는 사실을 나는 알고 있다. 아버지 곁에서 보낸 15년의 세월은 나로 하여금 현실을 망치는 불합리한 행동을 단호히 거부하는 태도를 가지게 했다. 쥐비알이 살아가는 모습을 보면서 나는 사람이란 약간의 행운만 따라 준다면, 스스로의 두려움에 줄곧 저항할 수 있다는 생각에 익숙해졌다. 이웃집 남자가 고통에 찬 표정을 짓고 있다면? 그의 창 덧문에다 총알을 세 발 발사하는 것으로 그의 울부짖음을 가라앉히기에 충분했다. 매력적인 여자가 지나간다면? 한 시간 안에 그녀를 정복하고, 그녀에게 온갖 열렬한 소망을 투사함으로써 자신의 삶을 새롭게 가다듬을 수 있었다.

그런 끝없는 혼돈 속에서 내가 어떻게 살 수 있었을까? 믿어지지 않겠지만, 적어도 열두 살 때까지는 그 모든 일이 내게 정상적으로 보였다고 해야 할 것이다. 물론 우리 반 아이들은 엉뚱하기 짝이 없는 우리 집 상황을 신기해했다. 하지만 아주 대담한 아이들만이 내 어머니의 남자들이 어떤 지위를 갖는지를 내게 묻곤 했다.

"피에르 아저씨는 누구니?"

"음…… 피에르 아저씨는 피에르 아저씨지."

"그 아저씨 네 어머니 애인이니? 그럼 자크 아저씨는 누군데?"

"음…… 자크 아저씨는 자크 아저씨야."

이렇게 묻는 애들 덕분에 나는 친구들이 그런 상황을 이상하게 보고 있음을 알 수 있었다. 하지만 나는 그런 내 일상이 인생이라고, 진짜 인생이라고 여겼다. 부모의 애인들 때문에 때때로 겁에 질리는 적도 있었지만, 신중한 이들의 자식이 되는 것보다는 있는 그대로의 상황이 내게는 더욱 마음에 들었다. 이 세상 그 무엇을 준다해도 나는 베르들로에서 보낸 그 동화 같은 시끌벅적한 시간을 내 친구들처럼 정돈된 집 안에서 보내는 지루한 주말과 바꾸지 않았으리라.

게다가 고난의 나날 속에서 내겐 동지가 있었다. 동생 프레데릭과 나는 일종의 자치 국가를 형성하고 있었다. 우리는 누나인 바르

바라와는 거리를 두고 지냈다. 우리는 누나를 몹시 좋아했지만 어머니는 누나를 우리와 다소 거리를 두고 키웠다. 프레데릭과 나 사이의 그런 확고한 결속력은 우리에게 안정감과 확신을 주었다. 그 애와 함께 있으면 나는 아무리 모진 풍파도 견뎌낼 수 있었다. 실제로 예상치 못했던 그런 시련들도 있었다……. 비웃음의 대상이 되곤 하는 우리 집안의 실상을 입에 올린 적은 없지만, 우리는 영원히 서로의 편이라는 사실을 의심하지 않았다.

자신이 매일같이 그런 소란에 일익을 담당하고 있으면서도 어머니 역시 그런 지진으로부터 나를 구해 주었다. 그런 점이야말로 어머니의 가장 멋진 모순 중의 하나였는지도 모른다. 그녀는 쥐비알의 아내로서 그에 걸맞는 과격함을 지니고 있는 동시에 나를 엄하게 교육시켰다. 여간해서 감격하지 않는 어머니의 태도는 나에게 올가미 구실을 했다.

자신의 애정 생활은 전혀 가톨릭적이지 않았으면서도 어머니는 나를 엄격한 중학교에 오랫동안 다니게 했다. 그곳에서 가르치는 지나치게 그리스도교적인 덕목들은 나를 어리둥절하게 만들었다. 공책에 좋지 않은 점수를 받아 가면? 아연실색한 어머니는 내가 무슨 커다란 잘못이나 몹시 어리석은 짓을 저지르기라도 한 것 같은 말투로 무슨 일이 있었는지 물었다. 꾸중을 들은 것 이상으로 참담한 기분이 된 나는 다시는 그런 점수를 받아 오지 않으려 애썼다.

어머니는 스스로에게는 낭만적인 일상을 허락했으면서도 우리에게는 엄격한 생활을 하기를 바랐다. 매주 수요일 몇 시간 쉴 틈이 생긴다면? 동생과 나는 유도 · 테니스 · 축구 · 양궁 · 마라톤 · 수영 · 투포환을 배워야 했다. 어떤 구릉 지대에 갈 일이 생긴다면? 즉각 비행기 조종법을 배워야 했다. 눈발이 흩날리기 시작하면? 즉시 짐을 꾸려 겨울 스포츠의 중심지로 가서는 그곳에서 하루 여덟 시간씩 스키를 탄 후 지칠 때까지 얼음 위에서 스케이트를 타야 했다. 우리 집 근처에 승마장이 문을 열었다면? 달력에는 곧바로 승마 경기 일자가 표시되었다. 우리의 어린 근육을 단련하고 정신력을 기를 수 있는 것이라면 무엇이든 지치지 말고 배워야 했다. 어머니의 연인들이 그 계획을 완수하는 일을 맡았다. 어떤 사람은 매주 일요일 새벽부터 아침까지 내게 테니스를 가르쳤고, 또 어떤 사람은 수요일마다 나를 승마장으로 데리고 갔다.

쥐비알은 그 모든 것을 신기한 듯 지켜보았다. 그는 스포츠를 영국인이나 중증 천식 환자에게나 어울리는 이국적인 행위로 간주했다. 공을 찬다는 것은 그로서는 동성 연애만큼이나 생각할 수도 없는 일이었다. 배드민턴 역시 그러했다. 하지만 그는 자신의 아내가 우리의 교육에 신경을 쓴다는 사실에 열광했다.

줄곧 각별한 관심을 갖고 내 이야기를 들어 줌으로써 어머니는 지나친 두려움으로부터 나를 지켜 주었던 것 같다. 내가 막막한 외로움을 느낀 것은 쥐비알이 죽었을 때다. 물론 나는 그런 감정을 입 밖에 내어 표시하지 않았다. 어머니가 그런 이야기를 들어 줄 수 있을 것 같지 않았기 때문이었다. 하지만 다른 문제들에 대해서는 우리가 서로 이해하고 있다는 사실이 내 마음을 따뜻하게 해주었다. 어머니는 자신이 선택한 삶으로 인해 내가 짊어지게 된 불안을 극복할 능력까지 길러 주어야 한다는 강박관념을 가지고 있었던 듯하다. 어머니는 나를 상처입히는 동시에 내게 스스로를 감당하고, 그 상처를 극복하는 법을 가르쳐 주었다. 여자로서의 행동으로 나를 파괴한 반면, 어머니다운 처신으로 나로 하여금 그 타격을 견뎌낼 수 있는 튼튼한 척추를 가질 수 있도록 해주었다. 동생 프레데릭과 누나 바르바라의 경우는 또 달랐으리라. 하지만 내 경우는 그러하였다.

나로 하여금 홀로서기를 할 수 있게 해준 결정적인 사건은 다름 아닌…… 쥐비알의 죽음이었던 것 같다. 그 사건은 나에게 현실 세계를 직시케 하고, 혐오감을 느끼게 만들었다. 얼마나 가혹한 폭력이었던가! 하지만 그런 고통은 기회이기도 했다.

그의 존재를 의식하며 성장했다면, 나는 줄곧 누군가의 아들로 남아 있을 수밖에 없었으리라. 그렇지 않으면 나쁜 길로 빠졌을지도 모른다. 아버지의 매혹적인 묘기가 줄곧 계속되었다면, 나는 넋을 잃은 구경꾼이나 딱한 의지박약자, 혹은 그의 모방자나 지독한 혐오자가 되고 말았으리라. 어쩌면 그렇게 될 수밖에 없다는 절망에서 형 엠마누엘처럼 머리에 권총을 쏘았을지도 모른다. 하지만 쥐비알은 내게 여지를 남겨 주었다.

열다섯 살 때 자유로워진 나는 그가 내 머릿속에 조금씩 주입해 놓은 일탈에 대한 유일한 치료책, 그만큼 강렬하게 살 수 없다는 슬픔에서 나를 건져 줄 수 있는 유일한 해독제를 찾아낼 수 있었다. 바로 글쓰기였다.

내가 글을 쓰게 된 것은 그를 닮기 위해서 뿐만 아니라, 그가 내게 미워하게 만들었던 현실을 결국은 견뎌내기 위해서이리라는 생각이 때때로 든다. 글을 통해 나는 그라면 '실행에 옮길 수 있었던' 상황들을 만들어 낸다. 소설 속에서 내 삶은 그 옛날 그가 내 곁에서 웃음을 터뜨리던 그 시절의 빛깔을 띤다. 서른두 살인 지금도 나는 그 없이 살아야 하는 삶을 글을 씀으로써 벌충하고 있다.

하지만 그런 사실을 의식함에 따라 글쓰기의 이런 병적인 면은 점차 사라져 간다. 머지않아 내 펜은 나를 다른 길로 인도할 것이다. 작가가 되는 데는 수많은 방법이 있으므로…….

인간을 인간 이상으로 만들어 주는 것

"얘야, 우리가 누구보다 사랑하는 사이라는 사실을 잊지 말렴." 그는 전화선을 통해 내게 속삭였다.

당시 나는 열다섯 살이었다. 쥐비알은 사랑에 빠져 있었다. 이번에 그 대상은 어머니였다. 그의 몸은 전이된 암종으로 부어 있었고, 면역 체계는 극도로 약해져 있었다. 내가 지독한 감기에 걸려 있었으므로 우리는 서로 만나 볼 수도, 직접 이야기를 나눌 수도 없었다. 감기가 옮기라도 하면 그의 지친 몸은 치명적인 타격을 입을 터였다. 따라서 우리는 같은 아파트 안에 있었음에도 불구하고, 얇은 벽을 사이에 두고 전화로 이야기를 나눌 수밖에 없었다. 그는 어머니를 향한 자신의 열정에 대해, 자신에게 영원을 미리 맛보게 해주고, 어머니를 자신의 정부로 남을 수 있게 해준 그것에 대해 내게 들려 주었다.

그때 엄마는 내 방에서 옷가지를 정리하고 있었다. 나는 손짓으로 어머니를 가까이 오게 한 다음 또 다른 수화기를 내밀었다. 그 전화기에는 듣기 전용 수화기가 딸려 있었던 것이다. 그리하여 어머니는 아내의 진정한 모습 앞에서 감동을 느끼고, 지금도 처음 볼 때처럼 가슴이 두근거린다고 설명하는, 죽어가는 환자의 신나는 음성을 직접 들을 수 있었다. 그는 나에게 그녀는 자신의 나침반, 자신의 희망 같은 존재라고 이야기했다. 그녀는 그가 영원히 발견해야 할 그의 신대륙이었다. 마흔세 살짜리 소녀의 실상을 언젠가는 알아내고 싶은 꿈을, 그녀를 있는 모습 그대로 사랑하는 동시에 끊임없이 그녀를 꿈꾸고 싶은 욕구를 그는 털어 놓았다. 자신이 상상력을 통해 어머니에게 결여된 자질을 채우려 하는 것이 아니라고 그는 내게 설명했다. 그랬다, 상상이라는 직관적 인식의 도구를 통해 그는 어머니에게 그런 자질들이 없는 것이 아니라, 드러나지 않을 뿐이라고 여길 수 있다는 것이었다.

자기 아들의 아버지로부터 갑자기 그런 뜨거운 사랑의 고백을 들은 어머니는 울기 시작했다. 완벽한 순간이었다. 성스러운 행복감이 나를 휩쌌다. 어떤 섭리가 그 두 연인을 이어 주는 지위를 내게 부여한 것일까. 그 일은 내게 사라지지 않는 기쁨으로 남아 있다.

열다섯 살 때 나는 직접 사랑한다는 말을 듣는 것보다 누군가에게 나를 사랑한다고 말하는 것을 듣는 것이 더 아름답다는 사실을 배웠다. 한 여자를 꿈꾼다는 것이 실제의 그녀를 귀하게 만드는 방법이 될 수 있다는 것, 내 존엄성은 남편이 되는 데 있는 것이 아니라 연인이 되는 데 있다는 것, 자기 자신이 되기 위해서는 여자들이 들려 주는 말을 귀담아듣는 것 외에 다른 방법이 없음을 배웠다. 비난을 통해 여자들은 우리로 하여금 길을 잃지 않도록 해주는 것이다. 그들이 원하는 것이야말로 우리를 인도해 주는 지침임을 나는 알게 되었다. 사랑하는 것이야말로 우리를 우리 이상으로 만들어 주는 유일한 행위라는 사실을.

나를 지지해 주는 이런 확신들을 나는 20세기 최고의 난봉꾼이었던 그 사내에게서 배웠다. 내가 그의 아들이라고 말할 수 있는 것은 같은 유전자를 가지고 있어서라기보다는 같은 가슴을 지니고 있어서이다. 요컨대 이런 유전을 통해서 이 세상 모든 사람이 쥐비알의 아들이 될 수 있는 것이다.

빨간 수첩의 한 페이지

1980년 7월, 쥐비알은 죽어가고 있었지만, 아무도 그가 죽으리라고 생각지 않았다. 비둘기알만큼 굵은 전이된 암덩어리들이 그의 몸 전체에 퍼져 있었지만 그는 여전히 웃음을 잃지 않았다. 짐짓 꾸며낸 그의 활기는 사실을 직면하고 싶지 않았던 우리로 하여금 진실을 피할 수 있도록 해주었다. 그가 이따금 피로해 보였던가? 건강했을 때 꾀병을 앓는 그를 자주 보았던 우리 모두는 그의 피로를 웃어넘겼다.

내심 불안했으면서도 어머니는 나를 남프랑스의 알프스로 보내 암벽 등반을 배우게 하기로 결정했다. 나는 때때로 현기증을 느꼈는데, 그것은 내 인생에서 가장 커다란 심연 속으로 빠져들게 되리라는 것을 예감해서가 아니라, 기어올라야 할 비탈들이 아찔할 정도로 가팔랐기 때문이었다. 물론 나는 지체 없이 사랑에 빠졌다. 그 대상이 여자였던가? 아니, 어떤 여학생의 매력적인 육체였다. 그 몸매에 나는 열광했다. 그녀는 네덜란드인이었다. 나는 네덜란드라는 나라에 대해 강렬한 호기심을 느꼈다. 매일 저녁 나는 감독관 몰래 그녀의 텐트로 숨어들었고, 그녀가 동성연애자가 아니라는 것에 안도했다. 그녀의 육체를 탐하면 할수록 내가 상상하는 그녀의 정신에도 도취되었다. 그렇게 사흘이 지나자 나는 마침내 아내가 될 여자를 만났다고 여기기에 이르렀다.

언제나처럼 나는 등산 연수가 끝나는 대로 그녀를 납치해 내 운명에 비끄러맬 계획을 세웠다. 열다섯이라는 나이는 장애물로 여겨지지 않았다. 열여덟이라는 그녀의 나이가 내게 자유로운 사랑을 허락하고 있었다. 내 마음속에서 미래는 확고했다. 아이를 잔뜩 낳자는 계획을 이미 그녀에게 밝힌 참이었다.

이유는 알 수 없지만 당시 나는 아이를 많이 낳고 싶은 과격한 욕구에 사로잡혀 있었다. 나 자신이 아이였음에도 불구하고. 하지만 그때 나는 그 사실을 깨닫지 못하고 있었다. 내가 어찌나 속사포 같은 말로 여자들의 혼을 빼놓았던지, 신의 돌보심으로 나보다 훨씬 신중했음에도 불구하고 여자들이 내게 정신차리라는 말을 할 틈조차 없을 정도였다.

키 큰 수풀 한가운데서 야영을 하고 있을 때였다. 소나기 때문에 산 속의 움막 같은 곳에서 이틀을 웅크리고 있어야 했다. 그때 내 머릿속에 무슨 생각이 떠올랐을까? 문득 쥐비알에게 편지를 써야 할 것 같은 생각이 들었다. 내가 그의 아들임을 자랑스럽게 여기고 있음을 말하고, 앞으로 50년 동안 무엇을 하면서 살 생각인지 알리기 위해서였다. 우리의 임시 피난처에는 탁자가 없었으므로, 나는 빨간 스프링 수첩의 종이를 뜯어내 애인의 등 위에 올려 놓고 그 엉뚱한 편지를 쓰기 시작했다.

지금 생각하면 어리둥절하지만 당시 나는 어떤 절박함에 사로잡힌 채 그가 물려 준 능력을 동원해 하고 싶은 일들을 그 편지에 모조리 털어 놓았다. 그때 나를 사로잡은 예감은 지금 생각하면 타당했던 셈이다. 그 편지의 내용은 더 이상 밝히지 않으련다. 왜냐하면 예언적인 동시에 순진하기 짝이 없는 그 편지의 내용은 쥐비알과 나 두 사람만의 문제이기 때문이다. 나는 앞으로 내가 살아나갈 삶의 단계들을 그에게 열정적으로 펼쳐 보였다. 아들의 장래에 대해 쥐비알을 안심시켜야 한다는 기묘한 욕망에 이끌리기라도 한 것처럼, 내 펜은 종이 위를 달리고 있었다.

하지만 거듭 말하건대 당시 나는 그의 죽음 같은 것은 염두에 두고 있지 않았다. 그에게 마지막 편지를 쓰고 있다는 느낌 같은 것은 한순간도 가진 적이 없었다. 사랑을 하고 있을 때면 나는 사랑의 기쁨에 수반되는 낙관적인 상태가 되곤 했다. 실제로 숭배하는 여인의 등에 대고 편지를 쓰면서 우울해할 수는 없잖은가.

내 편지는 임종 전에 그에게 전달되었다. 내 편지를 읽은 쥐비알은 즉시 친한 친구들을 불러 그것을 읽어 주었다. 내가 극히 일시적이었던 운명의 여인과 함께 집으로 돌아오자마자 그는 나와 이야기를 나누고 싶어했다. 하지만 그럴 시간이 없었다. 내가 바로 스위스로 떠나야 했던 것이다. 승강기에서 누군가 나를 부르고 있었다. 브베행 열차를 놓치지 않으려면 서둘러야 했다. 자리에 누운 아버지는 재치 있게 이렇게 소리쳤다.

"알렉상드르, 그렇게 하렴. 하지만 네가 진정으로 그렇게 믿을 경우에만 그래야 한다."

그의 두 눈은 나에 대한 신뢰로 빛나고 있었다.

나는 그의 방을 나왔다. 그것이 마지막이었다. 1주일 후 쥐비알은 내 빨간 수첩을 가슴에 안은 채 레만 호숫가에 묻혔다. 내 글은 저승까지 그를 따라간 셈이었다. 내 글은 지금도 그를 따뜻하게 해주고 있으리라. 나를 이 책으로 인도한 긴 여정, 그의 부재의 충격에서 헤어나 보려는 그 고통스러운 투쟁의 세월은 그때부터 시작되었다. 이제 나는 그 일을 해낸 것일까? 그 고통에서 벗어났을지는 모르지만, 그 극복 속에 아버지를 그리워하는 슬픔이 줄곧 자리잡고 있는 듯한 느낌이 때때로 들곤 한다.

사랑하는 아빠,

1997년 5월 24일, 파리

17년 동안 저는 제가 아빠 아들이라는 것, 아빠의 피가 제게 흐르고 있다는 사실을 부정하려 애써 왔습니다. 아빠와 제가 공통적으로 가지고 있는 여러 특징이나 충동들을 제 성격에서 제거하려고 집요하게 노력했습니다. 제 안에서 아빠를 연상시키는 혈기의 싹이 솟구치는 것을 감지하는 즉시 강렬하기 짝이 없는 제 욕망을, 아빠의 기질과 똑같은, 변화무쌍한 그 기질을 억제했습니다. 저는 그런 기질들과 불화하고 있었습니다. 제 성격의 비현실적인 면을 무디게 하려고 끊임없이 애썼지만 그것을 완전히 없애 버릴 수는 없었습니다. 저는 자신이 자르댕이라는 이름에 어울리는 인물이 되는 것을 가혹하게 금했고, 아빠가 물려 주신 과도한 광기를 던져 버리고 반듯한 인간이 되려고 노력했습니다.

제 삶이 공허했던 것만큼 제 소설들은 활력과 즐거움과 자유로움으로 가득 차 있었습니다. 격정적인 제 기질을 따르는 것이 두려워 저는 자연스러운 충동을 거부하는, 뻣뻣하기 짝이 없는 전혀 다른 성격을 만들어 내기까지 했습니다. 아빠처럼 되지 않겠다는 것이

제 행동 방침이었습니다. 저는 끈질기게 탈쥐비알화를 해왔습니다. 아빠가 돌아가신 지 얼마 되지 않아 제 몸은 춤추기를 좋아했다는 사실조차 잊었습니다. 지금 제 몸은 그 사실을 가까스로 기억하고 있을 뿐입니다. 얼마 지나지 않아 저는 아빠가 여러 가지 역할을 스스로에게 할당하고, 그런 다음 작품 속에서 재구성했던 밤의 파리로부터 도망치기 위해, 밤의 삶을 살지 않기 위해 노력하기에 이르렀습니다. 제 자신에 대한 통제를 잃게 할 수 있는 모든 것을 거부했습니다.

스물세 살이 되자 저는 서둘러 결혼을 했습니다. 그런 식으로 제 본능을 길들이고, 격정적인 사랑을 갈망하는 제 열정적 기질에 재갈을 물리고 싶다는 정신 나간 희망에서 말입니다. 아빠의 유전자를 가지고 있다는 게 두려웠던 저는 일부일처제에 도취된 소설을 여러 편 썼고, 열렬한 정절의 사도로 자처했습니다. 하지만 이런 과도함 속에서조차 제가 아빠 아들이라는 사실이 두드러진 셈입니다. 저는 자르댕이라는 이름이 아빠의 끝없는 욕망이 아닌 다른 것의 상징이 되게 하기 위해 줄곧 싸워 왔습니다.

저는 자르댕 가의 몽상을 부정함으로써, 제 무의식을 체계적으로 비워냄으로써 나 자신이 될 수 있다고, 그렇게 함으로써 아빠만큼 비극적일 정도로 자유롭고자 하는 유혹을 쫓아 버릴 수 있다고 진심으로 믿었습니다. 어떤 점에서 저는 아빠를 어린아이 같은 존재로 여기고 있었습니다. 단순히 자기 자신이 되는 은총을 경험하지 못한 매력적이지만 무책임한 존재, 스스로를 좀더 사랑하는 법과 기교로 가득 찬 유혹의 욕구를 포기하는 법을 배워야 하는 불안정한 존재로 생각했습니다. 간단히 말해서 고지식한 정신과 의사에게 걸맞는 고객으로 여겼던 겁니다.

좀더 온전해지기 위한 느릿한 여정은 저에게 아빠의 갈망들로부터 등을 돌리는 것이 옳다는 생각을 확인시켜 주었습니다. 날마다 저는 아내의 이야기에 더욱 귀를 기울이면서, 그러려고 애쓰면서 기쁨을 느꼈습니다. 아내와 저는 거듭되는 사랑의 함정을 피하는 법을 배웠습니다. 차츰차츰 저는 스스로를 전율하게 만드는 애정의 사슬 속에서 덜 고통스러워하게 되었고, 여전히 제 통제를 벗어나는 나 자신의 그런 부분으로부터 사랑하는 이들을 지켜낼 수 있었습니다.

하지만…… 사랑하는 아빠, 이제 저는 이 책 속에서, 저 자신 안에서 다시 아빠를 발견합니다. 마치 긴 괄호에서 빠져 나온 것 같습니다. 마침내 아빠의 죽음이 우리를 갈라 놓지 않게 된 것입니다. 저는 다시 아빠의 아들이 되고 싶습니다. 온갖 위험에 스스로를 노출시키고 나 자신을 구성하는 갖가지 폭발적인 뉘앙스들 가운데 어느것 하나도 포기하고 싶지 않은 욕구, 격정적으로 살고 싶은 욕망이 다시 솟구칩니다.

이 결정적인 눈뜸은 제 아내 덕분입니다. 처음에 저는 아내를 제 끓는 피에 맞서는 방해물로 여겼습니다. 하지만 그녀는 자신에게 어울리지 않는, 자신을 상처입히는 그 역할을 줄곧 거부해 왔습니다. 그녀는 내가 용기가 없어서 되지 못한 그 인물을 사랑하고 있었던 만큼, 아빠처럼 될지도 모른다는 공포로부터 내가 자유로워지기를 원해 온 만큼 저를 경직된 상태에서 풀어 주려고 줄곧 애써 왔습니다. 제가 이 작업을 할 수 있도록 저를 도와 줌으로써 이 책을 쓸 수 있게 해준 이도 그녀입니다. 저를 제 자신의 진정성으로 인도하는 것은 그녀의 재능 중의 하나입니다.

이제 그녀와 함께 '그밖의 방향'을 가리키는 표지판을 따라가고 싶은 욕망이 제 안에서 다시 솟구치는 것을 느낍니다. 운명을 선동하고 가차없이 밀어붙일 수 있다고 생각하니 입에 침이 고입니다.

지금 저는 번드르르한 거짓말을 집어치우고 진심을 말하는 즐거움을 누리고 싶은 유혹을 또다시 느낍니다. 그런 거짓말들은 진정으로 존재하는 강력한 기쁨에 비하면 아무런 가치가 없습니다. 얼마 전 친구 집에서 저녁 식사를 하면서, 저는 제 소설 속 주인공들의 신념에 진심으로 동의한 적이 없음을 털어 놓고 싶은 유혹을 억제할 수 없었습니다. 식탁 주위에 일순 침묵이 감돌았습니다. 연인으로서의 그들의 꿈을 줄곧 믿고 싶었지만 그럴 수 없었다고. 그런 글을 쓴 것은 스스로의 몽상으로 나 자신을 설득하려 했던 거라고 저는 서둘러 덧붙였습니다. 요컨대 저 역시 다른 이들과 똑같다는 것을 인정했습니다. 내 생각을 강하게 표출하면 할수록 의혹은 더더욱 나를 견디기 힘들게 만들었노라고 말입니다. 맨얼굴을 드러내는 일은 내게 유익했습니다. 자기 자신이 된다는 것, 다른 이들에게 문득 자기 자신이 되는 기쁨을 선사한다는 것은 얼마나 아찔한 일이었던지요!

날이 갈수록 위험을 무릅쓰게 만드는 그런 성향이 제 기질 속에서 다시 솟구치는 것을 느낍니다. 어떤 여자에게 호감이 느껴지면? 이제 제게는 그런 욕구를 피하고자 하는 비겁함도 신중함도 없습니다. 저는 즉각 그 여자의 유혹에, 그 여자를 사랑함으로써 초래하게 되는 곤란한 상황에 스스로를 노출시킬 것입니다. 다른 여자와 사랑에 빠짐으로써 내 삶을 산산조각낼지도 모르는 위험을 감수할 것입니다. 내 아내——얼마나 놀라운 여자인지요!——의 숭고하고 사려 깊고 까다로운 사랑, 내 아이들이 주는 행복, 줄곧 저를 놀라게 하는 우리 부부의 모험 등 많은 것을 잃어야 한다 해도 말입니다.

아빠의 태도로 돌아가고자 하는 이런 회귀를 제2의 청소년기로 보아야 할까요? 이전에 저는 유치하게도 아빠의 품행을 못마땅하게 여기고, 아빠처럼 콤플렉스를 탐구함으로써 그것을 사랑하는 법을 배우기보다는 그것을 거부하려 했던 것 같습니다. 그러니까 많은 이들이 마치 어른들이 아직도 자신들 위에 군림하며, 자신들을 꾸짖고 구석으로 몰아붙이기라도 하는 것처럼 겁에 질려 행동한다며 분개하던 아빠 말씀이 옳았던 셈입니다.

"우리를 감시하는 어른 같은 건 더 이상 없어. 그걸 십분 활용하렴!" 하고 아빠는 제게 말씀하시곤 했지요.

아빠 말씀이 옳았습니다. 그걸 활용해야죠! 인색하지 않게 사랑하기 위해, 혁명을 하고 영화를 찍고 필요하다면 파업을 하기 위해, 새 헌법을 만들기 위해, 현실을 아름답게 하고 미묘한 감정들을 맛보는 걸 겁내지 않고 우리 애정의 수문을 열기 위해 말입니다. 그렇습니다. 자신의 두려움을 웃어넘기고, 자기 자신의 한계와 다른 이들의 한계를 거침없이 뛰어넘은 아빠가 옳았습니다. 적극적으로 다채롭게 삶을 누릴 수 있는 재능은 귀하기 짝이 없는 것이니까요. 생트 클로틸드 성당에 모인 아빠의 여자들, 그리고 아빠의 아내가 그 사실을 분명하게 보여 주고 있습니다. 그들은 모두 신중함이 얼마나 사람을 타락시키는 결함인지 알고 있었습니다.

물론 몇몇 소심한 이들은 아빠의 이기주의를 비판하고 아빠의 경박함을 비난하면서 자신들의 소심함을 합리화할 것입니다. 아빠의 경박함은 종종 용납될 수 있는 정도를 넘곤 했던 것이 사실입니다. 그런 아빠 때문에 고통을 당하긴 했지만, 용기 있게 쥐비알이 되어 준 데 대해 아빠께 감사드립니다. 사랑이 영웅적인 것이 될 수 있다는 것, 20세기에도 프티 트리아농이 다시 세워질 수 있다는 것, 삶을 강렬하게 살아냄으로써 룰렛 공을 자신이 선택한 숫자 위에 멈출 수 있다는 것, 그런 다음 위험을 지속시킴으로써 얻어지는 즐거움을 위해 거액을 따자마자 내던질 수 있다는 것을 제게 보여 주신 데 대해 감사드립니다. 파도의 꼭대기에 머물러 있고 싶어하는 성향을 물려 주신 것에 대해 감사드립니다.

아빠, 사랑하는 아빠, 아빠 덕분에 저는 은행가의 논리가 언제나 틀리리라는 것, 보험회사들은 인간의 가장 비천한 본능 덕분에 먹고 산다는 것, 실존적인 모험만이 우리를 스스로에게로 쏘아올릴 수 있다는 것을 알았습니다. 저는 아빠의 파렴치한 행동을 본받아 제 나름의 파렴치한 행동을 할 수 있게 되었습니다. 머리 위에 벼락이 떨어지지 않을까 하는 걱정 따위는 접어두고 말입니다. 이제 저는 열네 살 때 제 영혼을 뒤흔들었던 갈망과 쾌활을 되찾았습니다. 물론 아빠는 태어난 것을 행복하게 여기진 않으셨지요. 하지만 아빠의 수줍고 만성적인 절망은 마음속 깊은 곳에 숨겨진 매혹적인 기쁨에 미치지 못했습니다. 비루한 인간 조건을 참아내는 것은 자신에게 어울리지 않는 부당한 것이라고 판단한 듯, 아빠의 행동은 언제나 아빠의 비관주의를 부정했지요.

아빠, 젊은 우리 아빠, 서른두 살의 나이에 저는 아빠를 다시 만납니다. 아빠는 제 안에서 깨어나 영원한 곡예사로서 제 펜 아래서 도약합니다. 아빠의 두 눈이 제 눈 뒤에 와서 자리잡는 것을, 아빠의 심장이 제 가슴속에서 뛰는 것을 느낍니다. 아빠의 활력은 저를 쥐비알의 나라로 이끌어 갑니다. 두려움이 더 이상 구속이 되지 않는 그곳, 모든 것이, 특히 불가능한 모든 것이 가능한 그곳으로 말입니다. 사내로서의 아빠의 터무니없는 방식과 불편한 윤리관에 고무되고 어쩔 수 없이 아빠의 행적에 이끌린 저는, 제 자신이 아빠의 역설적인 지혜를 향해 나아가고 있음을 압니다. 저는 어떤 쥐비알이 될까요? 사랑하는 이들을 불안하게 만들지 않고도 허물벗기에 성공할 수 있을까요? 제 안에서 솟구치는 삶에 대한 간절한 허기를 그들로 하여금 누리게 할 수 있을까요? 제 자신의 다양한 면모를 탐사하는 데 필요한 에너지를 조달할 수 있을까요?

이제 마지막으로 몇 줄만 더 쓰면 됩니다. 열다섯 살 때 이후 미뤄두기만 했던 이 책을 끝낸다고 생각하자 벌써 공포가 엄습합니다. 다시 한 번 아빠와 헤어지려는 지금 마지막 추억이 머릿속 아닌 가슴속에 떠오릅니다.

20년 전이었지요. 아빠와 저는 함께 노르망디 지방의 해변을 걷고 있었습니다. 아빠는 제게 자신의 삶을 둘러싼 소문에 대해 이야기해 주고 있었습니다. 엄마는 웃고 있는 우리로부터 몇 미터 떨어져서 여자 친구 하나와 함께 우리 뒤를 따라오고 있었습니다. 엄마의 시선이 우리 두 사람에게 머무는 것을 느낄 수 있었습니다. 그래서 저는 일부러 뒷짐을 지며 아빠의 거동을 흉내내기 시작했습니다. 그때 저는 정말이지 아빠와 똑같았던 모양입니다. 저는 뒤를 돌아보았습니다. 엄마가 저에게 웃어 보이더군요. 엄마의 눈빛은 우리가 꼭 닮았다는 사실을 깨달았음을 말해 주고 있었습니다. 엄마와 눈을 마주친 아빠 역시 그날 아침 제가 당신을 꼭 닮았다는 사실을 깨달으신 듯했습니다. 그 사실에 감동한 아빠는 제게 미소를 지어 보이셨지요. 무슨 말인가 했다면 그 아름다운 침묵은 더럽혀졌을 것입니다. 노르망디 지방의 그 하늘 아래서 아빠는 더 이상 쥐비알이 아니라 제 아빠였습니다. 그때 저는 생각했습니다. 언젠가 아빠를 사랑했던 것처럼 저 자신을 사랑할 수 있게 된다면 아주 멋진 일이 되리라고 말입니다.

아들 알렉상드르 올림

쥐비알에 대하여

포르 에스페랑스에서는 털이 부드럽고 줄무늬가 있는 특이한 동물을 이따금 만날 수 있었다. 그것은 코알라·맥(貘)·얼룩말·긴팔원숭이간의 잡종이라고 할 수 있었다. 긴 팔을 가진 쥐비알——그것이 그 동물의 이름이었다——은 기민하게 움직이는 긴 주둥이와, 아주 작은 소리에도 쫑긋 일어서는 커다란 귀로 아이들을 즐겁게 했다. 천성적으로 낙천적인 얼룩 쥐비알들은 나뭇가지 사이를 쉽사리 돌아다녔고, 15에서 20킬로그램(큰 놈의 경우)이나 되는 몸무게에도 불구하고 주둥이로 공중을 가르며 캥거루처럼 민첩하게 뛰어다녔다. 하지만 우울할 때면 주둥이를 내리고 끙끙거리면서 편편한 작은 발로 처량하게 몸을 끌고 다니곤 했다.

왼손잡이들의 역사상 여자들에게 그 이상 좋은 친구도 없었다. 왜냐하면 그 희귀한 녀석들은 감정 이입에 있어서 특별한 능력을 지니고 있었던 것이다. 그들은 상대의 감정을 즉각 알아차리고 그것에 동화되었다. 여주인이 괴로워한다 싶으면 그놈들은 땅바닥에 두 팔을 펼친 채 드러누웠고, 죄책감으로 괴로워하는 것을 눈치채면 사납게 자신의 다리를 물어뜯기도 했다. 여주인이 편안하고 즐거워하면? 녀석들은 즉각 펄쩍펄쩍 뛰고, 주인의 흉내를 내고, 향수를 뿌리고, 주인한테 훔쳐낸 빗으로 털을 빗고, 부산하게 움직이고, 욕조 안에서 발을 맞대고 뛰어올랐다. 요컨대 개가 남자들을 위한 동물이라면, 쥐비알은 여자들을 위한 동물이었다.

왼손잡이 사회에서 쥐비알은 그들의 특별한 위치에 값하는 또 다른 특징을 지니고 있었다. 즐겁게 웃을 줄 아는 유일한 동물이었던 것이다. 부부 생활의 우스운 일들을 감지해 내는 그들의 직감은 틀리는 법이 없었다. 어떤 부부가 우스운 행동을 하면, 설령 그들이 서로 싸우고 있을 때라도 쥐비알은 결국 그들을 웃게 만들었다. 육아낭을 지닌 그 웃음보 앞에서 말다툼을 계속한다는 것은 정말이지 어려운 일이었다. 하지만 자기 양부모들의 사랑이 완전히 변해 버려, 더 이상 웃음거리가 없을 때면 쥐비알은 섬뜩하고 음산한 웃음소리를 내곤 했다.

그런 이유에서 왼손잡이들은 외출을 싫어해 혼자서는 포르 에스페랑스의 거리로 나가려 들지 않는 이 동물을 데려다 키웠다. 쥐비알은 그들에게 있어서 감정의 바로미터가 되어 주었다. 자기 집 쥐비알이 쇠약해져 간다면? 털이 빠진다면? 코에 열이 있다면? 그러면 즉각 자신들의 결혼 생활을 걱정해야 했다. 때때로 포르 에스페랑스의 적도의 밤에는 비탄에 찬 신음, 커다란 흐느낌이 울려 퍼지곤 했다. 자기 주인들의 끝장난 사랑에 절망한 쥐비알이 울고 있는 것이다. 그럴 때 쥐비알의 울음소리는 사람의 가슴을 에기에 충분했다.

북오스트레일리아 원산의 그 동물은 1933년 당시 이미 멸종해 가고 있었다. 모든 것을 비웃는 악령이 그 속에 깃들여 있다고 여긴 원주민들에게 내쫓겨 그 동물은 남극 대륙 북쪽의 산이 많은 커다란 섬 리틀 그리스로 피신했다. 그곳에서 그들은 밀림 속에 숨어 열매를 찾아 돌아다니며 어렵게 삶을 이어가고 있었다. 굶주림이 그들을 기다리고 있었다. 풀려난 쥐비알들은 그다지 장난을 치지 않았다. 멀리 떨어진 그리스를 연상시키는 그 산악 지방을 제외하고는 이제 쥐비알을 볼 수 있는 곳은 엘렌 섬뿐이었다.

포르 에스페랑스에는 결혼을 앞둔 남자라면 리틀 그리스로 가서 자신의 가정을 지켜 줄 쥐비알을 잡아와야 하는 전통이 있었다. 그 포획은 특별한 형태로 이루어졌다. 왜냐하면 왼손잡이들의 생각으로는, 앞으로 자신들과 사이좋게 지내야 할 그 동물을 그물이나 몽둥이를 사용해 잡는다는 것은 말도 안 되는 일이었기 때문이다. 따라서 쥐비알을 길들이는 방법은 쉬운 일이 아니었다.

쥐비알은 사람이 자기 자신과 맺고 있는 관계 그대로 사람과 관계를 맺었다. 스스로를 존중하는 것이 어려운가? 그렇다면 쥐비알은 그 사실을 감지하고, 당신이 자신에 대해 가지고 있는 것과 똑같은 경멸을 당신에게 보내며 모습조차 드러내지 않을 것이다. 당신이 자만심에 차 있는가? 그러면 그 동물 역시 자만심에 가득 차서 자신의 몸에 손도 대지 못하게 할 것이다. 자기 자신에게 다가가듯 그 동물에게 접근해야 했다. 만약 당신이 그 동물을 보고 겁을 먹거나 의혹을 품는다면, 그 동물 역시 의심할 터였다. 미래의 주인이 공격적인 행동을 한다면 그 동물은 사나워질 수도 있었다.

이 쥐비알 사냥은 얼마가 걸리든간에 리틀 그리스의 척박한 땅에서 줄곧 혼자 해야 했다. 약혼녀에게 바칠 쥐비알을 길들이는 데 몇 개월, 몇 년이 걸리는 경우도 있었다. 그동안 약혼녀는 차분히 기다린다. 그런 일을 서둘러 좋을 이유가 어디 있는가? 자신을 간절히 사랑하지 않는 남자를 어떻게 극진히 사랑할 수 있겠는가? 구혼하는 남자가 포기하는 경우는 드물었다. 빈손으로 돌아가면 그 어떤 여자도 자신을 원하지 않을 것이기 때문이었다. 어떤 왼손잡이 여자가 자기 자신 하나 길들이지 못하는 남자와 결혼하고 싶어하겠는가?

알렉상드르 자르댕, 《왼손잡이들의 섬》 중에서

김남주
1960년 서울 출생. 이대 불문과 졸업.
주로 프랑스 현대문학과 인문학 책들을 번역해 왔다.
역서: 《새들은 페루에 가서 죽다》(로맹 가리)
《나의 아빠 닥터 푸르니에》(장 루이 푸르니에)
《세잔, 졸라를 만나다》(레옹 장) 《세 예술가의 연인》(도미니크 보나)
《낮이 밤에게 하는 이야기》 《아주 느린 발걸음》(엑토르 비앙시오티)
《오후 4시》 《사랑의 파괴》(아멜리 노통) 등

현대신서
113

쥐비알

초판발행 : 2002년 3월 20일

지은이 : 알렉상드르 자르댕
옮긴이 : 金南珠
펴낸이 : 辛成大
펴낸곳 : 東文選
제10-64호, 78. 12. 16 등록
110-300 서울 종로구 관훈동 74
전화 : 737-2795

편집설계: 韓仁淑 李惠允 李姃旻 劉泫兒

ISBN 89-8038-240-5 04860
ISBN 89-8038-050-X (현대신서)

【東文選 現代新書】

1	21세기를 위한 새로운 엘리트	FORESEEN 연구소 / 김경현	7,000원
2	의지, 의무, 자유 — 주제별 논술	L. 밀러 / 이대희	6,000원
3	사유의 패배	A. 핑켈크로트 / 주태환	7,000원
4	문학이론	J. 컬러 / 이은경 · 임옥희	7,000원
5	불교란 무엇인가	D. 키언 / 고길환	6,000원
6	유대교란 무엇인가	N. 솔로몬 / 최창모	6,000원
7	20세기 프랑스철학	E. 매슈스 / 김종갑	8,000원
8	강의에 대한 강의	P. 부르디외 / 현택수	6,000원
9	텔레비전에 대하여	P. 부르디외 / 현택수	7,000원
10	고고학이란 무엇인가	P. 반 / 박범수	근간
11	우리는 무엇을 아는가	T. 나겔 / 오영미	5,000원
12	에쁘롱 — 니체의 문체들	J. 데리다 / 김다은	7,000원
13	히스테리 사례분석	S. 프로이트 / 태혜숙	7,000원
14	사랑의 지혜	A. 핑켈크로트 / 권유현	6,000원
15	일반미학	R. 카이유와 / 이경자	6,000원
16	본다는 것의 의미	J. 버거 / 박범수	10,000원
17	일본영화사	M. 테시에 / 최은미	7,000원
18	청소년을 위한 철학교실	A. 자카르 / 장혜영	7,000원
19	미술사학 입문	M. 포인턴 / 박범수	8,000원
20	클래식	M. 비어드 · J. 헨더슨 / 박범수	6,000원
21	정치란 무엇인가	K. 미노그 / 이정철	6,000원
22	이미지의 폭력	O. 몽젱 / 이은민	8,000원
23	청소년을 위한 경제학교실	J. C. 드루엥 / 조은미	6,000원
24	순진함의 유혹 〔메디시스賞 수상작〕	P. 브뤼크네르 / 김웅권	9,000원
25	청소년을 위한 이야기 경제학	A. 푸르상 / 이은민	8,000원
26	부르디외 사회학 입문	P. 보네위츠 / 문경자	7,000원
27	돈은 하늘에서 떨어지지 않는다	K. 아른트 / 유영미	6,000원
28	상상력의 세계사	R. 보이아 / 김웅권	9,000원
29	지식을 교환하는 새로운 기술	A. 벵토릴라 外 / 김혜경	6,000원
30	니체 읽기	R. 비어즈워스 / 김웅권	6,000원
31	노동, 교환, 기술 — 주제별 논술	B. 데코사 / 신은영	6,000원
32	미국만들기	R. 로티 / 임옥희	근간
33	연극의 이해	A. 쿠프리 / 장혜영	8,000원
34	라틴문학의 이해	J. 가야르 / 김교신	8,000원
35	여성적 가치의 선택	FORESEEN연구소 / 문신원	7,000원
36	동양과 서양 사이	L. 이리가라이 / 이은민	7,000원
37	영화와 문학	R. 리처드슨 / 이형식	8,000원
38	분류하기의 유혹 — 생각하기와 조직하기	G. 비뇨 / 임기대	7,000원
39	사실주의 문학의 이해	G. 라루 / 조성애	8,000원
40	윤리학 — 악에 대한 의식에 관하여	A. 바디우 / 이종영	7,000원
41	흙과 재 〔소설〕	A. 라히미 / 김주경	6,000원

42 진보의 미래	D. 르쿠르 / 김영선	6,000원
43 중세에 살기	J. 르 고프 外 / 최애리	8,000원
44 쾌락의 횡포·상	J. C. 기유보 / 김웅권	10,000원
45 쾌락의 횡포·하	J. C. 기유보 / 김웅권	10,000원
46 운디네와 지식의 불	B. 데스파냐 / 김웅권	근간
47 이성의 한가운데에서 — 이성과 신앙	A. 퀴노 / 최은영	6,000원
48 도덕적 명령	FORESEEN 연구소 / 우강택	6,000원
49 망각의 형태	M. 오제 / 김수경	근간
50 느리게 산다는 것의 의미·1	P. 쌍소 / 김주경	7,000원
51 나만의 자유를 찾아서	C. 토마스 / 문신원	6,000원
52 음악적 삶의 의미	M. 존스 / 송인영	근간
53 나의 철학 유언	J. 기통 / 권유현	8,000원
54 타르튀프 / 서민귀족 〔희곡〕	몰리에르 / 덕성여대극예술비교연구회	8,000원
55 판타지 공장	A. 플라워즈 / 박범수	10,000원
56 홍수·상 〔완역판〕	J. M. G. 르 클레지오 / 신미경	8,000원
57 홍수·하 〔완역판〕	J. M. G. 르 클레지오 / 신미경	8,000원
58 일신교 — 성경과 철학자들	E. 오르티그 / 전광호	6,000원
59 프랑스 시의 이해	A. 바이양 / 김다은·이혜지	8,000원
60 종교철학	J. P. 힉 / 김희수	10,000원
61 고요함의 폭력	V. 포레스테 / 박은영	8,000원
62 소녀, 선생님 그리고 신 〔소설〕	E. 노르트호펜 / 안상원	근간
63 미학개론 — 예술철학입문	A. 셰퍼드 / 유호전	10,000원
64 논증 — 담화에서 사고까지	G. 비뇨 / 임기대	6,000원
65 역사 — 성찰된 시간	F. 도스 / 김미겸	7,000원
66 비교문학개요	F. 클로동·K. 아다-보트링 / 김정란	8,000원
67 남성지배	P. 부르디외 / 김용숙·주경미	9,000원
68 호모사피언스에서 인터렉티브인간으로	FORESEEN 연구소 / 공나리	8,000원
69 상투어 — 언어·담론·사회	R. 아모시·A. H. 피에로 / 조성애	9,000원
70 촛불의 미학	G. 바슐라르 / 이가림	근간
71 푸코 읽기	P. 빌루에 / 나길래	근간
72 문학논술	J. 파프·D. 로쉬 / 권종분	8,000원
73 한국전통예술개론	沈雨晟	10,000원
74 시학 — 문학 형식 일반론 입문	D. 퐁텐느 / 이용주	8,000원
75 자유의 순간	P. M. 코헨 / 최하영	근간
76 동물성 — 인간의 위상에 관하여	D. 르스텔 / 김승철	6,000원
77 랑가쥬 이론 서설	L. 옐름슬레우 / 김용숙·김혜련	10,000원
78 잔혹성의 미학	F. 토넬리 / 박형섭	9,000원
79 문학 텍스트의 정신분석	M. J. 벨멩-노엘 / 심재중·최애영	9,000원
80 무관심의 절정	J. 보드리야르 / 이은민	8,000원
81 영원한 황홀	P. 브뤼크네르 / 김웅권	9,000원
82 노동의 종말에 반하여	D. 슈나페르 / 김교신	6,000원
83 프랑스영화사	J. -P. 장콜 / 김혜련	근간

84	조와(弔蛙)	金敎臣 / 노치준 · 민혜숙	8,000원
85	역사적 관점에서 본 시네마	J. -L. 뢰트라 / 곽노경	근간
86	욕망에 대하여	M. 슈벨 / 서민원	8,000원
87	산다는 것의 의미 · 1—여분의 행복	P. 쌍소 / 김주경	7,000원
88	철학 연습	M. 아롱델-로오 / 최은영	8,000원
89	삶의 기쁨들	D. 노게 / 이은민	6,000원
90	이탈리아영화사	L. 스키파노 / 이주현	8,000원
91	한국문화론	趙興胤	10,000원
92	현대연극미학	M. -A. 샤르보니에 / 홍지화	8,000원
93	느리게 산다는 것의 의미 · 2	P. 쌍소 / 김주경	7,000원
94	진정한 모럴은 모럴을 비웃는다	A. 에슈고엔 / 김웅권	8,000원
95	한국종교문화론	趙興胤	10,000원
96	근원적 열정	L. 이리가라이 / 박정오	9,000원
97	라캉, 주체 개념의 형성	B. 오질비 / 김 석	근간
98	미국식 사회 모델	J. 바이스 / 김종명	7,000원
99	소쉬르와 언어과학	P. 가데 / 김용숙 · 임정혜	10,000원
100	철학적 기본 개념	R. 페르버 / 조국현	근간
101	철학자들의 동물원	A. L. 브라-쇼파르 / 문신원	근간
102	글렌 굴드, 피아노 솔로	M. 슈나이더 / 이창실	7,000원
103	문학비평에서의 실험	C. S. 루이스 / 허 종	근간
104	코뿔소 〔희곡〕	E. 이오네스코 / 박형섭	근간
105	제7의 봉인—시놉시스 비평연구	E. 그랑조르주 / 이은민	근간
106	쥘과 짐—시놉시스 비평연구	C. 르 베르 / 이은민	근간
107	경제, 거대한 사탄인가?	P. -N. 지로 / 김교신	근간
108	딸에게 들려 주는 작은 철학	R. 시몬 셰퍼 / 안상원	7,000원
109	가짜는 모두 꺼져라—도덕에 관한 에세이	C. 로슈 · J. -J. 바레르 / 고수현	근간
110	프랑스 고전비극	B. 클레망 / 송민숙	근간
111	고전수사학	G. 위딩 / 박성철	근간
112	유토피아	T. 파코 / 조성애	근간
113	쥐비알	A. 자르댕 / 김남주	7,000원

【東文選 文藝新書】

1	저주받은 詩人들	A. 뻬이르 / 최수철 · 김종호	개정근간
2	민속문화론서설	沈雨晟	40,000원
3	인형극의 기술	A. 훼도토프 / 沈雨晟	8,000원
4	전위연극론	J. 로스 에반스 / 沈雨晟	12,000원
5	남사당패연구	沈雨晟	10,000원
6	현대영미희곡선(전4권)	N. 코워드 外 / 李辰洙	절판
7	행위예술	L. 골드버그 / 沈雨晟	절판
8	문예미학	蔡 儀 / 姜慶鎬	절판
9	神의 起源	何 新 / 洪 熹	16,000원
10	중국예술정신	徐復觀 / 權德周	24,000원

11 中國古代書史	錢存訓 / 金允子	14,000원
12 이미지 — 시각과 미디어	J. 버거 / 편집부	12,000원
13 연극의 역사	P. 하트놀 / 沈雨晟	절판
14 詩　論	朱光潛 / 鄭相泓	9,000원
15 탄트라	A. 무케르지 / 金龜山	10,000원
16 조선민족무용기본	최승희	15,000원
17 몽고문화사	D. 마이달 / 金龜山	8,000원
18 신화 미술 제사	張光直 / 李　徹	10,000원
19 아시아 무용의 인류학	宮尾慈良 / 沈雨晟	절판
20 아시아 민족음악순례	藤井知昭 / 沈雨晟	5,000원
21 華夏美學	李澤厚 / 權　瑚	15,000원
22 道	張立文 / 權　瑚	18,000원
23 朝鮮의 占卜과 豫言	村山智順 / 金禧慶	15,000원
24 원시미술	L. 아담 / 金仁煥	16,000원
25 朝鮮民俗誌	秋葉隆 / 沈雨晟	12,000원
26 神話의 이미지	J. 캠벨 / 扈承喜	근간
27 原始佛敎	中村元 / 鄭泰爀	8,000원
28 朝鮮女俗考	李能和 / 金尙憶	24,000원
29 朝鮮解語花史(조선기생사)	李能和 / 李在崑	25,000원
30 조선창극사	鄭魯湜	7,000원
31 동양회화미학	崔炳植	9,000원
32 性과 결혼의 민족학	和田正平 / 沈雨晟	9,000원
33 農漁俗談辭典	宋在璇	12,000원
34 朝鮮의 鬼神	村山智順 / 金禧慶	12,000원
35 道敎와 中國文化	葛兆光 / 沈揆昊	15,000원
36 禪宗과 中國文化	葛兆光 / 鄭相泓·任炳權	8,000원
37 오페라의 역사	L. 오레이 / 류연희	절판
38 인도종교미술	A. 무케르지 / 崔炳植	14,000원
39 힌두교의 그림언어	안넬리제 外 / 全在星	9,000원
40 중국고대사회	許進雄 / 洪　熹	22,000원
41 중국문화개론	李宗桂 / 李宰碩	15,000원
42 龍鳳文化源流	王大有 / 林東錫	17,000원
43 甲骨學通論	王宇信 / 李宰錫	근간
44 朝鮮巫俗考	李能和 / 李在崑	20,000원
45 미술과 페미니즘	N. 부루드 外 / 扈承喜	9,000원
46 아프리카미술	P. 윌레뜨 / 崔炳植	절판
47 美의 歷程	李澤厚 / 尹壽榮	22,000원
48 曼茶羅의 神들	立川武藏 / 金龜山	19,000원
49 朝鮮歲時記	洪錫謨 外/李錫浩	30,000원
50 하 상	蘇曉康 外 / 洪　熹	절판
51 武藝圖譜通志 實技解題	正　祖 / 沈雨晟·金光錫	15,000원
52 古文字學첫걸음	李學勤 / 河永三	14,000원

53 體育美學	胡小明 / 閔永淑	10,000원
54 아시아 美術의 再發見	崔炳植	9,000원
55 曆과 占의 科學	永田久 / 沈雨晟	8,000원
56 中國小學史	胡奇光 / 李宰碩	20,000원
57 中國甲骨學史	吳浩坤 外 / 梁東淑	근간
58 꿈의 철학	劉文英 / 河永三	22,000원
59 女神들의 인도	立川武藏 / 金龜山	19,000원
60 性의 역사	J. L. 플랑드렝 / 편집부	18,000원
61 쉬르섹슈얼리티	W. 챠드윅 / 편집부	10,000원
62 여성속담사전	宋在璇	18,000원
63 박재서희곡선	朴栽緖	10,000원
64 東北民族源流	孫進己 / 林東錫	13,000원
65 朝鮮巫俗의 硏究(상·하)	赤松智城·秋葉隆 / 沈雨晟	28,000원
66 中國文學 속의 孤獨感	斯波六郎 / 尹壽榮	8,000원
67 한국사회주의 연극운동사	李康列	8,000원
68 스포츠인류학	K. 블랑챠드 外 / 박기동 外	12,000원
69 리조복식도감	리팔찬	절판
70 娼　婦	A. 꼬르벵 / 李宗旼	22,000원
71 조선민요연구	高晶玉	30,000원
72 楚文化史	張正明	근간
73 시간, 욕망 그리고 공포	A. 꼬르벵	근간
74 本國劍	金光錫	40,000원
75 노트와 반노트	E. 이오네스코 / 박형섭	절판
76 朝鮮美術史硏究	尹喜淳	7,000원
77 拳法要訣	金光錫	10,000원
78 艸衣選集	艸衣意恂 / 林鍾旭	14,000원
79 漢語音韻學講義	董少文 / 林東錫	10,000원
80 이오네스코 연극미학	C. 위베르 / 박형섭	9,000원
81 중국문자훈고학사전	全廣鎭 편역	15,000원
82 상말속담사전	宋在璇	10,000원
83 書法論叢	沈尹默 / 郭魯鳳	8,000원
84 침실의 문화사	P. 디비 / 편집부	9,000원
85 禮의 精神	柳　肅 / 洪　熹	20,000원
86 조선공예개관	日本民芸協會 편 / 沈雨晟	30,000원
87 性愛의 社會史	J. 솔레 / 李宗旼	18,000원
88 러시아미술사	A. I. 조토프 / 이건수	16,000원
89 中國書藝論文選	郭魯鳳 選譯	25,000원
90 朝鮮美術史	關野貞 / 沈雨晟	근간
91 美術版 탄트라	P. 로슨 / 편집부	8,000원
92 군달리니	A. 무케르지 / 편집부	9,000원
93 카마수트라	바짜야나 / 鄭泰爀	10,000원
94 중국언어학총론	J. 노먼 / 全廣鎭	18,000원

95 運氣學說	任應秋 / 李宰碩	8,000원
96 동물속담사전	宋在璇	20,000원
97 자본주의의 아비투스	P. 부르디외 / 최종철	6,000원
98 宗教學入門	F. 막스 뮐러 / 金龜山	10,000원
99 변　화	P. 바츨라빅크 外 / 박인철	10,000원
100 우리나라 민속놀이	沈雨晟	15,000원
101 歌訣(중국역대명언경구집)	李宰碩 편역	20,000원
102 아니마와 아니무스	A. 융 / 박해순	8,000원
103 나, 너, 우리	L. 이리가라이 / 박정오	10,000원
104 베케트연극론	M. 푸크레 / 박형섭	8,000원
105 포르노그래피	A. 드워킨 / 유혜련	12,000원
106 셸　링	M. 하이데거 / 최상욱	12,000원
107 프랑수아 비용	宋　勉	18,000원
108 중국서예 80제	郭魯鳳 편역	16,000원
109 性과 미디어	W. B. 키 / 박해순	12,000원
110 中國正史朝鮮列國傳(전2권)	金聲九 편역	120,000원
111 질병의 기원	T. 매큐언 / 서 일 · 박종연	12,000원
112 과학과 젠더	E. F. 켈러 / 민경숙 · 이현주	10,000원
113 물질문명 · 경제 · 자본주의	F. 브로델 / 이문숙 外	절판
114 이탈리아인 태고의 지혜	G. 비코 / 李源斗	8,000원
115 中國武俠史	陳　山 / 姜鳳求	18,000원
116 공포의 권력	J. 크리스테바 / 서민원	23,000원
117 주색잡기속담사전	宋在璇	15,000원
118 죽음 앞에 선 인간(상 · 하)	P. 아리에스 / 劉仙子	각권 8,000원
119 철학에 대하여	L. 알튀세르 / 서관모 · 백승욱	12,000원
120 다른 곳	J. 데리다 / 김다은 · 이혜지	10,000원
121 문학비평방법론	D. 베르제 外 / 민혜숙	12,000원
122 자기의 테크놀로지	M. 푸코 / 이희원	16,000원
123 새로운 학문	G. 비코 / 李源斗	22,000원
124 천재와 광기	P. 브르노 / 김웅권	13,000원
125 중국은사문화	馬　華 · 陳正宏 / 강경범 · 천현경	12,000원
126 푸코와 페미니즘	C. 라마자노글루 外 / 최 영 外	16,000원
127 역사주의	P. 해밀턴 / 임옥희	12,000원
128 中國書藝美學	宋　民 / 郭魯鳳	16,000원
129 죽음의 역사	P. 아리에스 / 이종민	13,000원
130 돈속담사전	宋在璇 편	15,000원
131 동양극장과 연극인들	김영무	15,000원
132 生育神과 性巫術	宋兆麟 / 洪 熹	20,000원
133 미학의 핵심	M. M. 이턴 / 유호전	14,000원
134 전사와 농민	J. 뒤비 / 최생열	18,000원
135 여성의 상태	N. 에니크 / 서민원	22,000원
136 중세의 지식인들	J. 르 고프 / 최애리	18,000원

137 구조주의의 역사(전4권) F. 도스 / 이봉지 外 각권 13,000원
138 글쓰기의 문제해결전략 L. 플라워 / 원진숙 · 황정현 20,000원
139 음식속담사전 宋在璇 편 16,000원
140 고전수필개론 權　瑚 16,000원
141 예술의 규칙 P. 부르디외 / 하태환 23,000원
142 "사회를 보호해야 한다" M. 푸코 / 박정자 20,000원
143 페미니즘사전 L. 터틀 / 호승희 · 유혜련 26,000원
144 여성심벌사전 B. G. 워커 / 정소영 근간
145 모데르니테 모데르니테 H. 메쇼닉 / 김다은 20,000원
146 눈물의 역사 A. 벵상뷔포 / 김자경 18,000원
147 모더니티입문 H. 르페브르 / 이종민 24,000원
148 재생산 P. 부르디외 / 이상호 18,000원
149 종교철학의 핵심 W. J. 웨인라이트 / 김희수 18,000원
150 기호와 몽상 A. 시몽 / 박형섭 22,000원
151 융분석비평사전 A. 새뮤얼 外 / 민혜숙 16,000원
152 운보 김기창 예술론연구 최병식 14,000원
153 시적 언어의 혁명 J. 크리스테바 / 김인환 20,000원
154 예술의 위기 Y. 미쇼 / 하태환 15,000원
155 프랑스사회사 G. 뒤프 / 박　단 16,000원
156 중국문예심리학사 劉偉林 / 沈揆昊 30,000원
157 무지카 프라티카 M. 캐넌 / 김혜중 25,000원
158 불교산책 鄭泰爀 20,000원
159 인간과 죽음 E. 모랭 / 김명숙 23,000원
160 地中海(전5권) F. 브로델 / 李宗旼 근간
161 漢語文字學史 黃德實 · 陳秉新 / 河永三 24,000원
162 글쓰기와 차이 J. 데리다 / 남수인 28,000원
163 朝鮮神事誌 李能和 / 李在崑 근간
164 영국제국주의 S. C. 스미스 / 이태숙 · 김종원 16,000원
165 영화서술학 A. 고드로 · F. 조스트 / 송지연 17,000원
166 미학사전 사사키 겐이치 / 민주식 근간
167 하나이지 않은 성 L. 이리가라이 / 이은민 18,000원
168 中國歷代書論 郭魯鳳 譯註 8,000원
169 요가수트라 鄭泰爀 15,000원
170 비정상인들 M. 푸코 / 박정자 25,000원
171 미친 진실 J. 크리스테바 外 / 서민원 25,000원
172 디스탱숑(상 · 하) P. 부르디외 / 이종민 근간
173 세계의 비참(전3권) P. 부르디외 外 / 김주경 각권 26,000원
174 수묵의 사상과 역사 崔炳植 근간
175 파스칼적 명상 P. 부르디외 / 김웅권 22,000원
176 지방의 계몽주의(전2권) D. 로슈 / 주명철 근간
177 이혼의 역사 R. 필립스 / 박범수 25,000원
178 사랑의 단상 R. 바르트 / 김희영 근간

179 中國書藝理論體系	熊秉明 / 郭魯鳳	근간
180 미술시장과 경영	崔炳植	16,000원
181 카프카 — 소수적인 문학을 위하여	G. 들뢰즈 · F. 가타리 / 이진경	13,000원
182 이미지의 힘 — 영상과 섹슈얼리티	A. 쿤 / 이형식	13,000원
183 공간의 시학	G. 바슐라르 / 곽광수	근간
184 랑데부 — 이미지와의 만남	J. 버거 / 임옥희 · 이은경	근간
185 푸코와 문학 — 글쓰기의 계보학을 향하여	S. 듀링 / 오경심 · 홍유미	근간
186 연극에서 영화로의 각색	A. 엘보 / 이선형	근간
187 폭력과 여성들	C. 도펭 外 / 이은민	근간
188 하드 바디 — 레이건 시대 할리우드 영화에 나타난 남성성	S. 제퍼드 / 이형식	18,000원
189 유령들의 삶 — 영화의 환상성	J. -L. 뢰트라 / 김경온 · 오일환	18,000원
190 번역과 제국	D. 로빈슨 / 정혜욱	16,000원
191 그라마톨로지에 대하여	J. 데리다 / 김웅권	근간
192 보건 유토피아	R. 브로만 外 / 서민원	근간
193 현대의 신화	R. 바르트 / 이화여대기호학연구소	20,000원
194 중국회화백문백답	郭魯鳳	근간
195 고서화감정개론	徐邦達 / 郭魯鳳	근간
196 상상의 박물관	A. 말로 / 김웅권	근간

【기 타】

▨ 모드의 체계	R. 바르트 / 이화여대기호학연구소	18,000원
▨ 텍스트의 즐거움	R. 바르트 / 김희영	15,000원
▨ 라신에 관하여	R. 바르트 / 남수인	10,000원
▨ 說 苑 (上·下)	林東錫 譯註	각권 30,000원
▨ 晏子春秋	林東錫 譯註	30,000원
▨ 西京雜記	林東錫 譯註	20,000원
▨ 搜神記 (上·下)	林東錫 譯註	각권 30,000원
■ 경제적 공포〔메디시스賞 수상작〕	V. 포레스테 / 김주경	7,000원
■ 古陶文字徵	高 明 · 葛英會	20,000원
■ 古文字類編	高 明	절판
■ 金文編	容 庚	36,000원
■ 고독하지 않은 홀로되기	P. 들레름 · M. 들레름 / 박정오	8,000원
■ 그리하여 어느날 사랑이여	이외수 편	6,500원
■ 딸에게 들려 주는 작은 지혜	N. 레흐레이트너 / 양영란	6,500원
■ 노력을 대신하는 것은 없다	R. 쉬이 / 유혜련	5,000원
■ 미래를 원한다	J. D. 로스네 / 문 선 · 김덕희	8,500원
■ 사랑의 존재	한용운	3,000원
■ 산이 높으면 마땅히 우러러볼 일이다	유 향 / 임동석	5,000원
■ 서기 1000년과 서기 2000년 그 두려움의 흔적들	J. 뒤비 / 양영란	8,000원
■ 서비스는 유행을 타지 않는다	B. 바게트 / 정소영	5,000원
■ 선종이야기	홍 희 편저	8,000원
■ 섬으로 흐르는 역사	김영희	10,000원

■ 세계사상		창간호~3호: 각권 10,000원 / 4호: 14,000원
■ 십이속상도안집	편집부	8,000원
■ 어린이 수묵화의 첫걸음(전6권)	趙 陽 / 편집부	각권 5,000원
■ 오늘 다 못다한 말은	이외수 편	7,000원
■ 오블라디 오블라다, 인생은 브래지어 위를 흐른다	무라카미 하루키 / 김난주	7,000원
■ 인생은 앞유리를 통해서 보라	B. 바게트 / 박해순	5,000원
■ 잠수복과 나비	J. D. 보비 / 양영란	6,000원
■ 천연기념물이 된 바보	최병식	7,800원
■ 原本 武藝圖譜通志	正祖 命撰	60,000원
■ 隷字編	洪鈞陶	40,000원
■ 테오의 여행 (전5권)	C. 클레망 / 양영란	각권 6,000원
■ 한글 설원 (상 · 중 · 하)	임동석 옮김	각권 7,000원
■ 한글 안자춘추	임동석 옮김	8,000원
■ 한글 수신기 (상 · 하)	임동석 옮김	각권 8,000원

【조병화 작품집】

■ 공존의 이유	제11시점	5,000원
■ 그리운 사람이 있다는 것은	제45시집	5,000원
■ 길	애송시모음집	10,000원
■ 개구리의 명상	제40시집	3,000원
■ 꿈	고희기념자선시집	10,000원
■ 따뜻한 슬픔	제49시집	5,000원
■ 버리고 싶은 유산	제 1시집	3,000원
■ 사랑의 노숙	애송시집	4,000원
■ 사랑의 여백	애송시화집	5,000원
■ 사랑이 가기 전에	제 5시집	4,000원
■ 시와 그림	애장본시화집	30,000원
■ 아내의 방	제44시집	4,000원
■ 잠 잃은 밤에	제39시집	3,400원
■ 패각의 침실	제 3시집	3,000원
■ 하루만의 위안	제 2시집	3,000원

【이외수 작품집】

■ 겨울나기	창작소설	7,000원
■ 그대에게 던지는 사랑의 그물	에세이	7,000원
■ 꿈꾸는 식물	장편소설	7,000원
■ 내 잠 속에 비 내리는데	에세이	7,000원
■ 들 개	장편소설	7,000원
■ 말더듬이의 겨울수첩	에스프리모음집	7,000원
■ 벽오금학도	장편소설	7,000원
■ 장수하늘소	창작소설	7,000원
■ 칼	장편소설	7,000원

■ 풀꽃 술잔 나비	서정시집	4,000원
■ 황금비늘 (1 · 2)	장편소설	각권 7,000원

東文選 現代新書 81

영원한 황홀

파스칼 브뤼크네르

김웅권 옮김

"당신은 행복해지기 위해 사는가?"

당신은 왜 사는가? 전통적으로 많이 들어온 유명한 답변 중 하나는 "행복해지기 위해서 산다"이다. 이때 '행복'은 우리에게 목표가 되고, 스트레스가 되며, 역설적으로 불행의 원천이 된다. 브뤼크네르는 그러한 '행복의 강박증'으로부터 당신을 치유하기 위해 이 책을 썼다. 프랑스의 전 언론이 기립박수에 가까운 찬사를 보낸 이 책은 사실상 석 달 가까이 베스트셀러 1위를 지켜내면서 프랑스를 '들었다 놓은' 철학 에세이이다.

"어떻게 지내십니까? 잘 지내시죠?"라고 묻는 인사말에도 상대에게 행복을 강제하는 이데올로기가 숨쉬고 있다. 당신은 행복을 숭배하고 있다. 그것은 서구 사회를 침윤하고 있는 집단적 마취제다. 당신은 인정해야 한다. 불행도 분명 삶의 뿌리다. 그 뿌리는 결코 뽑히지 않는다. 이것을 받아들일 때 당신은 '행복의 의무'로부터 해방될 것이고, 행복하지 않아도 부끄럽지 않게 될 것이다.

대신 저자는 자유롭고 개인적인 안락을 제안한다. '행복은 어림치고 접근해서 조용히 잡아야 하는 것'이다. 현대인들의 '저속한 허식'인 행복의 웅덩이로부터 당신 자신을 건져내라. 그때 '빛나지도 계속되지도 않는 것이 지닌 부드러움과 덧없음'이 당신을 따뜻이 안아 줄 것이다. 그곳에 영원한 만족감이 있다.

중세에서 현대까지 동서의 명현석학과 문호들을 풍부하게 인용하는 저자의 깊은 지식샘, 그리고 혀끝에 맛을 느끼게 해줄 듯 명징하게 떠오르는 탁월한 비유 문장들은 이 책을 오래오래 되읽고 싶은 욕심을 갖게 한다. 독자들께 권해 드린다. — 조선일보, 2001. 11. 3.

東文選 現代新書 47

이성의 한가운데에서

— 이성과 신앙

알랭 퀴노 / 최은영 옮김

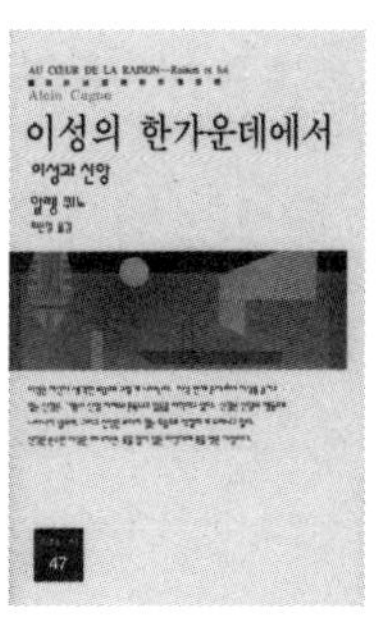

이성과 신앙은 어떤 관계인가? 이 질문은 언제나 제기할 수 있는 것이다. 우리는 왜 그런 질문을 제기하는지 그 이유를 알 필요가 있다. 그 질문을 오늘날에는 왜 제기하며, 철학적으로 무슨 이유에서 제기하는가?

우리는 이성에 대한 추론을 신앙에 대한 추론과 비교해야만 하는가? 신앙과 이성이 실존의 의미를 이해할 수 있도록 보완해 주고 있지는 않은가?

진정 당신은 무엇을 믿고 있는가? 또 생을 위해 무엇을 기대하고 있는가?

이성은 자신이 생각한 모습으로 그렇게 나타난다. 이성 안에 존재하며 이성을 숨기고 있는 신앙은, 기쁨이 신앙 자체와 혼동되고 있음을 파악하고 있다. 신앙은 신앙의 행동으로 나타나지 않으며, 그리고 신앙은 보이지 않는 모습으로 적절하게 드러나고 있다. 신앙은 순수한 이성은 아니지만, 옷을 입지 않은 이성이며 옷을 벗은 이성이다.

이성은 누구나 좀더 선명하고 현실적인 세상에서 살 수 있도록 하기 위해 질문을 제기하는 사명을 띠고 있다.

경솔하지만 위험을 무릅쓰고 질문에 대답하고, 그 질문에 관해 이야기할 필요가 있다. 그것이 바로 사고의 자유를 구속하기보다는 반대로 사고에 더 큰 자율성을 부여해 줌으로써 완전히 주장할 수 있도록 해주는 이성과 신앙의 상관 관계의 본질이다.

자식은 그 어미가 못생겼다고 미워할 수 없다

딸에게 들려 주는 작은 지혜

노르베르트 레히레이트너
안영란 옮김

"행복이 그대의 문을 두드리거든 열어 주어라!"

말처럼 쉽지는 않지만, 살아가다 보면 간혹 생각을 조금만 달리하는 것으로도 금방 행복해지는 때가 있다. 그래서 고대 인도의 현인들은 우리가 두려움을 극복하고, 행복 앞에서 우리 자신의 닫힌 문을 여는 데 도움이 될 만한 이야기들을 생각해 내었다. 왜냐하면 자기와 다른 의견이나 사상을 거부하는 사람들은 많으나, 재미있는 이야기를 마다하는 사람들은 없다는 것을 알았기 때문이다. 이런 이야기는 그들의 문화권에서 뿐만 아니라 곧 페르시아와 아라비아로 전해지고, 이어 그리스와 라틴, 중국과 동남아시아 등 전세계로 확산되어 수많은 사람들의 정서와 내적 생활을 윤택하게 해주면서, 긴 세월을 전해 내려오고 있다.

본서는 이렇듯 다양한 전통과 종교의 시대에서 유래한, 작지만 아주 소중한 이야기들을 한데 모았다. 비유 또는 우화 · 일화 등으로 엮은 이 짤막한 이야기들은 대개 기발하고도 놀라운 핵심과 요점으로 끝맺음을 하여, 독자들로 하여금 일상에서 굳어진 사고방식을 깨뜨리고, 진리를 수용하고 깨달음을 얻을 수 있도록 자극한다.

우리는 결코 이전 시대 사람들보다 현명하게 태어났다고 할 수 없을 것이다. 이기심, 인식과 사유의 결핍, 두려움은 여전히 우리 자신의 일부로 남아 있다.

여기 모든 지혜담 속에는 참으로 묘한 힘이 있어 사람을 도울 수도, 치유할 수도 있다. 그러니 위안과 행복, 조화를 추구하는 영혼에게 일종의 향유와 같은 것이라 할 수 있겠다.

東文選 現代新書 51

나만의 자유를 찾아서

샹탈 토마스

문신원 옮김

사랑의 기술과 내일을 생각지 않고 살아가는 기술을 연구하던 그 긴 세월 동안 내가 할 수 있었던 유일한 것은 여행이었다. 여행할 곳이 너무 광대해서 한평생이라는 시간도 모자랄지 모르는 활동. 권태의 위험도, 적도 전혀 없는 세계! 볼 것이 이렇게 많은데 왜 직업을 얻으려 근심하는가, 왜 자신의 감옥을 짓는가? 미래를 다스리기 위해서 무기를 연마한다는 핑계로 미래를 오히려 저지하는 그 고집을 난 이해하지 못했다. 내가 보기에는 떠나기만 하면 충분한 것 같았다…….

현대인들은 누구나 자신이 자유롭다고 느끼지만, 실은 자유롭지 않다는 사실을 잘 알고 있다. 프랑스에서 상당한 독자층을 확보하고 있는 에세이스트이자 여행가인 저자는, 빡빡한 일정 속에 바쁘게 살아가다가 문득 현기증을 느끼는 독자들을 영원한 해변의 어느 시간 속으로 안내한다. 여행·독서·사색·독신·연인·권태·자살·휴식·모험 등, 혼자만의 진정한 자유를 위해선 필연적으로 부딪히게 되는 것들에 대한 진지한 이야기들과 함께 우리의 삶을 되돌아보게 한다.

우리가 우리 자신을 재창조할 때만이 사람들이, 풍경들이, 사상들이 우리에게 중요해진다고 설득하는 그녀는 부질없는 욕망들에 마음이 좀먹은 현대인들에게 여백을 살고, 신기루를 기록하고, 자신의 고독을 찬미하는 방법들을 제안하고 있다. 그리하여 대단히 유쾌한 되찾은 시간의 매력과 자신을 위한 시간의 비밀을 만드는, 독서를 통한 그러한 무수한 활동들이 형상화시키는 것을 삶 전체에 확장시켜 볼 것을 제안한다. 백포도주 같은 깔끔한 문체로 오랜만에 국내 고급독자들에게 프랑스 산문의 진수를 맛보게 한다.

東文選 現代新書 96

근원적 열정

뤼스 이리가라이

박정오 옮김

뤼스 이리가라이의 《근원적 열정》은 여성이 남성 연인을 향한 열정을 노래하는 독백 형식의 산문시로 이루어져 있다. 이 글에서는 여성이 담화의 주체로 등장하지만, 남성 중심으로 이루어진 현존하는 언어의 상징 체계와 사회 구조 안에서 여성의 열정과 그 표현은 용이하지도 자유로울 수도 없다.

따라서 이리가라이는 연애 편지 형식을 빌려 와, 그 안에 달콤한 사랑 노래 대신 가부장제 안에서 남녀간의 진정한 결합이 왜 가능할 수 없는지를 역설적으로 보여 주려 애쓴다. 연애 편지 형식의 패러디는 기존의 남녀 관계에 의문을 제기하고 교란시키는 적절한 하나의 전략이 되고 있는 것이다.

서구의 도덕적 코드가 성경 위에 세워지고, 신학이 확립되면서 여신 숭배와 주술은 주변으로 밀려났다. 이리가라이는 그 뒤 남성신이 홀로 그의 말과 의지대로 우주를 창조하고, 그의 아들에게 자연과 모든 피조물을 통치하게 하는 사고 체계가 형성되면서 여성성은 억압되었다고 지적한다. 또한 그녀는 남성신에서 출발한 부자 관계의 혈통처럼, 신성한 여신에게서 정체성을 발견하고 면면히 이어지는 모녀 관계의 확립이 비로소 동등한 남녀간의 사랑과 결합을 가능케 해준다고 주장한다.

이리가라이는 정신과 육체의 이분법적인 서구 철학의 분류에서 항상 하위 개념인 몸이나 촉각이 여성적인 것과 연관되어 있다는 점을 인식하고 타자로 밀려난 몸에 일찍부터 주목해 왔다. 따라서 《근원적 열정》은 여성 문화를 확립하는 일환으로 여성의 몸이 부르는 새로운 노래를 찾아나선 여정이자, 여성적 글쓰기의 실천 공간인 것이다.

東文選 現代新書 24

순진함의 유혹

파스칼 브뤼크네르

김웅권 옮김

동서 냉전구조가 사라진 오늘날 거대한 소비사회의 개인이 안고 있는 문제를 개인과 개인주의 태동과정을 역사적으로 조명하며 탐구해 나간 역작. 저자는 자기 행위의 결과로부터 벗어나고자 하는 현대의 개인들이 앓고 있는 병, 즉 자신은 어떠한 불편도 감수하려 하지 않으면서 자유의 혜택만을 누리고자 하는 기도를 '순진함' 이라 일컫고, 이 병은 '유년기적 행동 경향' 과 '희생화 경향' 이라는 두 가지 방향으로 피어난다고 설명한다.

오늘날 적어도 물질적 차원에서 보면, 모든 것을 '즉시 여기에서' 만족시켜 줄 수 있는 신용소비사회에서 적나라하게 드러나는 유아적 태도. 어떤 명분을 위해서도 자기 자신을 희생시킬 수 없는 모래알 같은 개인. 개인으로서 해방과 자유를 쟁취하고 경제적 정의를 보장받았을 때, 상승을 거부하며 저급한 오락과 소비로 눈을 돌려 버린 대중. "나는 희생자이다. 그러므로 나는 더 권리가 있으며, 내 행동에 대한 책임은 없다"라는 논리 아래 법치국가와 복지국가에서는 약자인 희생자의 편에 서야만 살아남을 수 있다는 심리구조가 확산되어, 모두가 자신을 희생당하고 박해받은 자로 내세우는 사회, 억압받는 자의 한 패러다임으로 해석되어 유태인과 비교되기도 하는 여권주의 운동. 이미 그 의미가 국제적 차원을 획득한 유고슬라비아 사태의 희생화 경향. 이데올로기 전쟁의 종말과 더불어 국가와 민족들을 모두 서로에게 잠재적인 적으로 만든 공산주의의 실패. 외설스러울 정도로 노출된 비극적 장면들과 일상의 가벼운 장면들을 한꺼번에 쏟아내어 대중으로 하여금 사건들을 순식간에 망각 속에 묻어 버리게 하고, 비극 자체에 무감각하게 만드는 대중매체…… 등등.

하나의 주제를 놓고 사유를 확장하고 심화시키는 작업이 가져온 결정물의 아름다움이 담겨 있는 《순진함의 유혹》은 독자들에게 책 읽는 즐거움을 한껏 선사하고, 새로운 시야를 열어 주고 있다.

東文選 現代新書 80

무관심의 절정

장 보드리야르
이은민 옮김

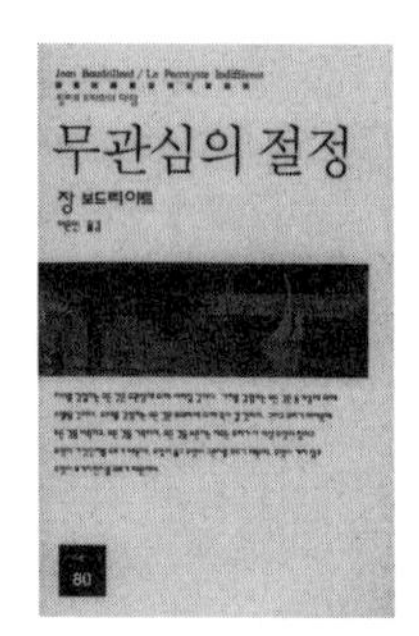

현재 프랑스를 대표하는 철학자 중의 한 사람인 장 보드리야르와 철학 박사이자 기자인 필리프 프티와의 대담.

차이를 경험하는 모든 것은 무관심에 의해 사라질 것이다. 가치를 경험하는 모든 것은 등가성에 의해 소멸될 것이다. 의미를 경험하는 모든 것은 무의미에 의해 죽어 갈 것이다. 그리고 우리가 마지못해 모든 것을 비축하고, 모든 것을 기록하며, 모든 것을 보존하는 이유는 우리가 더이상 무엇이 참이고 무엇이 거짓인지를 모르기 때문에, 무엇이 옳고 무엇이 그른지 모르기 때문에, 무엇이 가치있고 무엇이 무가치한지를 모르기 때문이다.

우리는 가치들의 변화를 변모와 교체했고, 가치들의 상호적 변모에 가치들 서로에 대한 무관심과 혼돈, 어떤 점에서는 이 가치들의 변이적 가치 하락과 교체했다. 가장 나쁜 것이 이 모든 가치들을 재평가하는, 그리고 이 가치들의 무관심한 변환을 재평가하는 현대의 상황이다. 가치들의 감염을 유발하는 지나친 기능성에 의한 유용성과 무용성의 구분 자체는 더 이상 제기될 수 없다——이것이 용도라는 가치의 종말이다. 진실은 진실보다 더한 진실 속에서, 진실한 것이 되기에는 너무나 지나친 진실 속에서 소멸된다——이것이 위장의 지배이다. 거짓은 거짓이 되기에는 너무나 지나친 거짓 속에 흡수된다——이것이 미학적 환상의 종말이다. 그리고 악의 파괴는 선의 파괴보다 훨씬 고통스럽고, 거짓의 파괴는 진실의 파괴보다 훨씬 더 고통스럽다.

東文選 現代新書 53

나의 철학 유언

장 기통

권유현 옮김

장 기통은 1901년에 태어나 20세기를 꽉 채워 살았다. 그는 현대 프랑스의 가톨릭을 대표하는 철학자이며 작가로서, 1백 권에 가까운 저서를 가진 정력적인 저술가일 뿐만 아니라 화가이기도 하다. 또한 그는 정치적으로는 미테랑 대통령의 고문을 지냈고, 종교적으로는 1963년에 열린 제2차 바티칸공의회에 비성직자로서는 유일하게 참가하여 발언하기도 한 프랑스 최고 지성인 중의 한 사람이다.

《나의 철학 유언》은 생의 마지막 순간에 허구의 대화 형식을 빌려서 기통이 자신이 걸어온 철학 여정을 몇 개의 단위로 쪼개어 '기통식으로' 보여 주는 책이다. 1999년 3월에 타계함으로써 말 그대로 기통의 마지막 유언이 된 이 책 속에서, 우리는 평생을 신앙인으로 살아온 사람에게서 흔히 기대할 수 있는 경직된 확신 같은 것은 찾아보기 어렵다. 기통이 임종의 순간까지, 아니 임종 후에도 최후의 심판을 받을 때까지 우리에게 보여 주는 모습은 끝까지 갈등하고 회의하는 철학자로서의 모습이다.

그의 유언을 통해 장 기통은 자신의 번쩍이는 직감을 이용하여, 인간이 앞으로 부딪치게 될 철학적·영적 내기의 비밀을 벗겨 보인다. 이 책 안에서 벌어지는 드라마의 시간을 한 인간이 삶을 마치게 되는 최후의 순간에 위치시킴으로써, 그는 독자에게 많은 선물을 하는 셈이다. 왜냐하면 그는 스스로에게, 또한 모든 사람에게 인생의 의미에 대한 본질적인 질문을 던지기 때문이다. 그는 자신이 해놓은 여러 사색의 열매들을 가져와서는, 새로운 천년의 세기에 제기될 거창한 철학적·영적·종교적 논쟁에 접근하는 것이다.

東文選 現代新書 50

느리게 산다는 것의 의미

피에르 쌍소

김주경 옮김

"삶의 길을 가는 동안 나 자신을 잃어버리지 않을 수 있는 능력과 세상을 받아들일 수 있는 능력을 확고히 심어주는 책"

우리에게 다가오는 사건을 기쁘게 받아들일 수 있는 능력을 갖기 위해서 필요한 지혜가 있다. 그것은 갑자기 달려드는 시간에게 허를 찔리지 않고, 허둥지둥 시간에게 쫓겨다니지도 않겠다는 분명한 의지로 알 수 있는 지혜이다. 우리는 그 지혜를 '느림'이라고 불렀다.

느림은 우리에게 시간에다 모든 기회를 부여하라고 속삭인다. 그리고 한가롭게 거닐고, 글을 쓰고, 타인의 말에 귀를 기울이고 휴식을 취함으로써 우리의 영혼이 숨쉴 수 있게 하라고 말한다. 여기서 문제되는 느림 또는 고요함은 세계에 접근하는 방식의 문제이다. 그것은 빠른 속도로 박자를 맞추지 못하는 무능력을 의미하는 것이 아니라 서두르지 않는 의지, 시간이 뒤죽박죽되도록 허용치 않는 의지, 그리고 사건들을 대하는 능력을 배양하는 것과 우리가 어느 길에 서 있는지 잊지 않는 것을 의미한다. 물론 과업은 시간성을 어긋나게 하거나 우리의 생에서 가장 본질적이고 중요한 것을 잊게 하지 않는다면, 어느 정도 들볶이거나 바쁘기도 하면서 우리에게 더 유익하게 다가올 수도 있는 것이다. '느림'과 '빠름'은 가치 비교의 문제가 아니라 선택의 문제라는 것이다.

이책은 99년 프랑스 논픽션 부문 베스트셀러 1위에 올랐다. 최근 한국 독서계에서도 인기를 끌고 있는 이 책은 읽기 쉽다는 것. 책은 마치 천천히 도심을 거니는 게으름뱅이의 일기처럼 쉽고 편안하게 씌어져 있다. 누구나 한번쯤은 생각해 봤을 법한 '우리는 왜 이렇게 살고 있는 것일까'란 보편적인 주제를 다룬다.